I0544597

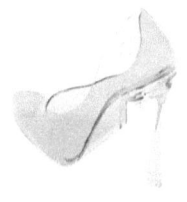 Seine liebkosenden Finger wanderten meine Wirbelsäule hinauf und streichelten dann meinen Nacken, während seine andere Hand auf meiner Hüfte ruhte. „Jetzt sehen sie dein wahres Ich, Ella", flüsterte er. „Einen funkelnden Diamanten in einem Meer der Dunkelheit."

Ich blinzelte ihn an. „Du sagst die seltsamsten Dinge."

„Und das ist erst der Anfang, Liebes." Er drückte seinen Mund auf meinen – so schnell, dass ich erst begriff, was er da tat, als seine Zunge bereits meine Lippen teilte.

Die Welt um mich herum blieb stehen.

Denn die flüchtige Berührung seines Mundes zuvor auf dem Gang war nichts im Vergleich hierzu. Er küsste mich, als hinge sein Leben davon ab, und die beanspruchende, fordernde Intensität raubte mir den Atem.

Zu einem gewissen Grad wusste ich, dass ich mich wehren sollte.

Aber gleichzeitig seufzte ich angesichts der Richtigkeit seiner Liebkosung.

Ich verliere den Verstand.

Ich sollte ihn nicht in meine Arme lassen, doch genau das tat ich. Und zwar mit aller Heftigkeit. Ich hatte sogar meine Finger in seinen Haaren verheddert und meinem verdammten Körper die Kontrolle überlassen – ohne die Erlaubnis meines Gehirns. Aber ich war zu sehr gefangen in seiner Berührung, um aufzuhören, und alles verlor sich im konstanten Rauschen meiner Gedanken.

Seine Zunge bewegte sich an meiner und legte die gleiche Geschicklichkeit zutage, mit der er mich auf der Tanzfläche herumgewirbelt hatte – hypnotisierend, kontrollierend.

Ein lautes Dong ließ mich zusammenzucken und holte mich zurück in die Realität wie eine Ohrfeige. Das Geräusch entstammte einer Uhr irgendwo im Ballsaal und kündigte die volle Stunde an. *Mitternacht.*

Ich öffnete langsam die Augen und realisierte den Kreis aus Menschen, der sich um uns herum gebildet hatte.

Genau wie damals in meinem ersten Jahr an der Highschool.

Angst durchströmte meinen Körper und eine Unheil verkündende Ahnung kribbelte auf meiner Haut.

Tray lächelte jemanden hinter mir an und mein Herz blieb stehen. *Drei, zwei ...*

„Na, ihr seht aber vertraut aus", sagte Ryan hinter mir. „Ich hätte dich kaum erkannt, Cinder-Ella. Hast dich ja ganz schön rausgeputzt."

Ellas
Mitternachtsmärchen

Deutsche Übersetzung
von
Tatjana Becijos

USA-Today-Bestseller-Autorin
Lexi C. Foss

Copyright © 2021 Lexi C. Foss
Ellas Mitternachtsmärchen

Englischer Originaltitel: »Ella's Masquerade«
Deutsche Übersetzung von Tatjana Becijos
Deutsche Fassung editiert: Yanina Heuer

Titelbild entworfen von: Claire Holt, Luminescence Covers

Herausgegeben von: Ninja Newt Publishing, LLC

eBook:
ISBN: 978-1-68530-006-7

Taschenbuch:
ISBN: 978-1-68530-007-4

Für Alyssa. Dafür, dass du dich täglich von meiner Muse mit Unsinn berieseln lässt – denn daraus ist Ellas Mitternachtsmärchen entstanden. Du bist eine tolle Freundin und ich bin so froh, dass die Engel uns zusammengebracht haben. Ohne dich wäre ich in dieser Branche verloren!

Ellas
Mitternachtsmärchen

Das Prequel zu
„Akademie der Mitternachtsfeen"

Ellas
Mitternachtsmärchen

*Es war einmal ein stattlicher Prinz, der das Mauerblümchen
der Academy zum Ball einlud. Die Sterne in ihren eigenen
Augen und das Klopfen ihres einsamen Herzens machten sie
blind. Sie hatte ja keine Ahnung, dass dieser Prinz gar kein
Prinz war, sondern ein Schurke, der sich hinter seinem
charmanten Lächeln versteckte ...*

Ella

Es gibt keine Märchen und kein „Sie lebten glücklich bis
ans Ende ihrer Tage". Nicht in meiner Welt. Meine Realität
wird bestimmt von Schmerz, Verlust und unermesslichem
Hass.

Bis zu meiner Begegnung mit ihm: Trayton Nacht, dem
neuen Schüler der Darlington Academy.
Seine dunkle Aura fasziniert mich. Genauso wie das
Schimmern seiner Augen in der Nacht und die
Unbarmherzigkeit seines hübschen Lächelns.
Mit einem einzigen Blick in meine Richtung hat er meine
Welt auf den Kopf gestellt. Und jetzt bekomme ich nicht
mehr genug von ihm.

Aber was, wenn er genau so ist wie die anderen? Was, wenn all das nur eine weitere Fassade ist?

Tray

Einst hat sie mein Herz gestohlen. Vor drei Jahren in einer Gasse, wo sie mich mit einem Paar durchweichter blauer Schuhe zurückließ.

Ich hätte ihr das Leben nehmen können, aber dann entdeckte ich die Feenmagie, die unter der Oberfläche schlummerte. Jetzt ist es an der Zeit, sie zu rekrutieren und ihrem Schicksal auszusetzen.

Aber zuerst werden wir ein kleines Spiel spielen.
Eines, das in Zerstörung enden wird.
Denn zum Teufel mit den Märchenfeen.

Was Ella benötigt, ist eine dunkle Fee.
Eine, die ihr helfen kann, die Darlington Academy niederzubrennen.
Eine dunkle Fee – wie ich es bin.

Anmerkung der Autorin: Hierbei handelt es sich um eine düstere Aschenputtel-Neuauflage mit ausgeprägten Bully-Elementen. Die paranormale Liebesgeschichte, die zum Universum der Akademie der Mitternachtsfeen gehört, hat ein Happy End und erzählt die Geschichte der Begegnung von Ella und Tray.

PROLOG

ELLA

Erstes Jahr an der Highschool

GELÄCHTER.

Hohn.

Grausame Worte.

All das verschwamm und dennoch waren gewisse Stimmen über die Menge hinweg auszumachen. Stimmen, die ich einfach nicht ausblenden konnte.

„Ich kann nicht glauben, dass sie tatsächlich gedacht hat, Dash würde mit ihr auf den Ball gehen." Carmen kicherte – ein Geräusch, das mir stets den letzten Nerv raubte. Meine Stiefschwester weckte mich nur allzu oft mit diesem Klang und das vor allem dann, wenn sie gemeinsam mit Ryan etwas geplant hatte und diese Idee anschließend in die Tat umsetzte.

„Das ist mal wieder typisch Cinder-Ella. Lebt in ihrer kleinen Traumwelt statt der Realität", erwiderte Ryan daraufhin und ihr Gackern war fast schon unheimlich. Ich hatte keinen Zweifel daran, dass diese Intrige ihrer Feder entstammte. Schließlich war sie die intelligentere der beiden Zwillings-Gören.

Und irgendwie hatten sie es geschafft, den Prinzen der

Darling Academy dazu zu bringen, in ihrer kranken Show eine Rolle zu übernehmen.

Ich schluckte. Der Schmerz ihres gemeinsamen Verrats machte mir zu schaffen und ich hatte Mühe, zu atmen. Als hätte ich dieses Schuljahr nicht schon genug mitgemacht. Doch genau das hatte Dash Charming ja ausgenutzt. Schließlich war er derjenige gewesen, an dessen Schultern ich mich nach dem Tod meines Vaters ausgeweint hatte.

Dash konnte einfach unglaublich überzeugend sein.

Wochenlang hatte er mich umworben. Er hatte mich geküsst, in den Fluren der Academy meine Hand gehalten und jedem, der es hören wollte, erzählt, wie sehr er mich *verehrte*. Bis eben war ich also tatsächlich davon ausgegangen, dass er mich mochte.

Schlimmer, als auf ihn hereinzufallen, war allerdings, dass ich mich in ihn *verliebt* hatte.

Doch sein hinterhältiges Grinsen, das nun sein Gesicht umspielte, verriet mir, dass all das eine Lüge gewesen war.

Ein grausamer Witz mit mir als Pointe.

Was hatte er den anderen hinter meinem Rücken über mich erzählt? Hatte er meine Albträume erwähnt? Die mit den Schatten?

Ich zitterte.

Ich hatte immer irgendwie, tief in meinem Inneren, gewusst, dass etwas nicht stimmte. Aber ich hatte meine Bedenken einfach ignoriert – zugunsten eines Märchens. Eines, von dem meine Mutter mir immer erzählt hatte, dass es existierte. Aber ihr Tod hatte das Gegenteil bewiesen.

Und dann der Verlust meines Vaters ...

Ich ließ den Kopf hängen und in meiner Kehle setzte sich ein dicker Kloß fest.

Meine gesamte Klasse stand um mich herum; die meisten von ihnen wirkten amüsiert. Einige warfen mir mitleidsvolle Blicke zu. Und das war irgendwie noch schlimmer.

Hier stand ich also – in meinem ruinierten blauen Abendkleid, nachdem Ryan mir den Punsch über den Kopf gekippt hatte. Meine blonden Locken hatten das meiste der Flüssigkeit absorbiert, doch mein gesamtes Outfit war zerstört. Sogar meine himmelblauen Schuhe.

Es tat weh. Niemand konnte wissen, was mir dieser Abend bedeutet hatte. Ich war auf den Dachboden geklettert, um in der ehemaligen Garderobe meiner Mutter nach dem alten Kleid zu suchen. Dann hatte ich es eigenhändig gesäumt, bis es passte. Nur, um zuzusehen, wie es nun auf spektakuläre Art und Weise ruiniert wurde.

Es tut mir leid, flüsterte ich ihr zu. *Es tut mir so unglaublich leid.*

Ich hätte es besser wissen müssen. Die Schüler, die die Academy besuchten, waren allesamt reiche, elitäre Arschlöcher, die nur an sich selbst dachten. Ich – die arme Tochter, die von der Witwe ihres Vaters in Obhut genommen worden war – gehörte als einzige nicht hierher.

Ich hatte meine Stiefmutter Clarissa angebettelt, mich auf die Highschool im Ort zu schicken. Doch ihrer Meinung nach würde mir die Academy guttun, da man mich dort auf die Zukunft vorbereiten konnte.

Welche Zukunft hatte sie dabei im Sinn gehabt?

Vier Jahre der Hölle?

„Oh, ich glaube, sie weint gleich", flüsterte Ryan spöttisch.

Dash schmunzelte. „Soll ich ihr einen Mitleidsfick anbieten?"

„Sie sah heiß aus in dem Kleid", lallte sein bester Freund. „Ich wette, sie ist noch Jungfrau."

Widerlich, dachte ich. Wir waren doch erst fünfzehn. Warum sollte ich keine Jungfrau sein?

„Natürlich ist sie das. Niemand, der bei rechtem Verstand ist, würde sie auch nur anfassen", antwortete Ryan. Sie klang viel zu arrogant für jemanden, der einen Monat jünger war als ich.

Warum stehe ich immer noch hier? Weil meine Füße vergessen hatten, wie man sich bewegt. Aber jetzt kam die Erinnerung schnell zurück, denn ich weigerte mich, vor den anderen zu weinen. Ich weigerte mich, ihnen einen weiteren Moment meiner Qual zu zeigen.

Also hob ich meinen Rock hoch und rannte los – ihr lärmendes Lachen folgte mir noch lange.

Dafür werden sie alle bezahlen, schwor ich mir. *Eines Tages, irgendwie, werden sie –*

Meine Gedanken wurden unterbrochen, als ein Schluchzen drohte, meiner Kehle zu entweichen. Ich würde meine Rache auch später noch planen können. Zuerst musste ich von hier verschwinden, das war wichtiger.

Die Türen schienen sich für mich zu öffnen und ich verschwand in die Nacht, raus auf den Parkplatz, wo all die Autos warteten.

Ich rannte an ihnen vorbei und kümmerte mich nicht im Geringsten um den feuchten, schneebedeckten Boden. Die kommenden Feiertage würden schwer werden. Es waren die ersten, an denen ich wirklich und wahrhaftig allein war.

Aber das hier? Der Winterball für die Schüler des ersten Jahrgangs der Highschool? Das hatte alles noch viel schlimmer gemacht. Denn jetzt gab es niemanden mehr, zu dem ich hätte fliehen oder dem ich mich hätte anvertrauen können.

Keine Familie.

Keine Freunde.

Nicht einmal ein Haustier.

Tränen sickerten meine Wangen hinunter und wurden kalt in der eisigen Nachtluft. Doch ich drängte mich dazu, weiterzugehen – in der Sehnsucht, alles hinter mir zu lassen.

Ich hatte einen Monat, um mich zusammenzureißen und meine Hülle zu festigen, damit all ihre Kommentare und Grausamkeiten in Zukunft einfach an mir abprallten. Das konnte ich schaffen. Ich musste es schaffen.

Dreieinhalb Jahre. Das war machbar. Das konnte ich überleben. In dreieinhalb Jahren würde ich die Schule abschließen und endlich dem Leben hier entkommen können.

Meine Stiefmutter hatte keinen Zugang zu meinem Erbe, ich allerdings auch nicht. Nicht bis zu meinem Abschluss.

Doch sobald dieser Tag gekommen war, würde ich jeden einzelnen Cent abheben und wegrennen. Weit, weit weg.

Wenn ich meinen Abschluss in der Tasche hatte, war ich frei. Ich würde –

Plötzlich gaben meine Schuhe unter mir nach und ich rutschte in eine nahegelegene Mauer. Eine Mauer mit Händen, die mich an den Hüften packten, um mich vor dem Fall zu bewahren.

Ich schüttelte verwirrt den Kopf und bemerkte die Dunkelheit um mich herum zum ersten Mal. Ohne auf meine Umgebung zu achten, war ich durch die Nacht gerannt, die Flucht mein einzig treibender Gedanke.

„Bist du okay?", fragte mich eine tiefe Stimme. Sein

Gesicht war in Schatten gehüllt und ich konnte lediglich seine stechend schwarzen Augen sehen.

Mir lief es eiskalt den Rücken hinunter. Etwas an diesem Mann war gefährlich. Seine Aura war in Dunkelheit gehüllt, was ihm erlaubte, eins mit der Nacht zu werden.

Oder vielleicht war das auch nur meine Imagination.

Wenn ich das nur wüsste. Verdammt.

Also machte ich einen Schritt zurück. Versuchte ich zumindest, denn seine starken Hände, die mich noch immer festhielten, ließen nicht locker. „Lass mich los", flüsterte ich und die Aufforderung in meiner Stimme versteckte sich irgendwo unter meiner Angst.

Ohne zu zögern, ließ er mich los, sodass ich mit dem Po auf einem Haufen schmutzigen Schnees landete, der von der Straße auf den Bürgersteig geschoben worden war. Natürlich. Ich hätte gern die Ungerechtigkeit dieses Moments verschrien. Gleichzeitig wollte ich der Kälte wegen weinen und meinem Schutzengel die Leviten lesen. Sollte der überhaupt existieren. Denn mittlerweile hatte ich ernsthafte Zweifel, ob sich irgendein Aspekt des Universums überhaupt um mich scherte.

Der Fremde streckte seine Hand aus und ich schlug sie weg – zu irritiert, um seine Hilfe anzunehmen, nachdem ich so unfeierlich zu Boden gegangen war. Eine Konsequenz, die vermutlich mehr mir selbst zuzuschreiben war als ihm.

Ich drückte mich vom Boden weg, rutschte erneut und landete an einer Wand. Dieses Mal an einer richtigen. Entschlossen knurrend lief ich wieder los – nach Hause.

Zu Hause, schnaubte ich laut. *Was ist das überhaupt?*

„Hey!", rief der Fremde mir nach, aber ich ignorierte ihn.

Es war eine furchtbare Nacht gewesen und ich wollte einfach nur noch, dass sie zu Ende ging. Ich fror, zitterte und würde dieser winterlichen Tortur wahrscheinlich nicht viel länger standhalten.

Tolles Finale, nicht wahr?

Aber ich trieb mich weiter an und wischte mir die Tränen von den eiskalten Wangen. Erst als ich zu Hause angekommen war und den Hintereingang erreicht hatte, begriff ich, warum mir so kalt war.

Ich hatte meine Schuhe verloren.

Besser gesagt: Ich hatte die Schuhe meiner *Mutter* verloren.

Wie ein Häufchen Elend brach ich auf der Treppe zusammen und erlaubte mir endlich, richtig zu weinen.

Mein märchenhaftes Happy End hatte sich durch und durch in ein *Crappy* End verwandelt.

Denn in meiner Welt gab es weder Liebe noch Fröhlichkeit. Lediglich grausame Realitäten und brutale Spielchen.

Und ich hatte es satt, stets die Zielscheibe aller Witze zu sein.

ELLA

Drittes Jahr an der Highschool

SCHULUNIFORMEN WAREN der Fluch meiner Existenz. Was würde ich nicht dafür geben, mich unter einem verdammten Kapuzenpulli verstecken zu können!

Beim Klatsch und Tratsch des Tages ging es um den Neuen, der die Schule gewechselt hatte und nun aus unbekannten Gründen bei seinem reichen Onkel eingezogen war. Natürlich gab es innerhalb der Schülerschaft der Darlington Academy diverse Theorien zu dem Thema.

„Ich habe gehört, dass er einen Lehrer angezündet hat und deshalb von seiner letzten Schule geworfen wurde."

„Meghan hat behauptet, sein Dad ist im Gefängnis, weil er Geld veruntreut hat. Deshalb muss er sich jetzt praktisch verstecken, weil ein paar super angepisste Leute hinter ihm her sind."

„Das bezweifle ich. Ich meine – hast du seinen Wagen gesehen? Diese Limited Edition kriegst du nicht ohne das nötige Kleingeld, Cas."

„Tommy meint, er ist der Sohn eines Mafia-Bosses."

„Hmm, damit kennt sich Tommy ja aus."

„Nicht wahr?"

Ich verdrehte die Augen und schob mich durch die Menge, um zum Englischunterricht zu kommen. Diese

Idioten hatten eindeutig zu viel Zeit. Die erste Stunde hatte noch nicht einmal begonnen und es gab bereits einen ganzen Vorrat an Theorien zur Vorgeschichte des Neuen. Armer Kerl. Er hatte bestimmt keine Ahnung, in welches Drecksloch er hineingeraten war.

Noch acht Monate, murmelte ich vor mich hin. *Dann bist du frei.*

Technisch gesehen war ich bereits achtzehn und könnte jederzeit gehen – etwas, woran mich meine Stiefmutter jedes Mal erinnerte, wenn sie mich dazu aufforderte, mir meinen Unterhalt zu verdienen.

Aber ich brauchte einen Abschluss, um Zugriff zu meinem Erbe zu erhalten.

Eine Bedingung, die meine Mutter in ihr Testament mit eingebaut hatte.

Und ohne Zuhause würde ich mich schlecht an einer öffentlichen Schule einschreiben können.

Das ist der Preis, den ich für meine Zukunft bezahle, dachte ich schnaubend, während ich mich an meinen Platz im hinteren Bereich des Klassenzimmers setzte.

Ich bevorzugte es, mich zu verstecken und einfach nur mitzuschreiben – und das war weit entfernt von allen anderen Schülern am einfachsten. Aber natürlich hielt sie das nicht davon ab, mich zu belästigen.

Also seufzte ich lediglich, als ein Schatten über mir erschien, und sah von meinen Notizen auf. „Ja?", fragte ich anstelle einer Begrüßung.

Charlie Anderson grinste. Seine zu perfekten, blonden Haare hatte er mit Wachs nach hinten frisiert, um seine klassisch attraktiven Gesichtszüge zur Schau zu stellen.

Alle Mädchen verehrten ihn, den ewigen Playboy und besten Freund von Dash Charming. Das Duo regierte sozusagen die Schule und ihre Familien waren wohlhabender als Gott selbst.

„Begrüßt man so einen Prinzen, Cinder-Ella?", fragte er entrüstet und lehnte sich an meinen Tisch.

„Oh, ich bitte um Verzeihung." Mit klimpernden Wimpern sah ich zu ihm auf. „Ja, Eure Dreistigkeit? Wie kann ich Euch und Euren Arschloch-Freunden heute Belustigung verschaffen?"

Er streckte die Hand aus, um eine meiner blonden Haarsträhnen, die aus meinem Dutt gefallen war, hinter mein Ohr zu schieben. Ich erlaubte es – einfach aufgrund der Tatsache, dass ich nach Jahren des Kämpfens gelernt hatte, dass es die Situation nur verschlimmern würde, sollte ich mich wehren. Sie zu ignorieren brachte sie gewöhnlich dazu, mich in Ruhe zu lassen.

Aber nicht heute.

Nein, der königliche Arsch der Darlington Academy wollte etwas von mir.

Und er würde mit mir spielen, bis er genau das bekam.

Weitere Schüler betraten den Raum hinter Charlie, während er meine Bluse und meinen Rock unter die Lupe nahm. „Bisschen groß, was? Cinder-Ella?"

„Ja", antwortete ich süßlich. „Das liegt daran, dass die Sachen einst Ryan gehörten." Die gehässige Prinzessin konnte schließlich kein Outfit mehr als fünfmal tragen, nicht mal, wenn es um die Schuluniform ging. Also erbte ich des Öfteren ihre abgetragenen Klamotten, was kein Problem wäre, wenn wir ähnliche Proportionen hätten. Aber ihr Körper war kurvig, während ich die schlanke Figur meiner Mutter geerbt hatte.

„Zu schade", beteuerte er. „Ich hätte gern mehr von dem Körper darunter gesehen."

Ich verdrehte die Augen. „Wie wäre es mit heute Abend?"

Er schmunzelte. „Jetzt sprechen wir meine Sprache."

Ich beantwortete sein Grinsen, indem ich ihn anlächelte und ihm anschließend einen Kuss zu hauchte. „Oh, aber das wird niemals passieren, Sir Deppenstein."

„Wir beide wissen, dass es das würde – sollte ich es tatsächlich wollen", antwortete er unbeeindruckt. „Aber niemand möchte ungewaschene Ware anfassen." Er ließ meine Haare los und wischte sich die Hände an seinen gebügelten Hosen ab. „Versuch mal, morgens zu duschen. Ich habe gehört, das hilft."

Ich hatte an diesem Morgen geduscht.

Dann allerdings hatte mich meine Stiefmutter noch vor der Schule mit einer spontanen Aufgabe betraut und mir nicht die Zeit eingeräumt, mich danach zu waschen.

Deshalb auch das Laub in meinen Haaren.

Während ich Herbstfarben vergötterte, hasste ich die damit verbundenen Pflichten. Himmel, wehe, wir hatten Laub im Garten. Warum meine Stiefmutter sich die Mühe machte, alle Bäume auf unserem Grundstück zu erhalten, war mir ein Rätsel. Sie mochte sie eindeutig nicht, genauso wenig wie die wilden Tiere, die diese Art von Vegetation mit sich brachte.

Er pflückte ein Blatt aus meinem Haar und warf es mir ins Gesicht. „Du bist schmutzig. Und ich bin mir ziemlich sicher, dass das gegen die Kleiderordnung verstößt."

Schnaubend musterte ich die gebräunte Haut in seinem Halsbereich. „So wie das Nicht-Tragen einer Krawatte, meinst du?"

„Für die hatte ich eine anderweitige – und wie ich finde, sinnvollere – Verwendung", murmelte er anzüglich. „Aber ich erwarte nicht, dass du verstehst, was ich meine."

Er kam näher. „Aber vielleicht zeige ich es dir mal. Eine Jungfrau ihrer Blüte zu berauben, kann Spaß machen."

Ich neigte meinen Kopf zur Seite. „Wirklich?", fragte ich Unschuld vortäuschend. „Ich könnte nämlich einen guten Mentor gebrauchen." Ich gab vor, ihn mir genauer anzusehen. „Hmm, nein tut mir leid, ich habs mir anders überlegt. Ich steh nicht so auf Donald Duck."

Er kniff die Augen zusammen und ließ seine Leichtfertigkeit hinter der gefühllosen Maske verschwinden, die ich nur allzu gut kannte. „Du scheinst heute auf Spitznamen zu stehen, was – *Isabella*?"

„Was passt, das passt", antwortete ich achselzuckend.

Daraufhin legte er seine Finger um mein Kinn und positionierte seine Nase vor meiner.

Mein Herz setzte einen Schlag aus, während mir seine Nähe Übelkeit bereitete.

Ich hasste es, wenn sie mich berühren.

Aber das taten sie oft. Sie behandelten mich wie ein neues Kauspielzeug, auf dem sie herumtrampeln konnten. Niemand tat jemals etwas dagegen. Nicht einmal, wenn ihre Berührungen blaue Flecken hinterließen – so wie jetzt.

Die Administratoren dieser renommierten Akademie kümmerten sich vor allem um ihre Budgets und weniger um ihre Schüler. Ich war nur ein Sozialfall, jemand, der das große Glück hatte, hier sein zu dürfen. Es spielte keine Rolle, dass die Schulrechnungen mit dem Geld meines Vaters bezahlt wurden. Nein. Er war tot und hatte Clarissa die Verantwortung für seinen Nachlass übergeben.

„Vorsicht, Cinder-Ella", warnte mich Charlie, während seine Lippen zu meinem Ohr wanderten. „Ich glaube nicht, dass du mich provozieren möchtest."

Er ließ mich los, um seine Handfläche zwischen meinen Brüsten zu platzieren und mir dann einen solchen Stoß zu verpassen, dass mein Stuhl dreißig Zentimeter nach hinten schlitterte.

„Du stinkst", keifte er, bevor er sich wieder aufrecht hinstellte und mich gehässig anstarrte. „Bleib bloß hier hinten. Wir wissen unseren Geruchssinn nämlich zu schätzen." Damit drehte er sich um und ging auf eine Horde kichernder Mädchen und grinsender Typen zu.

Unserem Publikum.

Ja, genießt die Show, dachte ich und schob meinen Stuhl auffällig laut zurück an den Tisch.

Scheiß auf ihn und seine Truppe.

Entweder hatte er nicht gehört, wie ich mich zurück an meinen Platz gesetzt hatte, oder es interessierte ihn nicht. Vermutlich Letzteres. Sein heutiger Versuch, mich zu schikanieren, war beendet und er befand sich im Zentrum der Aufmerksamkeit. Wieder einmal war er der König, der über seinen Lakaien thronte.

Zum Glück war zumindest Dash nicht in diesem Kurs. Beide Prinzen des Königreichs zu ertragen sorgte gewöhnlich für ordentliche Kopfschmerzen.

Dann wurde es still und mir fuhr ein Schauer den Rücken herunter.

Mist. Er hat es gemerkt und jetzt –

„Du musst der berüchtigte Trayton Nacht sein", sagte Charlie schleppend und seine Schultern schienen sich in seinem Blazer anzuspannen, während er jemandem im vorderen Bereich des Raums unter die Lupe nahm.

„Ich weiß nicht, ob *berüchtigt* das richtige Wort ist", antwortete jemand. Eine Gänsehaut überzog meinen Körper, als ich die Stimme des Neuankömmlings in mir aufnahm – tief, maskulin und gleichzeitig melodisch. „Und Tray ist mir lieber."

Als ich meinen Blick durch den Raum schweifen ließ,

wurde meine Ahnung bestätigt: Ich war nicht die einzige, die der Neue in seinen Bann gezogen hatte.

Von den weiblichen Anwesenden kamen interessierte Blicke, während sich auf den Gesichtern der Jungs Eifersucht mit Neugierde mischte. Ich konnte den Neuen nicht sehen, aber er hatte eindeutig eine physische Wirkung auf den Rest der Gruppe.

Was Charlies defensive Haltung erklärte.

Er mochte keine Männer, die seine Position als angesagtester Typ der Schule bedrohen könnten. Nur Dash war es erlaubt, diesen Status mit ihm zu teilen.

Obwohl es tatsächlich – so ließ sich zumindest argumentieren – Charlie war, der diesen Platz mit Dash teilte. Nicht andersherum.

Wie auch immer. Der Neue war offensichtlich ein Konkurrent.

„Charlie Anderson", informierte der Prinz der Darling Academy den Neuling. „Sohn von Jackson Anderson."

Stille.

Nach einem langen, unbequemen Moment antwortete Tray schließlich: „Sorry, sollte mir das irgendetwas sagen?"

Meine Lippen kräuselten sich zu einem Lächeln. *Falsche Antwort, Kumpel.* Aber dennoch bewundernswert.

„Inhaber von Anderson Motors", antwortete Charlie mit nun verschränkten Armen. Ich konnte noch immer lediglich seinen Rücken sehen, womit er mir die Aussicht auf den Neuen verwehrte. Aber ich spürte eine gewisse Spannung, die sich zwischen den Jungs aufzubauen schien.

„Tut mir leid, ich kenne mich mit der amerikanischen Autoindustrie nicht aus. Aber Glückwunsch." Er trat an ihm vorbei und ich warf zum ersten Mal einen Blick auf den Typen, der es gewagt hatte, die Elite Darlingtons infrage zu stellen.

Rotbraune Haare.

Markanter Kiefer.

Starker Hals.

Fehlendes Verständnis über den korrekten Gebrauch einer Schuluniform – eine Lederjacke war kein Blazer!

Er ließ sich auf den Stuhl vor mir fallen und alles an seiner lässigen Körpersprache verriet, was er von Charlies kleiner Inquisition gehalten hatte. „Ist mir scheißegal", stand dem Typen gewissermaßen auf die Stirn geschrieben.

Nun, das könnte interessant werden.

Wie lange würde es der kleine Rebell im Kampf gegen die Prinzen der Darlington Academy aushalten?

Eine Woche – länger würde es nicht dauern, bis er sich rekrutieren ließ. Er war gerade arrogant genug, um sich zu qualifizieren. Und sein Aussehen garantierte ihm definitiv den Eintritt in die Schlafzimmer der weiblichen Elite. Die ganze Show war nicht mehr als ein verherrlichtes Bewerbungsgespräch, um herauszufinden, wie schnell er ihren Mächten erliegen würde. Im Anschluss bekäme er einen Status zugeteilt und der Rest wäre Geschichte.

Professor Montgomery trat schwungvoll ein und nahm Charlie damit die Chance, sein Gespräch mit dem Neuen fortzusetzen. „Setzen Sie sich, setzen Sie sich", sagte sie, während sie ihre Arme durch die Luft wedeln ließ. Die Frau hatte schon immer einen ausgeprägten Sinn fürs Dramatische gehabt.

Mit ihren drahtigen, weißen Haaren, die sie zu einem perfekten Dutt nach hinten gebunden hatte, wirkte sie wie eine strenge Frau. Aber in ihrem hellblauen Blick schlummerte Freundlichkeit.

Ich bewunderte sie und ihre verrückten Methoden.

So wie jetzt. Sie kniff die Augen zusammen, warf einen

Blick auf Trayton Nacht und schnippte dann mit den Fingern. „Nun denn, stellen Sie sich mal vor."

Direkt zum Punkt – wie immer.

Ich schmunzelte, als er sich etwas gerader hinsetzte und sich dann räusperte.

Ja, Montgomery steht nicht auf Spielchen.

„Tray", begann er.

Aber sonst sagte er nichts.

„Tray", wiederholte sie schließlich, als von ihm nichts mehr zu kommen schien. „Wir befinden uns hier im Englischunterricht und benutzen ganze Sätze. Jetzt stellen Sie sich hin und verschaffen Sie mir das Vergnügen einer ordentlichen Vorstellung Ihrer Person."

„Sicher." Er schob seinen Stuhl nach hinten und stand auf. Seine Größe versteckte mich in seinem Schatten. Natürlich. Er war gut aussehend *und* groß.

Sind sie das nicht alle? Ich schnaubte innerlich.

Er drehte seinen Kopf und warf mir einen kurzen Blick zu; seine Iriden eine exotische Mischung aus Obsidian und dunkler Schokolade. Mein Lieblingsgetränk. Nicht, dass ich ihn gern gekostet hätte.

„Mein Name ist Trayton Nacht", verkündete er noch immer mich ansehend. „Ich bevorzuge es, Tray genannt zu werden." Er drehte sich wieder um und musterte Professor Montgomery. „War das ausreichend? Oder benötigt es einer ausführlichen Biografie?"

Mehrere Schüler kicherten.

Ich biss mir auf die Lippen in dem Wissen, dass das nicht gut ausgehen würde. Überhaupt nicht.

Professor Montgomerys Lächeln bestätigte meinen Gedanken. „Eine ausgezeichnete Idee, Mr. Nacht." Sie klatschte in die Hände und ihre Augen tanzten durch die Klasse. „Und da Sie alle lächeln, scheinen Sie ebenfalls meiner Meinung zu sein. Wir machen eine Gruppenarbeit daraus, damit alle am Spaß teilhaben können."

Das Kichern verwandelte sich in Stöhnen, während ich lediglich den Kopf schüttelte.

Idioten.

„Interviews", fuhr Professor Montgomery fort. „Mit daraus resultierenden drei-bis-fünf-seitigen Biografien. Bis Freitag."

Es war Dienstag. Also drei Tage, um die Aufgabe zu bewerkstelligen.

Fan-fucking-tastisch.

Tray setzte sich wieder hin und streckte sich aus. „Mein Leben ist nicht so interessant. Wie wäre es stattdessen mit einer Seite?"

Professor Montgomery zog eine Augenbraue hoch. „Nun, dann bemitleide ich Ihren Partner, denn die Aufgabe lautet drei bis fünf Seiten. Und Sie werden die Biografie eines Mitschülers schreiben, nicht ihre eigene, Mr. Nacht."

Erneutes Stöhnen aus der Klasse.

Tray jedoch grinste. „Ausgezeichnet. Dürfen wir uns unsere Partner selbst aussuchen?"

Himmel, der Typ wusste wirklich nicht, wann es angebracht war, die Klappe zu halten. Wenn er in dem Tempo weitermachte, würde er sich bis zum Ende des Tages Nachsitzen eingehandelt haben.

Ich schüttelte gerade den Kopf, als unsere Professorin ankündigte: „Nein, das überlassen Sie mal schön mir. Und da Miss Cinder ein Problem mit der Aufgabenstellung zu haben scheint, werde ich sie zu Ihrer Partnerin ernennen." Sie warf mir einen Blick zu, der ein Augenrollen meinerseits zum Ergebnis hatte.

Das war nicht der Grund für diese Kombination.

Nein, sie wusste, dass ich ihn nicht schummeln lassen würde.

Fies. Offensichtlich würde ich meine Stimme zur Auszeichnung des besten Lehrers neu überdenken müssen.

Montgomery begann, sämtliche Schüler in Teams aufzuteilen, während die Klasse widerwillig schweigsam wurde. „Sie können sich alle bei Mr. Nacht für diese wundervolle Idee bedanken", fügte sie zum Schluss hinzu, um sein soziales Schicksal an dieser Schule ein für alle Mal zu besiegeln.

Natürlich schien ihn selbst all das lediglich zu amüsieren und er stellte ein arrogantes Grinsen zur Schau. „Gern geschehen", meinte er.

Charlie warf ihm einen gehässigen Blick zu und mehrere andere folgten seinem Beispiel.

Hmm. Vielleicht würde Trayton Nacht am Ende der Woche doch kein Mitglied des königlichen Kreises sein. Vor allem nicht, wenn er damit weitermachte, alle vor den Kopf zu stoßen.

Trina in der ersten Reihe hob die Hand. Ihre perfekten Haare passten zu ihrer perfekt gebügelten Uniform. Professor Montgomery zog eine Augenbraue hoch – ihre persönliche Art und Weise, einen Schüler dranzunehmen. „Dürfen wir den Rest der Unterrichtsstunde nutzen, um mit der Aufgabe anzufangen?", fragte sie. „Es ist Homecoming-Woche, also sind die meisten von uns bereits in nachmittäglichen Aktivitäten eingebunden. Und das Cheerleader-Team hat zusätzliche Übungseinheiten eingeplant."

„Nicht zu schweigen vom Football-Training", fügte Charlie hinzu.

Ah, ja, die außerschulischen Aktivitäten waren immer wichtiger als die akademischen.

Und das war genau der Grund, warum Montgomery innehielt, um die Forderung zu überdenken.

„Ich werde den Abgabetermin auf nächsten Freitag verschieben", entschied sie. „Das sollte die Pläne für diese Woche berücksichtigen, oder?"

Tray wirkte tatsächlich überrascht.

Der Rest der Klasse hingegen blickte erleichtert drein.

„Aber die Aufgabe ist außerhalb der Schule zu erledigen. Ich erwarte gründliche Interviews und eine wahrheitsgetreue Biografie als Ergebnis." Sie schaute spitz in Richtung der Schüler, die sich in der Regel durch diesen Kurs schwindelten. „Niemand schreibt seine eigene Biografie. Ich werde es merken."

Das wäre die einfachste Ausflucht aus dieser Situation.

Aber ich würde Montgomerys Geduld sicher nicht auf die Probe stellen.

„Tatsächlich möchte ich mindestens zwei Stunden protokollierter Zeit für die Interviews, mit gründlichen Notizen und visuellen Beweisen, dass Sie sich getroffen haben. Das sollte für diejenigen von Ihnen, die ihre Kamera-Handys anhimmeln, nicht allzu schwer sein." Ihr Blick fiel auf Trina.

Die blonde Personifikation der Perfektion lächelte. „Natürlich, Professor Montgomery. Das wird für die meisten von uns kein Problem sein." Damit schielte sie in meine Richtung.

„Ich komm schon klar", antwortete ich pointiert. „Aber danke für deine Besorgnis, Miss Perfekt."

„Der arme Neue muss sich mit dem Laubhaufen abgeben", fügte Charlie süffisant hinzu. „Sorry, Kumpel. Ich hoffe, sie duscht wenigstens vor eurem Interview-Rendezvous."

„Das reicht, Mr. Anderson", fuhr Professor Montgomery ihn an. Sie war die einzige Person der Schule, die jemals mehr oder weniger für mich eintrat. Deshalb liebte und hasste ich sie zur selben Zeit.

Ich musste nicht gerettet werden. Das tat ich selbst jeden verdammten Tag, vielen Dank.

Schwungvoll stürzte sie sich in die heutige Lesung, um keine weitere Sekunde zu verschwenden. Schließlich wusste sie, dass genau dies geschehen würde, sollte sie mir erlauben, mich selbst zu verteidigen. Ich hatte kein Problem damit, Charlie Anderson in seine Schranken zu weisen.

Tray kippte seinen Stuhl nach hinten, um sich an die Wand zu lehnen und so sowohl mich als auch den vorderen Bereich des Raums zu sehen.

Ich gab vor, ihn nicht zu bemerken.

Nicht mal, als er mich direkt ansah.

Was, um ehrlich zu sein, furchtbar ablenkend war. Dieser Typ hatte etwas an sich, was den Raum völlig einzunehmen schien. Und sein Verhalten verriet mir, dass er das wusste.

Definitiv arrogant mit einem Hauch von rebellischem Auftreten. Deshalb die Lederjacke. Mir fiel ein, dass Professor Montgomery nichts dazu gesagt hatte.

Seltsam.

Normalerweise war sie sehr penibel, was die Kleiderordnung anging, und hatte erst –

„Du duschst also nicht gern?", fragte er so leise, dass niemand sonst ihn hören konnte.

Ich blinzelte ihn an, erschrocken durch die Unterbrechung meiner Gedanken.

„Faszinierend", meinte er und schnüffelte die Luft. „Meiner Meinung nach riechst du köstlich."

Ich riss die Augen auf. „Wie bitte?" Ich passte meine Stimme seinem Flüstern an, um keine Aufmerksamkeit auf mich zu ziehen. Die Professorin würde es nicht tolerieren, uns während ihrer Lesung tuscheln zu sehen.

Tray öffnete seine Tasche, zog ein Stück Papier heraus und kritzelte darauf herum, bevor er es mir zuschob. „Das ist meine Nummer. Für das Interview."

„Ich habe kein Handy", antwortete ich und gab den Zettel zurück. „Wir müssen uns anderweitig verabreden."

Er runzelte die Stirn. „Wer hat in diesem Jahrhundert kein Handy?"

„Ich." Weil meine Stiefmutter darauf bestand, dass ich keins brauchte.

„Möchtet ihr beide gern etwas mit der Klasse teilen?", forderte nun Professor Montgomery mit scharfer Stimme.

„Nein, ich habe ihr lediglich angeboten, ihr etwas Seife zu leihen", antwortete Tray spöttisch, was ihm ein Lachen Charlies und einen finsteren Blick meinerseits einbrachte. „Sie wissen schon, wegen des Hygieneproblems."

Professor Montgomerys Gesicht färbte sich zu einem unvorteilhaften Rot. „Mir ist klar, dass dies Ihr erster Tag hier ist, Mr. Nacht, aber ich toleriere weder Mobbing noch anderes störendes Verhalten in meinem Unterricht. Noch eine Unterbrechung oder ein unangebrachter Kommentar wird mich dazu veranlassen, Sie zum Direktor zu schicken. Habe ich mich klar ausgedrückt?"

„Ich wollte nur helfen", erwiderte er und hob verteidigend die Hände. „Aber ich werde das Feedback berücksichtigen."

Ich ließ den Kopf auf den Tisch fallen. Idioten.

Professor Montgomery begann zu fauchen. „Ins Büro von Direktor Jeffries. Sofort."

„Jemand muss mir den Weg zeigen", sagte er, während er seine Sachen einsammelte und aufstand.

„Miss Cinder", bellte die Professorin. „Bitte eskortieren

Sie unseren neuen Mitschüler zu Direktor Jeffries. Vielleicht können Sie auf dem Weg ihre Interview-Verabredungen arrangieren."

Warum zum Teufel werde ich in die Bestrafung dieses Arschloches mit reingezogen?, fragte ich mich entsetzt. „Im Ernst?", fragte ich laut und hob den Kopf.

„Im Ernst", keifte sie.

Ich biss die Zähne zusammen und nahm meine Sachen. Als würde ich meine Tasche jemals Charlie und seinen Lakaien überlassen.

„Na schön", antwortete ich und zog den Riemen meiner Tasche über die Schulter. „Du." Ich warf ihm meinen gehässigsten Blick zu. „Komm." Ich wartete nicht auf seine Zustimmung und mein Tonfall implizierte bereits, dass ich nichts außer Folgsam tolerieren würde.

Ich stürmte auf die Tür zu und ignorierte die Professorin. Denn, ja – nach dem heutigen Unterricht würde ich die Liste meiner Lieblingslehrer definitiv überarbeiten müssen.

Tray, der sich in die Rolle eines Hundes hineinzuversetzen schien, bellte hinter mir und provozierte damit eine Runde Gelächter der Klasse.

Zur Antwort hob ich die Augen zur Decke.

Dieser Kerl war genau wie die anderen – ein unreifes Arschloch mit zu viel Zeit und zu viel Geld.

Acht Monate, flüsterte ich. *Noch. Acht. Monate.*

Dann würde ich diese Hölle endlich verlassen können, ohne jemals zurückschauen zu müssen.

TRAY

MMM, köstlich! Ich folgte Isabella Cinder gerade den leeren Korridor der Darlington Academy entlang, als mir dieser Gedanke kam.

Seit unserem ersten Treffen – damals in der Gasse vor knapp drei Jahren – war sie erwachsen geworden. Genau wie ich. Für den Fall, dass sie mich erkannt hatte, zeigte sie nichts. Aber sie hatte es damals so eilig gehabt, dass sie ihre durchnässten Schuhe im schmutzigen Straßenschnee zurückgelassen hatte. Ein hellblauer Klumpen, nichts weiter.

Noch einmal würde ich sie nicht davonkommen lassen.

Nein. Ich war ihretwegen hier. Es gab Dinge, die sie nicht verstand, und der Rat hatte mich mit der Aufgabe betraut, ihr genau diese Dinge zu erklären. Na ja – ich hatte es angeboten. Schließlich war ich derjenige gewesen, der sie gefunden hatte.

Sie hatten sich alle damit einverstanden erklärt, bis zu ihrem achtzehnten Geburtstag zu warten und sie erst anschließend in unsere Welt einzuführen.

Dieser Zeitpunkt war nun gekommen.

Das arme kleine Dinge hatte ja keine Ahnung, wer ihre Eltern wirklich gewesen waren oder welches Schicksal sie ihr hinterlassen hatten. Aber das sollte sich bald ändern, sobald wir ein paar Spielchen hinter uns gebracht hatten.

„Hier", sagte sie und blieb abrupt vor dem Büro des Schulleiters stehen. „Viel Spaß."

Meine Handfläche landete neben ihr auf der Wand und versperrte ihr somit die Flucht. „Bringst du mich nicht rein?"

Sie kniff ihre himmlisch blauen Augen zusammen und die Farbe erinnerte mich an das Kleid, das sie in der Nacht unserer ersten Begegnung getragen hatte. „Ich bin mir ziemlich sicher, dass du allein klarkommst."

„Oh, aber vielleicht bin ich ja schüchtern."

Sie schüttelte schnaubend den Kopf. „Ja, genau." Schließlich verschränkte sie die Arme vor ihrer Brust und strömte eine aufmüpfige Energie aus. Sobald sie ihre Kräfte verstand, würde sie zu einer Naturgewalt werden. Und ich konnte es kaum erwarten. „Ich kann mich jeden Tag nach der Schule lediglich für eine Stunde treffen, um an unserem Projekt zu arbeiten. Such dir also zwei Tage für unser Interview aus und lass uns die Sache so schnell wie möglich hinter uns bringen."

„Oh, ich habe mir bereits einen Tag ausgesucht."

Sie wartete.

Ich erklärte mich nicht weiter, sondern starrte sie lediglich an, während mein Arm sie noch immer am Weitergehen hinderte. Sie hätte einfach einen Schritt nach hinten machen können, um mir zu entkommen, aber das temperamentvolle Mädchen blieb standhaft – absolut unbeeindruckt von meiner Nähe.

Sie war so anders als die Frauen der Akademie der Mitternachtsfeen. Eine von ihnen auf diese Weise in die Ecke zu treiben hätte zu Verführung und sinnlichem Spaß geführt, was einer der Vorteile des königlichen Daseins war.

Aber Isabella schien meinen natürlichen Charme nicht zu registrieren. Stattdessen wirkte sie absolut uninteressiert.

Faszinierend.

„Und welcher Tag wäre das?", forderte sie mich dazu auf, weiterzusprechen. Ihre Geduld hing offensichtlich an einem seidenen Faden.

Ich lächelte. „Samstag."

Daraufhin runzelte sie die Stirn. „Ich meinte einen Wochentag. Nach der Schule. Es sei denn, du hast vor, auch samstags zum Unterricht zu gehen?"

„Nein, ich habe vor, zum Homecoming-Ball zu gehen. Mit dir als mein Date." Ich beugte mich zu ihr vor und bewunderte, wie gut ihre schlanke Form an meinen viel größeren Körper zu passen schien. „Zieh dir was Hübsches an, Miss Cinder." Ich zog einen der Stäbe aus ihrem Haarknoten und ließ ihn zwischen uns auf den Boden fallen. „Ich hole dich um sechs ab. Wir werden einander vor dem Tanz beim Abendessen interviewen."

Dann drückte ich meine Lippen auf ihre Wange und trat um sie herum, während sie etwas Unverständliches in meine Richtung stammelte.

„Was?! Du –"

Ich verschwand im Büro des Schulleiters, bevor sie ihren Satz beenden konnte. Es kümmerte mich nicht, dass mich diese Köstlichkeit von Mädchen fortwährend von sich stieß. Spätestens am Samstag würde sie die Einladung annehmen. Denn bis dahin würde sie den Grund für meine Anwesenheit hier kennen, zumindest einen Teil davon. Und sie wäre zu fasziniert, um zu widerstehen.

Willkommen in meiner Welt, Isabella Cinder.
Ich hoffe, du bleibst eine Weile, um zu spielen.
Denn jetzt gehörst du mir, Liebling.

✿ ELLA ✿

HOMECOMING.

Das musste doch ein Witz sein.

Ein alberner Scherz.

Um Himmels willen, er kannte ja noch nicht mal meinen Namen. Na ja, bis auf meinen Nachnamen. Aber ihn zu einem Ball begleiten? Ähm, nein, niemals. Seit meinem ersten Jahr an dieser Highschool besuchte ich grundsätzlich keine Schulveranstaltungen.

Ich zitterte, als ich daran dachte. *Oh, nein.* Auf keinen Fall. Da hatte sich der Neue selbst ins Knie geschossen. Er würde sich ein anderes Spielzeug suchen müssen, denn an Spielen wie diesem nahm ich schlichtweg nicht teil. Weder mit ihm, noch mit sonst jemandem.

Er hatte aber definitiv Eindruck bei den anderen Mädchen hinterlassen und war nun Thema des Nachmittags in der Umkleidekabine, obwohl er das Mittagessen verpasst hatte. Viele spekulierten, er hätte den Rest des Tages nach seinem Rendezvous mit dem Schulleiter geschwänzt, aber sein Wagen stand noch auf dem Parkplatz. Andere vermuteten, er würde sich auf dem Schulgelände herumtreiben.

Meine Meinung? Von mir aus konnte er hingehen, wo der Pfeffer wächst.

Ich schloss mein Schließfach, nahm Badekappe und

Schwimmbrille von der Bank und begab mich durch die Tür zur Schwimmhalle. Jeder Schüler musste sich jährlich für mindestens einen Sportkurs einschreiben – ich hatte mich fürs Schwimmen entschieden, da meine Stiefschwestern nicht schwimmen konnten und es Spaß machte, in der Lage zu sein, etwas zu tun, was sie nicht konnten.

Leider waren sowohl Charlie als auch Dash Schwimmer und Teil dieses Kurses.

Ich ignorierte sie so wie immer und kniete mich hin, um meine Kappe ins Wasser zu tauchen. Als ich aufstand, spürte ich etwas Warmes von hinten und seufzte. *Geht das schon wieder los*, dachte ich – nur allzu vertraut mit diesem Spiel.

Charlie gab mir nicht einmal die Chance, mich umzudrehen, bevor er mir einen so heftigen Stoß gegen die Hüfte verpasste, dass ich ins Wasser flog.

Vielleicht war es heute auch Dash gewesen.

Wer konnte das schon wissen?

Ich stieß mich am Beckenboden ab, doch anstatt an Ort und Stelle wieder aufzutauchen, trat ich mich von der Wand ab, um etwas an Entfernung zu gewinnen. Ich hatte einmal den Fehler gemacht, in derselben Bahn aufzutauchen, in die ich „gefallen" war. Ich war nicht scharf darauf, meine Haare erneut in der Faust eines Highschool-Prinzen vorzufinden.

Nie wieder.

Ich holte kurz Luft und begab mich dann in die nächste Bahn, nur für den Fall, dass die Idioten entschieden hatten, mir zu folgen. Dann schwamm ich schnell auf die Beckenwand zu.

Zum Glück schaffte ich es, sie zu den Sprungblöcken zu schlagen, und war in der Lage, mich wieder auf den Schwimmhallenboden zu hieven.

Männliches Lachen ertönte von der Seite. Ich ignorierte es, um meine Badekappe aufzusetzen, aber als ich meine Schwimmbrille in Position brachte, erkannte ich drei Jungs – nicht, wie sonst, zwei.

Trayton Nacht.

Ich kniff die Augen zusammen. War er derjenige, der mich ins Wasser geschubst hatte? Er wirkte nämlich ziemlich amüsiert in seinen Badehosen.

Mehrere Mädchen starrten ihn und seinen durchtrainierten Oberkörper mit offenen Mündern an, fast so, als hätten sie noch nie einen athletischen Kerl gesehen. Als hätten Dash und Charlie keinen ähnlichen Körperbau. Klar, Tray hatte diese windzerzausten kastanienbraunen Locken und Augen mit goldenen Sprenkeln. Aber er war genauso gebaut wie die anderen Jungs. Und er schien bereits dazuzugehören, denn sie klopften ihm auf den Rücken, als würden sie ihm gratulieren.

Warum? War er derjenige, der mich ins Wasser gestoßen hatte? Ich schürzte meine Lippen. *Jawohl, lasst uns alle zu Kosten der armen kleinen Cinder-Ella Freunde werden.*

Egal.

Beim Wettschwimmen würde ich ihnen gleich das Lachen aus dem Gesicht wischen. Es machte Charlie verrückt, dass er mich nicht einholen konnte. Anders als Dash, der oft mit mir gleichzog. Also, wie würde sich Mr. Nacht anstellen? Er hatte offensichtlich den Körper eines Schwimmers – die breiten Schultern, die konische Taille und die langen Beine. Der Körperbau eines Freestylers, wenn mich meine Schwimmeraugen nicht täuschten.

Hmm. Das könnte interessant werden, schließlich bevorzugte auch Dash die Freestyle-Events auf kurzer Distanz.

„Wie ich sehe, hast du endlich geduscht, Cinder-Ella", johlte Charlie, als das Trio näher kam.

Ich verzog das Gesicht und zog mir meine Schwimm-brille über die Augen. „Und wie ich sehe, hast du einen neuen Freund gefunden, Chuckie. Wie süß." Ich hauchte ihnen beiden einen Kuss zu und sprang dann ins Wasser, bevor jemand zurückschlagen konnte. Mein Aufwärmen hatte also frühzeitig begonnen und dem Spritzen hinter mir nach zu urteilen, waren die Jungs meinem Beispiel gefolgt.

Na, super.

Aber ihre eigenen Kappen und Schwimmbrillen würden sie aufhalten und mir die Chance geben, einen Vorsprung im Fünfzig-Meter-Becken zu erzielen. Aber selbstverständlich wartete dann der problematische Rückweg auf mich. Ich könnte eventuell das Becken verlassen und zu Fuß um das Becken laufen.

Oder –

Eine Hand erwischte meinen Knöchel und riss mich zurück, bis ich gegen einen harten Körper prallte.

Ich kreischte. Mein Schwung bewegte sich nicht länger in die gewünschte Richtung.

Verdammt! Ich klebte an einem Paar maskuliner Schul-tern, während das Wasser zu tief zum Stehen war. Nicht gut. Ich sollte mich wehren, meinen Angreifer kratzen und mich aus seinem Griff lösen.

Aber er zuckte nicht mal zusammen, als ich meine Fingernägel in seine Haut grub. Stattdessen packte er mich an den Hüften und zog mich noch dichter an sich heran. „Ich werde dir nicht wehtun", flüsterte er mir ins Ohr.

Ich blinzelte erschrocken. „Tray?"

„Vertrau mir", hauchte er und seine Lippen berührten meine Wangen genau wie sie es zuvor getan hatten.

Ich runzelte die Stirn. „Ich kenne dich doch gar nicht."

„Das wird sich bald ändern", antwortete er, als sich das Wasser um uns herumzubewegen begann.

Dash erreichte uns zuerst und sein triumphierender Blick löste in mir den Drang aus, mich zu übergeben. Aber es war Charlies Ankunft und seine rachelüsternen Augen, die mich – selbst im Wasser – zum Schwitzen brachten.

Drei Typen, ich und jede Menge Publikum.

Das konnte nicht gut ausgehen.

Wo ist Grayson, fragte ich mich und suchte die Schwimmhalle nach unserem Coach ab. Normalerweise kritzelte er Übungen auf die Tafel; aber heute war er natürlich nicht in Sicht. Was bedeutete, dass ich absolut keine Rückendeckung erwarten konnte.

Trays Daumen berührte meinen Hüftknochen und ein Schauer durchfuhr mich. Musste er mich so fest an sich drücken? Ich konnte ihn durch unsere Schwimmsachen hindurch tatsächlich *spüren* und sein wachsendes Interesse drückte gegen meinen unteren Bauch. Nicht gut. Überhaupt nicht gut.

Und was erlaubte er sich eigentlich, sich von mir angezogen zu fühlen?

„Wie ich sehe, hast du einen toten Fisch gefangen", sagte Charlie mit kalter Stimme.

„Oh, so tot kommt er mir gar nicht vor", sinnierte Tray und sein Griff wurde fester. „Fühlt sich noch ziemlich lebendig an."

„Lass mich los", forderte ich und krallte mich an seine Unterarme.

„Nö, du gefällst mir dort, wo du bist, Isabella."

„Isabella?", wiederholte ich. „Niemand nennt mich –" Ich würgte, als mein Mund mit Wasser volllief, nachdem mich jemand abrupt unter die Wasseroberfläche gedrückt hatte. Seine Handflächen waren Betonblöcke an meinen Seiten.

Über mir ertönte Gelächter, aber der Klang war entfernt für meine Ohren. Ich kratzte Trays Bauch, um meine Freilassung zu erreichen, aber der Idiot bewegte sich keinen Millimeter.

Ich zappelte mit den Beinen und schuf eine Art Mini-Whirlpool unter uns, um irgendwo Halt zu finden.

Nichts.

Mist!

Meine Lungen begannen zu brennen und meine Energie war nach dem Kampf mit der Steinmauer Trayton Nacht am Limit.

Ich packte seine Badeshorts und versuchte sie in einem letzten Versuch nach unten zu ziehen.

Doch das Band hielt.

Er konnte mich doch nicht einfach ertrinken lassen, oder? Aber etwas an seinem Griff ließ mich an dieser Vermutung zweifeln.

Meine Arme und Beinen begannen zu kribbeln.

Mein Bedürfnis zu atmen überwältigte mich, sodass ich schließlich meinen Mund öffnete. Plötzlich schlug mir eine Welle süßer Luft ins Gesicht und ich keuchte schmerzerfüllt.

Dash und Charlie lachten hysterisch.

Aber Trays Augen lagen auf meinen und sein Blick war so intensiv, dass ich hektisch blinzelte und Wasser spuckte. „Jetzt beende diese Runde für mich", neckte er und stieß mich hart von sich.

Ich dachte nicht nach. Meine Arme und Beine bewegten sich bereits, während ich noch immer gegen den Schmerz in meiner Brust ankämpfte. Eine Flutwelle baute sich hinter mir auf; das Trio hatte sich wie ein durchge-knalltes Verfolgungsteam in Bewegung gesetzt.

Ich tauchte unter den Bahnabgrenzungen hindurch, um den Beckenrand zu finden. Schließlich drückte ich mich aus dem Wasser, bevor sie mich erreichen konnten. Ich zitterte am ganzen Körper und die lebhafte Erinnerung an das Gefühl des Ertrinkens kam mit jedem frischen Atemzug wieder hoch.

Tray erreichte mich zuerst, aber statt mir nachzuspringen, platzierte er seine Arme auf dem Rand und sah mich an. Charlie und Dash verhielten sich allerdings nicht so locker und ihr Ärger war greifbar.

„Was zum Teufel war das, Mann?", fragte Charlie wütend.

Tray schürzte kurz die Lippen und zwinkerte mir dann zu, bevor seine Gesichtszüge erneut hinter der kühlen Maske verschwanden. „Was zum Teufel war was?", fragte er und betrachtete dabei meine Peiniger. „Die Maus ist entwischt. Wir jagen sie ein anderes Mal wieder."

„Weil du meinen Oberkörper als verdammtes Sprung-brett benutzt hast", keifte Charlie und zog sich aus dem Wasser.

Tatsächlich bildete sich bereits ein roter Abdruck auf seinem Bauch.

Interessant. Ich war fast eifersüchtig.

„Mein Fehler, Alter", sagte Tray und ließ die Wand los. „Ich war zu begierig darauf, mit meinem neuen Spielzeug zu spielen."

In mir kochte es nun. *Ich bin kein verdammtes Spielzeug.*

„Ich weiß ja nicht, wie es euch geht – aber ich bin jetzt bereit, ein paar Runden zu drehen. Wir plaudern nachher weiter." Er ließ die Beckenwand los und schwebte auf seinem Rücken davon. Nach ein paar Froschbewegungen drehte er sich auf den Bauch und schwamm mit langen, starken Zügen auf die andere Seite des Beckens zu.

Kein Wunder, dass er mich erwischt hatte.

Der Typ war ein verdammter Fisch.

„Das ist noch nicht vorbei, Cinder-Ella", zischte Charlie und ich richtete meine Aufmerksamkeit wieder auf ihn.

„Das ist es nie", murmelte ich und zwang mich mit zittrigen Beinen zum Aufstehen. „Aber für heute habe ich genug."

Mit dieser schwachen Erwiderung ging ich an den einen Ort, an den sie mir nicht folgen konnten. Die Umkleidekabine der Mädchen.

TRAY

MEIN BLUT KOCHTE und meine Fingerspitzen glühten förmlich vor Magie. Ich musste mich beherrschen, um nicht auf Charlie und seinen Kumpel Dash einzuschlagen. Sie zu ertränken, wäre zu einfach gewesen.

Aber das konnte ich nicht tun. Schließlich verdienten sie es, für ihre Verbrechen gegenüber Isabella zu leiden. Und sie musste diejenige sein, die sie für Jahre der Folter bestrafte.

Doch die zwei Mädchen, die sich im Moment an mein Auto lehnten, wären ein fantastisches Finale.

Ryan und Carmen Cinder, die Bienenköniginnen der Darlington Academy.

Sie trugen kurze Röcke, locker geknöpfte Blusen und Lippenstift in der Farbe Fick-mich-Rot. Sie waren die Definition von übertriebener Bemühung. Ganz im Gegensatz zu ihrer umwerfenden Stiefschwester, die keinen Klecks Make-up brauchte, um ihre natürlichen, herrlichen Gesichtszüge zur Geltung zu bringen.

Ich drückte auf den Knopf, um meinen Wagen zu entriegeln, öffnete dann die Beifahrertür und warf meine Tasche ins Innere. Ryan und Carmen lehnten noch immer an der Fahrerseite und ihre braunen Augen funkelten, als ich mich ihnen näherte.

„Meine Damen", begrüßte ich sie mit einem gezwun-

genen Lächeln. „Braucht ihr eine Mitfahrgelegenheit?"
Mir wäre es liebsten, sie direkt in die Hölle zu chauffie-
ren, aber das war nun mal nicht Teil des Spiels. Sollte
sich Isabella dazu entscheiden, diesen Schlampen ein
grausames Schicksal zu bescheren, dann war das ihre
Sache. Vorerst allerdings musste ich meine Rolle
ausfüllen.

„Wir haben gehört, dass du Interesse an unserer Stiefschwester hast", begann Carmen und zwirbelte ihre Finger
durch ihre platinblonden Haare.

„Ach ja?" Ich lehnte mich an meinen Wagen und
musterte sie langsam.

Volle Brüste, winzige Taille, lange Beine.

Ich konnte ihren Reiz auf die menschliche Männerbe-
völkerung erkennen, aber unter ihrer Porzellanhaut lebte
eine Hexe mit teuflischen Krallen.

„Wer ist deine Stiefschwester?", fragte ich und gab vor,
nichts über die berühmt-berüchtigten Cinder-Schwestern
zu wissen. „Sieht sie dir ähnlich?" Die Antwort darauf
kannte ich: absolut nicht. Isabellas Haare waren von einem
natürlichen Blondton, ihr Körper schlank und schmal, aber
mit Kurven an den exakt richtigen Stellen. Und sie hatte
ein Gesicht, das ich ewig betrachten könnte, ohne jemals
das Interesse zu verlieren.

Deshalb waren Dash und Charlie von ihr besessen. Oh,
natürlich nutzten sie das Faible ihrer Schwestern als
Entschuldigung dafür, sie zu schikanieren – aber beide
Männer wollten sie ficken. Das hatte ich heute in ihren
Augen gesehen, als Isabella in dem engen Badeanzug aus
der Umkleidekabine getreten war. Sie quälten sie, um einen
Grund zu haben, sie zu berühren.

Deshalb auch mein Einschreiten.

Ich hatte mich damit nicht wirklich beliebt gemacht,

aber ich würde nicht einfach dasitzen und ihnen dabei zusehen, wie sie sie folterten.

Carmen kicherte, während Ryan lachte, und ich kehrte in die Gegenwart und zu dieser dämlichen Übung zurück.

„Ich? Isabella? Ähnlich sehen?" Carmen klang beleidigt und meine Lippen zuckten. Es bestand nämlich tatsächlich absolut keine Ähnlichkeit zwischen den beiden. Und auch Ryan mit ihrer falschen Nase und den gebleichten Zähnen war nicht besser.

Beide Bräute wirkten wie eine schlecht gemachte Werbung für Airbrush Make-up.

„Glaub mir, nur Nagetiere weisen eine Ähnlichkeit mit unserer erbärmlichen Stiefschwester auf", fügte Ryan hinzu, wobei sie auf mich zukam und einen blutroten Fingernagel meine Brust hinunterwandern ließ. „Aber wir sind neugierig. Warum bist du an ihr interessiert?"

„Ja! Es kursiert ein Gerücht, dass du dich mit ihr im Schwimmbecken vergnügt hast", meinte nun auch Carmen, die ebenfalls in meinen persönlichen Bereich eindrang, indem sie mich am Arm packte.

Sehr direkt.

Selbstsicher.

Und offensichtlich in der Stimmung für Kontrolle.

Aber die beiden hatten ja keine Ahnung, wen sie da vor sich hatten.

Ich packte Ryan an der Hüfte und zog sie enger an mich heran. Sie keuchte angesichts meiner abrupten Bewegung. Fantastisch. *Versuche, mich zu manipulieren*, dachte ich.

„Mein Interesse ist meine Sache", sagte ich stattdessen, nachdem ich ihren Blick aufgefangen hatte. „Aber du hast mich neugierig gemacht, Liebling. Soll ich stattdessen ein wenig Spaß mit dir haben?"

Dich in Flammen zu setzen wäre nämlich unglaublich unterhaltsam, sinnierte ich und betrachte amüsiert das Bild vor meinem inneren Auge.

Sie legte ihre Handfläche auf meine Brust und drückte ihren Körper an meinen. Die Bewegung wirkte geübt und zeugte von sexueller Erfahrung.

Aber in mir regte sich nichts. Stattdessen kostete es mich körperliche Anstrengung, nicht offen zusammen-zuzucken.

„Mmm, ich denke, das würde dir gefallen", murmelte sie und ihre Lippen landeten auf meinem Ohr. „Aber ich werde Beweise brauchen, dass du der Herausforderung gewachsen bist."

Carmen drückte sich auf meiner anderen Körperseite gegen mich und streichelte meine Haare. „Oh, ich denke, das ist er, Ry", meinte sie ungezwungen. „Tatsächlich bin ich der Meinung, er könnte einiges an Unterhaltung bieten."

„Schlägst du einen Test vor, Schwester?", gurrte Ryan.

„Genau." Sie klimperte mit den Wimpern und kam noch näher. „Einen anspruchsvollen."

Himmel, das war einfach zu leicht. Erst seit einem Tag hier und sie tappten mir bereits in die Falle, ohne dass ich wirklich etwas dafür tun musste. Brillant. „Ich höre", murmelte ich und hielt Ryans Hüfte fester. Sie war eindeutig die Anführerin, also konzentrierte ich mich auf sie. „Was hast du im Sinn, Liebes?"

„Die arme Ella hatte schon so lange kein Date mehr. Ich denke, du solltest sie bitten, mit dir zum Ball zu gehen." Sie ließ ihre roten Krallen an meinem Shirt auf und abwandern und ich musste mich zurückhaltenden, ihre Finger nicht mit meinen Kräften in Flammen aufgehen zu lassen.

Zum Glück waren ihre Worte Musik in meinen Ohren.

„Du willst, dass ich eine andere Frau – diese *Ella* – mit zum Ball nehme?", wiederholte ich.

Sie nickte. „Nicht nur das. Ich möchte, dass du sie bloßstellst."

Ich runzelte fragend die Stirn. „Aber warum?"

Sie zog die Schultern hoch. „Weil sie eine arrogante kleine Schlampe ist, die sich für etwas Besseres hält."

„Und seit dem ersten Jahr hat sie niemand mehr zum Tanzen ausgeführt", fügte Carmen hinzu.

„Ich sehe noch immer keinen Nutzen in dieser Sache", erwiderte ich gekünstelt und lehnte mich nach vorne, bis meine Nase Ryans Wange kitzelte. „Du scheinst mehr auf meiner Wellenlänge zu sein. Warum führe ich nicht stattdessen dich aus?"

Ihr Lachen war eines dieser falschen, klirrenden Geräusche, das den meisten Männern die Haare zu Berge stehen ließen. Genauso übertrieben wie alles andere an ihr auch.

„Nun, wenn du deine Arbeit richtig erledigst, bekommst du uns beide als Preis", neckte Ryan und warf ihrer Schwester einen verschwörerischen Blick zu, bevor sie mich erneut mit schmalen, leeren Augen ansah. „Aber nur, wenn du sie zum Weinen bringst, Frischling. Du musst sie so richtig blamieren. Und wir sprechen hier von einem kompletten Zusammenbruch."

Ich hob die Augenbrauen an. „Und ihr beide seid meine Belohnung?" Fielen Männer tatsächlich auf diesen Mist rein?

Oh, richtig! Zwei der Idioten, die genau das taten, hatte ich bereits kennengelernt.

Scheinbar zerstörte der ganze Zwillingsschwester-Fetisch in diesen Gefilden jeglichen Sinn für menschliche Moral.

Ryan nickte. „Du bekommst uns. Und zwar so lange, wie du möchtest."

„Egal, was dir vorschwebt – du bekommst es", sagte Carmen und nahm erneut ihre Rolle als verführerischer Sidekick ein, während sie ihre vollen Brüste gegen meinen Arm drückte.

„Das ist ein faszinierender Vorschlag, meine Damen", gab ich zu. *Aber nicht aus den von euch genannten Gründen.*

Die beiden in einer beliebigen Stellung zu haben, wäre ein wahr gewordener Traum. Denn ich würde sie an einen Scheiterhaufen binden und bei lebendigem Leib verbrennen.

Mann. Wie hatte es Isabella mit diesen Schlampen überlebt?

„Also, was sagst du, heißer Feger?", fragte Ryan und ihre Stimme nahm einen heißen Unterton an, als sie mit ihren Lippen über meinen Kiefer glitt.

Ich sage, ich brauche eine Dusche, Liebes, dachte ich. Stattdessen unterdrückte ich meinen Würgereflex und zwang meine Lippen zu einem Lächeln. „Es wird mehr als einen Tanz brauchen, sie mit dem Ziel eines Nervenzusammenbruchs bloßzustellen", antwortete ich. Schließlich brauchte ich eine Ausrede, um so viel Zeit wie möglich mit Isabella zu verbringen. „Wir sprechen hier von Monaten der Arbeit, was außerdem bedeutet, dass ich mehr als eine Nacht mit euch beiden verlange."

Ryans funkelte neugierig. „Es klingt, als hättest du Erfahrung darin, eine Frau zu brechen."

Jetzt lächelte ich wirklich und ließ meine Hand zu ihrem Rücken wandern, wo er auf ihrer Wirbelsäule liegen blieb. „Du hast ja keine Ahnung, Liebling", säuselte ich in ihr Ohr und zog mich dann zurück. „Wenn ihr meine

Dienste wollt, werdet ihr bezahlen müssen. Und zwar richtig."

Die Mädchen warfen sich einen Blick zu und ich konnte die teuflische Energie spüren, die zwischen ihnen wuchs.

Ich hatte sie genau dort, wo ich sie haben wollte.

Sie würde mir nicht nur jede Ausrede verschaffen, Isabella näherzukommen – nein, sie würden mir sogar dafür danken.

Bis zum Moment der Wahrheit.

Und ihrer Zerstörung durch ihre Stiefschwester.

Herrlich. Ich konnte es kaum erwarten.

„In Ordnung", murmelte Ryan. „Überzeuge Ella davon, dich dieses Wochenende zum Homecoming-Ball zu begleiten. Dann wissen wir, dass du es ernst meinst, und wir reden über einen angemessenen Preis."

„Homecoming", wiederholte ich und gab vor, darüber nachzudenken.

Offensichtlich hatte Isabella meinen Vorschlag niemandem gegenüber erwähnt. Nicht, dass mich das überraschte. Sie hatte keinerlei Absicht, mich dorthin zu begleiten. Aber ich würde ihre Meinung schon noch ändern.

„Samstagabend bekommst du von uns eine Kostprobe auf das, was dich erwartet", erklärte Ryan nun in einem Versuch, den Deal für mich zu versüßen. „Betrachte es als beidseitigen Test. Wir finden heraus, ob du so gut bist, wie du behauptest, und wir beweisen, dass wir besser sind, als du es dir je erträumen könntest."

Ich schmunzelte. „Da hast du wohl was verwechselt, Täubchen." Ich tippte ihre Nasenspitze an. „Ich bin nämlich viel besser, als du es dir je erträumen könntest."

„Dann beweise es", höhnte sie. „Geh mit Ella zum Homecoming-Ball."

„Wenn ich das tue, ist das der Anfang des Spiels", warnte ich. „Und ich werde vorgeben müssen, ihr zu gehören, sonst gibt es keine künftigen Spielchen."

In Ryans Augen wuchs so etwas wie Respekt. „Verstanden. Wir werden uns diskret verhalten."

Ich nickte. „Dann habt ihr einen Test-Deal, ihr Lieben." Meine Hand wanderte erneut zu ihrer Hüfte, wo ich zudrückte. „Jetzt sagt mir eure Namen."

Sie kicherten beide kopfschüttelnd. „Als wüsstest du die nicht", erwiderte Ryan.

„Tue ich nicht." Eine perfekte Lüge, aber ich genoss es zu sehen, wie ihre Augen etwas trüber wurden.

„Wirklich?", fragte Carmen schockiert.

„Erster Tag, neuer Typ, schon vergessen?" Ich ließ Ryan los. „Ich weiß nicht mal, wer Ella ist."

„Das Mädchen, das du heute im Schwimmunterricht unter Wasser getunkt hast", antwortete Carmen mit gerunzelter Stirn.

„Cinder?", fragte ich schnaubend. „Ich dachte, das Ganze soll eine Herausforderung sein?"

Ryan lachte auf und schüttelte den Kopf. „Oh, Frischling. Du hast ja keine Ahnung. Ich bin Ryan und das ist Carmen. Bis zum Ende der Woche wirst du alles über uns wissen, insofern du nicht sämtliche Unterrichtsstunden schwänzt."

Ich schmunzelte amüsiert. „Ihr habt von meinem Tag gehört, was?" Ich verschränkte meine Arme vor der Brust, um etwas Raum zum Atmen zu haben. Ihr Parfum begann, mir Kopfschmerzen zu bereiten. Keine der beiden verstand diese Botschaft.

„Wir hören alles, was in dieser Schule vor sich geht", antwortete Ryan und ihr Statement glich einer Drohung. „Uns gehört diese Schule."

„Faszinierend." Und leider wahr, soweit ich das bisher beurteilen konnte. „Nun, es war reizend, euch beide kennenzulernen, aber ich muss einen Plan aushecken und habe lediglich drei Tage Zeit. Es sei denn, ihr wollt mir bereits eine kleine Kostprobe bieten?"

Carmen schien sich für diese Idee begeistern zu können.

Ryan jedoch lächelte nur. „Keine Chance, Frischling. Zeig, was du kannst. Dann reden wir weiter."

Ich erwiderte ihr Lächeln. „Ich werde mehr als das tun." Zwinkernd öffnete ich die Tür zu meinem Wagen und schüttelte sie auf dem Weg erfolgreich von mir ab. „Ich freue mich auf unsere gemeinsame Zukunft, meine Damen, die in der Tat sehr vergnüglich zu werden scheint." *Vor allem, wenn ich Isabellas Kräfte entfache und ihr dabei zusehe, wie sie euch beide grillt.*

Ach – welch ein Anblick das wäre.

„Auf die Zukunft", sagte ich, woraufhin ich in meinen Wagen rutschte und die Tür hinter mir schloss. *Möget ihr beide bis auf alle Ewigkeit brennen.*

✿ ELLA ✿

„WAS ZUM TEUFEL IST DAS?", forderte ich zu wissen und warf Tray den Zettel ins Gesicht.

Mein Mittwochmorgen war gerade zwei Minuten alt und meine Laune bereits unterirdisch. Zu verdanken hatte ich das dem Idioten, der im Englischunterricht erneut den Tisch vor mir in Beschlag genommen hatte.

Nur weil wir gemeinsam an einem Projekt arbeiteten, bedeutete das nicht, dass wir in der Nähe des anderen sitzen mussten. Diesen Punkt würde ich ansprechen, sobald er sich dazu hinreißen ließ, den Zettel zu erklären, den er auf meinem Stuhl hinterlassen hatte.

Er warf kaum einen Blick darauf, sondern runzelte lediglich die Stirn, als wäre meine Frage überflüssig. „Die Liste mit Fragen für unser Abendessen am Samstag." Er verschränkte die Arme und streckte seine Beine auf diese lässige Art und Weise aus, die er so zu mögen schien. Irgendwie wirkte er dadurch sowohl elegant als auch faul. „Wenn du deine Liste für mich bis morgen zusammenstellen könntest, wäre das klasse. Ich möchte unbedingt vorbereitet sein."

Ich stotterte, starrte erneut auf den Zettel und dann auf ihn. „*Das* sind deine Interview-Fragen?" Ich begann, sie laut vorzulesen. „Lieblingslocation für Verabredungen. Lieblingsblume. Lieblingsdessert. Wo ich am liebsten geküsst werde." Ich schüttelte den Kopf. „Das klingt nach dem Fragebogen einer Dating-Webseite, nicht nach einem Schulprojekt."

„Betrachte es als kreative Kombination von Aktivitäten." Er verzog die Lippen zu einem Lächeln und entblößte dabei seine Grübchen. „Ich kann es kaum erwarten, deine Fragen an mich zu lesen, Isabella. Tu dir keinen Zwang an, mich auch um Demonstrationen zu bitten."

Ich kniff die Augen zusammen. „Kannst du mir demonstrieren, wie du dir ein Messer in die Brust rammst?"

„Klar", antwortete er, krümmte die Hand zu einer Faust und schlug damit gegen seine Brust. „Gefällt dir das, Liebes?"

„Ein Messer wäre noch besser gewesen."

„Na, na", erwiderte er. „Es gibt so viele faszinierende Methoden, eine Waffe zu benutzen." Er drückte sich von seinem Stuhl ab und sein 1,80 Meter großer Körper überragte meinen 1,50 Meter kleinen. Ich bemühte mich, die Fassung zu bewahren, als er sich in meinen persönlichen Bereich hineinbewegte und seine Handfläche auf meiner Hüfte landete. „Vielleicht bringe ich dir am Samstag einen Dolch mit, um es dir zu zeigen."

Erneut kniff ich die Augen zusammen. „Ich habe dir bereits gesagt, dass mir ein Wochentag lieber wäre."

„Zu schade. Denn Samstag ist mein einziges Angebot." Seine Hände wanderten an meinem Körper hinauf und seine Berührung war heiß durch den Stoff der dünnen, bestickten Bluse meiner Schuluniform. „Es sei denn, du willst unsere erste gemeinsame Aufgabe vermasseln?", bot er an. „Ich spiele gern jederzeit den Rebellen mit dir, Liebes."

„Was hast du nach der Schule zu tun, dass du nur an

den Wochenenden verfügbar bist?", verlangte ich zu erfahren.

„Ja, die Frage ist gut. Schreib sie auf deine Liste." Seine Hand hatte nun den unteren Bereich meines Rückens erreicht und er zog mich in die Wärme seines Körpers. „Aber die anderen Fragen sollten etwas kreativer sein, Isabella. Ich möchte, dass wir einander kennenlernen. Intim."

Ich hasste das Erschaudern, das dieses letzte Wort auslöste.

Und noch schlimmer war, dass ich dieses Erschaudern *mochte*, genauso wie das Kribbeln in meinem Bauch, das er verursachte.

Du weißt es doch besser, rügte ich mich. *Diese Jungs wollen nur spielen.*

Ich meine – erst gestern hatte Tray versucht, mich zu ertränken. Sozusagen. Na ja, er hatte danach etwas besorgt gewirkt, aber nur kurz. Und er hatte mir einen kleinen Vorsprung zur Flucht gegeben. Aber dennoch war es seine pure Absicht gewesen, mir weh zu tun. Genau wie Dash und Charlie es immer taten. Diese Situation hier war lediglich die neueste Strategie der fiesen Clique, mich auf die Palme zu bringen.

„Ich gehe nicht mit dir zum Homecoming-Ball", sagte ich erneut und schlug mit der Hand auf den Tisch.

Er zuckte nicht mal zusammen. Nein, der verdammte Kerl hatte tatsächlich die Frechheit zu lächeln. „Dann fallen wir eben beide durch." Er ließ mich los und setzte sich wieder hin. „Wenn du es dir anders überlegst, gib mir Bescheid. Ich werde ein kleines Nickerchen halten."

Tray schloss die Augen.

Und ich knurrte.

„Du kannst mich nicht dazu zwingen, mit dir essen und

zum Ball zu gehen, nur um dieses Projekt zu bestehen."

Sein Schweigen sprach Bände.

Ich sah mich um und bemerkte, dass die halbe Klasse unsere Auseinandersetzung mit eifrigem Interesse beobachtete. Sogar Charlie wirkte amüsiert. „Cinder-Ella hat doch keine Ahnung, wie man tanzt, Nacht. Gott, sie weiß vermutlich nicht mal, wie man ein Kleid trägt."

Die darauffolgenden Lacher brachten mich dazu, die Augen zu verdrehen. „Ich trage in diesem Moment einen Rock, Charlie Joe."

„Ein Rock ist kein Kleid, Ella Kloake", erwiderte er. „Aber wir alle wissen, dass es sowieso ein abgetragenes Outfit deiner Schwestern wäre."

„Stiefschwestern", korrigierte ich ihn. „Und kümmere dich um deinen eigenen Kram." Ich kickte gegen Trays Schuh und er öffnete ein Auge. „Abendessen um sechs. Kein Ball."

„Nö", antwortete er. „Essen und Ball. Und ich will morgen früh eine Liste mit Fragen." Dann schloss er wieder beide Augen.

Ich brummte eine Obszönität zur Antwort, als Professor Montgomery in den Raum stürmte. Ihr Blick funkelte freudig. „Guten Morgen", begrüßte sie uns mit singender Stimme, übernahm bereits die Klasse und zwang mich zurück auf meinen Platz.

Am Ende ihres einstündigen Vortrags wollte ich Trayton Nacht umbringen. Das sture Arschloch würde mir keine andere Wahl lassen, als seine haarsträubende Forderung zu akzeptieren. Andernfalls würde ich das Projekt nicht bestehen – und das konnte ich mir nicht leisten.

Ich musste meinen Notendurchschnitt halten, um meine Studienziele zu erreichen, nämlich quer durchs Land zu ziehen und weit, weit weg von meinen bösen Stiefschwestern und meiner Stiefmutter zu leben. Da alle meine Bewerbungen gerade geprüft wurden, konnte ich es mir nicht leisten, in einem Fach durchzufallen.

Ich knirschte mit den Zähnen und mein Magen verdrehte sich zu einem Knoten.

Na gut, ich würde sein Spiel akzeptieren.

Ich würde dem Abendessen und dem Ball zustimmen. Und ich würde ihm den gesamten Abend über das Leben zur Hölle machen. Angefangen bei der Wahl meiner Garderobe. Meine Lippen zuckten. Ja, ich hatte das perfekte Outfit im Kopf. Wenn ich Glück hatte, würde er unser Interview noch im Haus beenden, weil er nicht in der Öffentlichkeit mit mir gesehen werden wollte.

„In Ordnung, Tray", sagte ich, stand auf und zog den Riemen meiner Tasche über die Schulter. „Du hast gewonnen."

„Ach ja?" Er war abrupt stehen geblieben, als ich seinen Namen gerufen hatte, und schielte nun nach hinten. „Achtzehn Uhr?"

„Achtzehn Uhr", stimmte ich zu.

„Und der Ball?"

Ich zwang mich zu einem Lächeln. „Sicher, Tray. Wir gehen zum Ball."

Seine Augen funkelten. „Du wirst es nicht bereuen."

Ich schnaubte fast und schüttelte stattdessen meinen Kopf, während ich an ihm vorbei und zur Tür ging. Ja, er hatte recht. Ich würde dieses Wochenende nicht bereuen. Er schon – dafür wollte ich sorgen.

„Vergiss deine Fragen morgen nicht", rief er mir noch nach.

Ich zeigte ihm zum Abschied den Mittelfinger.

Er würde seine Interview-Fragen bekommen.

Und noch viel mehr.

TRAY

ISABELLA WARTETE am Fuße ihrer langen, gewundenen Einfahrt auf mich. Sie trug ein schwarze, zerrissene Jeans und ein übergroßes Sweatshirt mit Flecken. Ihre blonden Haare waren zu einem unordentlichen Dutt zerzaust und sie hatte sich nicht geschminkt.

Ich lächelte und mir wurde warm ums Herz.

Wenn sie glaubte, dieser Penner-Look würde mich abturnen, hatte sie sich getäuscht.

„Hallo Liebling", sagte ich bereits, noch während ich um die Motorhaube des Wagens herumging. „Bist du bereits für deinen großen Abend?"

Kurz weiteten sich ihre Augen vor Schock, gefolgt von einem Anflug von Neugier, als sie den Schnitt meines komplett schwarzen Anzugs musterte. Ihre Zunge glitt heraus, um sich über die Lippen zu lecken, was mich fast so sehr verblüffte wie ihre sofortige Regeneration – als sie ihre blauen Augen zu Schlitzen verengte. „Du betrachtest den Homecoming-Ball als einen großen Abend?"

„Unser erstes Date ist ein großer Abend. Also, ja." Ich öffnete die Beifahrertür. „Rein mit dir, Isabella."

„Interview-Tipp Nummer eins", bemerkte sie und machte einen Schritt in ihren verschlissenen Stiefeln. „Ich bevorzuge Ella."

„Date-Tipp Nummer eins." Ich packte sie an den

Hüften und zog sie so zu mir, dass ich meine Lippen an ihr Ohr pressen konnte. „Ich nenne dich Isabella." Ich schob sie in Richtung Sitz und grinste, als sie gewissermaßen in den Wagen fiel. Das lag nicht so sehr an meinen Worten als an dem sackartigen Schnitt ihrer Jeans. „Hättest etwas Praktischeres anziehen sollen, meine Hübsche."

Sie zog ihre Beine ins Auto und starrte mich an. „Lass es uns endlich hinter uns bringen."

„Sicher." Ich schloss ihre Türe und nahm dann ihre Tasche, die sie in der Einfahrt vergessen hatte, mit zum Kofferraum. Sie hatte sich bereits angeschnallt, als ich mich neben sie setzte, und kümmerte sich nicht einmal darum, mir dafür zu danken, ihre zurückgelassenen Besitztümer eingesammelt zu haben. „Deine Manieren sind beispielhaft", erklärte ich, während ich den Wagen anließ.

„Mensch, vielen Dank", antwortete sie mit widerlich süßer Stimme. „Ich habe sie extra für dich auf Vordermann gebracht."

Ich schnaubte. „Das glaube ich sogar." Sie war die ganze Woche mir gegenüber kratzbürstig gewesen und ihre Interview-Fragen brachten ihren Standpunkt mehr als deutlich zum Ausdruck.

Was ist dein größter Misserfolg?

Würdest du lieber in einem Pool mit Haien schwimmen oder in einem Schlangenloch spielen?

Bewunderst du jemanden außer dir selbst?

Welche Musik gefällt dir am wenigsten?

Jede Frage hatte einen negativen Beigeschmack und bewies, dass ich hier einen ziemlichen Kampf vor mir hatte. Das war eine ganz andere Erfahrung als sonst. Im Reich der Mitternachtsfeen brauchte ich eine Frau nur anzuschauen und sie fiel in glücklicher Selbstvergessenheit auf die Knie.

Aber Isabella war anders.

Absolut. Dieses Mädchen zwang mich zur Arbeit. Und ich konnte es verdammt noch mal kaum erwarten.

Stillschweigend fuhren wir zu dem Restaurant, das ich für unser Projekt ausgewählt hatte. Isabellas Aussehen würde einiges an Aufmerksamkeit auf sich ziehen – etwas, von dem ich vermutete, dass es ihr Ziel gewesen war. Sie hatte vermutlich erwartet, mich mit ihren Klamotten abzuschrecken, und war deshalb nun vermutlich so still. Tatsächlich wirkte sie etwas nervös und zupfte an ihren Fingernägeln herum.

Ich hielt am Valet-Stand an und unterdrückte ein Grinsen, als sie sich neben mir versteifte. „*La Scala*?“, fragte sie mit gehauchter Stimme.

„Jepp.“ Ich gab ihr nicht die Chance, mehr zu sagen, sondern verließ bereits den Wagen und warf dem Valet die Schlüssel zu. Als ich die Beifahrertür öffnete, hatte sie sich noch nicht bewegt und ihr Gurt was fest an seinem Platz. „Bereit?“, fragte ich und hielt ihr meine Hand hin.

Sie sah zu mir auf und ihre Wangen nahmen einen köstlichen Rosa-Ton an. „Ich ... Ich bin nicht fürs *La Scala* gekleidet, Tray.“

Ich legte meinen Kopf schräg. „Ach? Ist das nicht deine Version eines formellen Outfits?“

Sie lachte nicht. Außerdem brachte sie weder ein Grinsen noch ein böses Funkeln zustande. Sie schüttelte lediglich den Kopf und konzentrierte sich auf die Windschutzscheibe. „Das war ein Fehler.“

Ich runzelte die Stirn. *Wo ist mein temperamentvolles, kleines Mädchen?*, fragte ich mich und kniete mich vor ihr auf den Boden. „Isabella“, sagte ich mit weicher Stimme, um ihre Aufmerksamkeit auf mich zu ziehen.

„Sir, ich brauche –“

Ich brachte den Valet mit einer Handbewegung zum

Schweigen. Buchstäblich. Dunkle Magie umgab ihn und versetzte ihn in einen Zustand der Verwirrung, sodass er nur noch ins Leere starrte. Um ihn würde ich mich später kümmern.

„Ella", versuchte ich es erneut. Dieses Mal mit ihrem bevorzugten Namen. „Es ist nur ein Abendessen."

„Nicht hier." Sie schloss die Augen. „Bitte nicht hier."

Seltsam. Scheinbar war dies das schickste Restaurant der Stadt. Ich hatte ein paar magische Fäden gezogen, um uns eine Reservierung zu sichern, da die halbe Stufe hier vor dem Ball zu essen schien.

Wollte sie deshalb nicht reingehen?

Ich lächelte. Nein. Das konnte es nicht sein. Sie würde sich niemals von ihren Mitschülern im Unterricht einschüchtern lassen – warum also sollte das in einem Restaurant anders sein?

Wie dem auch sei. Sie fühlte sich nicht wohl und während es mir nichts ausmachte, sie zu provozieren, schien sich die Situation in gefährliches, emotionales Gebiet zu bewegen. „Okay", sagte ich und stand auf. „Wir gehen woanders hin."

Ich schloss ihre Tür und wedelte mit der Hand, um den Valet von seinem Zauber zu befreien. Er blinzelte mehrere Male verwirrt, während sich das dunkle Netz langsam von seinem Verstand löste.

„Das Essen war spitze", sagte ich und überreichte ihm ein Trinkgeld im Austausch für meine Schlüssel. „Danke, Mann."

Er stotterte etwas Unverständliches vor sich hin, was ich ignorierte. Stattdessen setzte ich mich wieder auf den Fahrersitz zu einer sehr stillen Isabella.

Sie schwieg weiter und überließ es mir, einen neuen Plan zu kreieren. Darlington besaß eine Vielzahl von teuren

Restaurants, wo man ein Vermögen dafür bezahlte, am Ende hungrig vom Tisch zu gehen.

Wir brauchten etwas Gemütliches. Etwas Zurückhaltendes mit anständigem Essen und einer lockeren Atmosphäre.

Benji's, dachte ich lächelnd. *Ja, das wird funktionieren.*

Es handelte sich um ein von Ortsansässigen betriebenes Lokal im Nachbarort, wo einem die unglaublichsten Chickenwings serviert wurden. Der perfekte Ort für ungezwungenes Date.

„Wohin fahren wir?", fragte Isabella, als wir uns den Randbezirken Darlingtons näherten.

„Zu einer Bar in Asherington", sagte ich und legte meine Hand auf den Schalthebel zwischen uns, als wir vor einer Ampel zum Stehen kamen. Ich riskierte einen Blick auf sie und bemerkte, dass ihre Wangen wieder ihre übliche blasse Farbe angenommen hatten.

Sie blinzelte mich mit blauen Augen an. „Wirst du mich nicht fragen, warum?"

„Warum, was?" Ich schaltete wieder in den ersten Gang, als die Ampel auf Grün wechselte.

„Warum ich nicht im *La Scala* essen möchte."

„Dein Unbehagen war für mich Grund genug, Isabella. Wenn du mehr sagen willst, höre ich gern zu. Aber ich fordere keine Erklärung."

Sie verfiel wieder in Schweigen und richtete ihre Aufmerksamkeit auf die Herbstlandschaft draußen. Erst kurz vor unserem Ziel ergriff sie erneut das Wort.

„Danke", flüsterte sie.

Mir war nicht ganz klar, worauf sich ihre Dankbarkeit bezog. Unseren Ortswechsel oder die Tatsache, dass ich keine Fragen stellte? Vielleicht auf beides. Ich nickte. „Gern geschehen." Ihr Wohlbehagen stand immer an erster

Stelle. Diese Entscheidung hatte ich bereits vor Jahren beschlossen.

Damals, in jener schicksalshaften Nacht, hatte ich vorgehabt, sie zu beißen. Den Blutdurst meiner dunkleren Seite zu stillen. Aber ihre Essenz hatte mich in ihren Bann gezogen – halb Mitternachtsfee, halb Mensch. Eine seltene Kombination, die sie zu einem Halbling machte.

Und sie hatte keine Ahnung.

Das würde sich bald ändern. Sehr bald. Doch zuerst brauchte ich ihr Vertrauen. Das würde ihr helfen, ihr Geburtsrecht zu verstehen – und zu akzeptieren.

Das war jedenfalls der Plan.

Aber irgendetwas verriet mir, dass mit Isabella Cinder nichts jemals einfach war.

Ich parkte auf dem heruntergekommenen Parkplatz vor *Benji's* und schaltete den Motor ab. „Bereit für die besten Chickenwings der Stadt?"

Sie runzelte die Stirn. „Du sagst das, als hättest du bereits viele Male hier gegessen."

„Das habe ich auch", gab ich zu, während ich aus dem Wagen sprang und zu ihrer Tür hechtete.

Dieses Mal klebte sie nicht wie erstarrt an ihrem Sitz, aber ihr Gesicht war nachdenklich, als ihre Füße den Beton erreichten. „Aber du bist doch eben erst hergezogen?"

Ich lächelte. „Ach ja?"

„Äh, ja. Du hattest gerade deine erste Woche an der Akademie."

Ich schloss die Tür und verriegelte den Wagen. Um unsere Interview-Notizen könnten wir uns später noch kümmern.

„Es gibt so einiges, was du noch nicht über mich weißt, Isabella", erklärte ich und führte sie in Richtung Eingang.

„Wie zum Beispiel meine Leidenschaft für Benjis Chickenwings."

Sie folgte mir ins Innere. „Auf welche Schule bist du zuvor gegangen? Die Highschool hier in Asherington?"

Ich verneinte schnaubend und unterbrach unser Gespräch für einen Moment, um Belinda zuzuwinken. Sie lächelte grüßend hinter der Bar.

Dann pfiff sie und lachte, als sie meinen Anzug entdeckte. „Meinetwegen hättest du dich nicht so schick machen müssen, Hübscher."

„Aber du weißt doch, wie gern ich dich beeindrucke, Mrs. B."

Daraufhin schnaubte sie und deutete auf die Sitznischen. „Setzt euch. Tray, du kennst dich aus."

„Oh, das tue ich", antwortete ich, legte meine Hand auf Isabellas Rücken und führte sie zu meinem Lieblingsplatz.

Ihre blauen Augen bohrten sich in meine, nachdem sie auf der Bank mir gegenüber Platz genommen hatte. Das dumpfe Licht von oben brachte ihre blonden Haare zum Leuchten. „Okay. Wo hast du also zuvor gelebt, wenn nicht in Darlington?"

„Du kommst direkt zum Interview, was?", neckte ich sie und schob ihr eine Speisekarte zu. „Aber selbst wenn ich es dir sage, würdest du mir wahrscheinlich nicht glauben." Ich hob meinen Blick. „Wenn du heute Abend brav bist, zeige ich es dir vielleicht."

Sie schnaubte. „Ist das dein Spruch, um mich dazu zu bringen, dich nach Hause zu begleiten?" Ihr Gesichtsausdruck passte zu ihrem Konter. „Denn das wird garantiert nicht passieren."

Ich legte meine Hand aufs Herz. „Du verwundest mich, Isabella."

„Ich heiße *Ella* – und das bezweifle ich." Sie musterte

mich abschätzend. „Wir wissen beide, dass dein Stolz vor Menschen wie mir sicher ist."

Sie könnte nicht weniger recht haben, aber ich entschloss mich dazu, nicht mit ihr zu streiten und stattdessen das Thema zu wechseln. „Wie wäre es mit einem Deal?", schlug ich vor. „Ich nenne dich Ella, da du das ja offensichtlich vorziehst, und du stimmst zu, mir heute Abend zumindest eine Chance zu geben. Du hast eine Menge Hypothesen aufgestellt für jemanden, der mich nur wenige Male getroffen hat. Ich will die Chance, zumindest einige davon zu widerlegen."

„Ja, für gewöhnlich ziehe ich meine Schlüsse bezüglich einer Person, nachdem sie das erste Mal versucht hat, mich zu ertränken", antwortete sie sofort. „Aber sicher. Ich lasse es dich ein zweites Mal versuchen, wenn du dafür meinen Namen richtig sagst."

Meine Lippen zuckten. „Ich habe nicht versucht, dich zu ertränken, Liebling."

„Ach, nein?" Sie hob die Augenbrauen. „War das dann etwa deine Version eines Flirtversuchs?"

„Es war mein Versuch, dich zu beschützen", antwortete ich. In dem Moment kam Belinda mit zwei Gläsern Wassern und einer Schüssel Erdnüsse. Sie las die Tagesgerichte vor – für Ella, nicht für mich; Mrs. B kannte meine Leidenschaft für Chickenwings – und ließ uns dann allein, damit wir unsere Auswahl treffen konnten.

Aber mein Date warf nicht einmal einen Blick auf die Karte, sondern richtete ihren gesamten Fokus auf mich.

„Du hast versucht, mich zu beschützen, indem du mich unter Wasser festgehalten hast?", fragte sie ungläubig.

„Wenn du dir die Karte nicht ansiehst, werde ich dir Chickenwings bestellen", warnte ich sie. „Ich hoffe, du magst Hühnchen."

„Das Essen ist mir egal", erwiderte sie und verschränkte die Arme vor der Brust. „Ich möchte wissen, inwiefern es mich beschützt, mich zu ertränken."

Seufzend stützte ich meine Ellbogen auf dem Tisch ab und lehnte mich nach vorne. „Es ist ein Spiel, Ella. Eines, das ich vorhabe, zu kontrollieren."

Sie blinzelte nur. „Was? Wie? Warum?"

„Weil ich will, dass du sicher bist", antwortete ich und winkte Belinda herbei. „Gib mir diesen Abend und ich werde dir dabei helfen, es zu verstehen."

Mrs. B kam, bevor Ella auch nur ein Wort herausgebracht hatte. Ich bestellte eine Auswahl an Chickenwings für uns beide, ebenso Käse-Pommes, Sellerie-Sticks und zwei Kirsch-Colas. Belinda schüttelte nur den Kopf und murmelte etwas darüber, wo ich die ganzen Kalorien lassen würde, bevor sie uns zu unserem Gespräch zurückkehren ließ.

Ella studierte mich intensiv und zweifellos arbeitete ihr Gehirn gerade eine Reihe von Szenarien durch. „Warum interessierst du dich für meine Sicherheit?", forderte sie zu wissen.

„Weil ich dich mag", gab ich zu und lehnte mich in meiner Nische zurück. „Und weil Dash und Charlie mich mal können."

„Trotzdem hast du es geschafft, die ganze Woche über mit ihnen abzuhängen."

„Spionierst du mich etwa aus, Täubchen?" Ich wackelte mit den Augenbrauen. „Du musst mich lediglich darum bitten, Zeit mit dir zu verbringen, und ich bin ganz dein."

Sie schnaubte – mal wieder. „Hör mit deinen Ablenkungsmanövern auf. Welches Spiel spielst du?"

„Wer sagt, dass es ein Ablenkungsmanöver ist?",

konterte ich mit zur Seite geneigtem Kopf. „Und mein Spiel ist einfach. Ich will dich, Ella."

„Mhm." Sie kniff ihre wundervollen Augen zusammen. „Warum?"

„Weil du etwas Besonderes bist."

Sie starrte mich an. „Ernsthaft? Mehr hast du nicht drauf? Dash hat mich wenigstens wunderschön genannt und meine Intelligenz erwähnt. Du versuchst, mich mit minimalem Aufwand in die Bloßstellung zu locken." Sie beugte sich vor und ihre Stimme wurde tief und leise. „Da wirst du dich mehr anstrengen müssen."

„Dich in die Bloßstellung locken", wiederholte ich nachdenklich. „Ella, ich glaube, du hast das Spiel nicht verstanden."

„Es ist kein Spiel."

„Alles auf dieser Welt ist ein Spiel, Liebling." Das hatte sie nur noch nicht verstanden. „Du weigerst dich lediglich, deine Rolle einzunehmen. Aber ich kann dir helfen. Und gemeinsam werden wir gewinnen."

Sie hob eine Augenbraue. „Was gewinnen?"

„Den Krieg zwischen dir und deinen teuflischen Stiefschwestern." Ich knöpfte meine Jacke auf und breitete meine Arme über der Rückenlehne meiner Sitznische aus. Es war fantastisch zu beobachten, wie ihr Blick jeder meiner Bewegungen folgte. „Wenn wir mit ihnen fertig sind, werden sie nicht mehr wissen, wo oben und wo unten ist."

Sie dachte einen Moment lang nach, das Misstrauen die vorherrschende Emotion in ihren Gesichtszügen. Unsere kurze Bekanntschaft berücksichtigend, konnte ich es ihr nicht verübeln. Vor allem, wenn man bedachte, was sie bereits durchgemacht hatte. Sie würde mehr als ein paar Worte brauchen, um mir zu glauben.

Was mich auf eine Idee brachte.

„Wie wäre es damit?", sagte ich, während ich mich ein weiteres Mal vorbeugte und meine Stimme senkte. „Gib mir den heutigen Abend. Lass mich dir zeigen, was mir vorschwebt. Wenn es dir nicht gefällt, sind wir fertig und ich werde dich in Ruhe lassen. Aber wenn es dir gefällt", – und ich wusste, das würde es – „dann machen wir weiter. Und ich verspreche dir, dass deine Stiefschwestern für die Hölle, die sie dir bereitet haben, zur Rechenschaft gezogen werden."

„Du sprichst über mein Leben, als hättest du eine Ahnung." Ella begann, mit den Fingern auf den Tisch zu klopfen; ihr Ausdruck war noch immer skeptisch. „Stalkst du mich, Nacht?"

Ich grinste. „Würdest du mir glauben, wenn ich ja sagen würde?"

„Ich würde glauben, dass dich Ryan zu dem Mist ange-stiftet hat", antwortete sie stur. „Das würde deinen Kommentar bezüglich meiner Stiefschwestern erklären."

„Vielleicht bin ich auch einfach nur ein guter Beob-achter und habe vor meinem Wechsel die Schuldynamiken untersucht." Was genau das war, was ich getan hatte.

„Okay – nehmen wir mal an, ich glaube dir." Ihr Tonfall verriet mir, dass sie mir keineswegs glaubte, aber mir zuliebe die hypothetische Situation durchspielte. „Was ist für dich drin? Warum würdest du mir helfen wollen, die beiden *zur Rechenschaft zu ziehen*, wie du es so schön ausdrückst?"

„Weil ich dich mag, Ella."

„Richtig, richtig. Weil ich etwas *Besonderes* bin." Sie machte ein Paar Anführungszeichen in die Luft, um das Wort zu unterstreichen. „Ich brauche mehr als das, Tray."

Ich kratzte mein Stoppelkinn und dachte darüber nach, was ich ihr anbieten konnte, um ihre Meinung zu ändern.

„Dir ist klar, dass der Grund für das Verhalten deiner Stiefschwestern Eifersucht ist, nicht wahr?"

Jetzt runzelte sie die Stirn. „Eifersucht?" Sie lachte trocken. „Ja, genau. Übrigens – ein Themenwechsel wird meine Meinung über dich nicht ändern."

„Keine Sorge. Ich arbeite auf eine Erklärung hin, Liebling." Ich hielt inne, um die Getränke in Empfang zu nehmen, die Belinda vorbeibrachte, und konzentrierte mich dann wieder auf Ella. „Du hast die Macht, die Königin der Darlington Academy zu werden. Das macht dich zu einer Bedrohung. Deshalb bist du ein Ziel."

„Aha. Du hast mich also eindeutig nicht gestalkt." Sie lächelte, aber nichts daran war freundlich. „Sie hassen mich, weil sie zu denken scheinen, dass mein Vater mich bevorzugt hat."

„Das gehört dazu, aber es ist nicht der einzige Grund", argumentierte ich. „Du bist umwerfend, Ella. Sie haben alles gegeben, um das zu verschleiern, aber sogar Charlie und Dash bemerken es. Zum Teufel, das tut jeder. Mit meiner Hilfe könntest du diese Schule regieren."

„Lass mich raten – du wirst die ganze Zeit über an meiner Seite stehen?"

Ich zuckte mit den Schultern. „Das wäre von Vorteil, ja." Aber mein Hauptziel war es, die Arschlöcher dafür bezahlen zu lassen, was sie ihr angetan hatten.

„Nein, danke", lehnte sie ab. „Ich habe kein Bedürfnis, die *Bienenkönigin* der Darlington Academy zu werden. Oder einer anderen Schule, um ehrlich zu sein."

Was sie in meinen Augen nur noch perfekter machte.

Trotzdem ... „Du verspürst also nicht den Drang, sie dafür bezahlen zu lassen, was sie dir angetan haben?"

„Und wieder klingt es aus deinem Mund so, als wüsstest du über meine Vergangenheit Bescheid." Ihr Blick wurde noch argwöhnischer. „Wo hast du vor deinem Umzug gewohnt?"

„Man braucht kein Genie zu sein, um zu realisieren, dass sie dein Leben zur Hölle gemacht haben", konterte ich und lenkte ihre Frage ab. „Was mich überrascht, ist, wie wenig dich die Möglichkeit, Rache zu üben, zu interessieren scheint. Die meisten würden sich auf diese Chance stürzen."

„Ich weiß, dass es vergeblich ist."

„Ach ja?" Ich drückte meine Fingerspitzen gegeneinander und fing ihren Blick auf. „Hast du es versucht?"

„Was schlägst du denn vor, Tray? Sie beherrschen die Schule." Ihr Blick fügte hinzu: *Ende der Diskussion.*

„Aber sie beherrschen mich nicht."

„Das bleibt abzuwarten", antwortete sie kühl.

„Lass es mich dir beweisen. Heute."

Sie verdrehte die Augen in Richtung Himmel. „Das schon wieder."

„Mein Angebot steht noch immer", murmelte ich. „Lass mich dir zeigen, was ich meine. Anschließend können wir zusammen arbeiten oder ich lasse dich in Ruhe." Zumindest in Hinblick auf den Rachefeldzug. Sollte sie tatsächlich mit dem Thema abgeschlossen haben, würde ich sie zu nichts drängen. Stattdessen würde das lediglich meinen Zeitplan ihrer Einführung in die Welt der Feen beschleunigen.

So einfach war das.

Sie pustete sich eine Haarsträhne aus dem Gesicht und schüttelte den Kopf. „Na gut, na gut. Wenn das bedeutet, dass du mich in Ruhe lässt, werde ich mitspielen."

Ich verzog meine Lippen zu einem Lächeln. „Wirklich?"

„Sicher, warum nicht." Sie klang nicht im Geringsten

begeistert, aber daran würde ich noch arbeiten. „Also, wie lautet dein Plan? Wie wirst du meine Meinung ändern?"

Ich grinste. Wenn sie nur wüsste. „Nun, zuerst musst du dir etwas Formelleres anziehen."

„Das könnte ein Problem darstellen."

„Warum?"

„Ich besitze kein Kleid", antwortete sie und zog eine Grimasse. „Ich müsste mir eins von Ryan oder Carmen borgen und ..." Sie zuckte mit den Schultern.

„Und das würde dir nicht gerecht werden", beendete ich ihren Satz.

„Ich wollte sagen, es wird nicht passen."

Das auch. „Kein Problem. Ich kümmere mich ums Kleid. Ich kümmere mich um alles. Du musst einfach nur mitspielen."

Sie hob eine Braue. „Das klingt Unheil versprechend, Nacht."

„Ganz im Gegenteil, *Cinder*. Ich werde alle deine Träume wahr werden lassen. Nachdem wir gegessen haben." Ich war nämlich am Verhungern. Danach konnte es losgehen.

ELLA

WAS HAST DU WIRKLICH VOR, Trayton Nacht? Das fragte ich mich bereits zum tausendsten Mal, während ich mich im Spiegel musterte. *Und wie um alles in der Welt hast du das hinbekommen?*

Er hatte es nicht nur wie aus Zauberhand geschafft, einen Laden, der Abendkleider verkaufte, dazu zu bewegen, für uns zu öffnen – nein, er hatte ein ganzes Team kommen lassen, das sich um meine Haare und mein Make-up gekümmert hatte. Angesichts dessen hätte ich fast protestiert, aber mich dann entschieden, dass der Kampf meine Mühe nicht wert war. Wenn er sein Geld für diese Extravaganz ausgeben wollte, dann sollte er das eben tun.

Mein einziger Grund, mich hinsichtlich seines kleinen Spiels nachgiebig zu zeigen, bestand darin, dass ich ihn verstehen wollte. All das musste ihm irgendeinen Vorteil verschaffen. Vielleicht hatten Ryan oder Charlie ihn dazu angestiftet? War es ein verdrehter Test, um herauszufinden, wie gut er mich bloßstellen konnte?

Nun, da hatte er sich selbst ins Knie geschossen.

Für dieses umwerfende Kleid, meine Frisur und mein Make-up hatte er sicherlich einen ordentlichen Batzen Geld ausgegeben. Oh, und für die Schuhe. Die silbernen Stilettos verliehen mir zusätzliche sechs Zentimeter – und brachten mich noch immer nicht einmal in die Nähe seiner

1,80 Meter. Alles in allem hatte er vermutlich über tausend Dollar an diese kleine Prinzessinnen-Scharade verschwendet.

Zumindest sah ich gut aus.

Der leichte V-Ausschnitt gab mir einen Hauch von Dekolleté, während das Oberteil in meiner schlanken Taille mündete und der Rock bis zu meinen Knöcheln hinunterfloss. Ich wirbelte vor dem Spiegel herum und beobachtete, wie der Stoff um meine Beine glitt.

Das blaue Ballkleid war für einen Homecoming-Tanz absolut übertrieben.

Und ich liebte es.

Noch wichtiger: Ryan und Carmen würden es hassen.

Zwei Fliegen, eine Klappe.

Ich musste lediglich bei klarem Verstand bleiben, um Trays wahre Motive herauszufinden. Dann würde es eine erfolgreiche Nacht werden. Nun, abgesehen davon, dass ich noch nicht genug über ihn wusste, um seine Biografie zu schreiben. Er wich mir ständig aus, weigerte sich, mir zu sagen, wo er zuvor zur Schule gegangen war oder woher er all diese Kontakte in Darlington hatte. Es war keine große Stadt und doch hatte ich bis zu dieser Woche noch nie von ihm gehört. Und es schien, als ginge es Charlie und Dash genauso.

Wer bist du also wirklich, fragte ich mich, während ich meine blaue Clutch nahm – ein weiterer Artikel auf Trays Rechnung – und mich in Richtung Ausgang begab, wo Tray bereits auf mich wartete. Er hatte sich nicht darum gekümmert, mir bei der Auswahl des Kleids oder der Accessoires zu helfen, sondern mich lediglich dem Team vorgestellt, seine Kreditkarte übergeben und dann nach draußen verzogen.

Da er mir kein Limit gegeben hatte, war ich entschlossen gewesen, ein wenig Spaß zu haben.

Nein, das stimmte nicht ganz. Jede Menge Spaß.

Ich legte meine behandschuhten Finger – ein weiteres extravagantes Accessoire – um den Türknauf und zog daran.

Tray lehnte an der Limo am Straßenrand, die Hände in die Taschen der Anzughose gesteckt, und starrte in den sternlosen Himmel über uns. Auf seinem Gesicht lag ein Hauch von Sehnsucht, die ihn von meiner Ankunft abzulenken schien.

Also räusperte ich mich, um meine Anwesenheit kundzutun.

Er blinzelte und langsam, ganz langsam, wanderte sein Blick zu mir. Seine Augen erinnerten mich an den schwarzen Himmel, als sie sich als Reaktion auf mein Aussehen erhitzten. Ein leichtes Schaudern streichelte meinen Rücken und realisierte wohlwollend den eindeutigen Beifall in den dunklen, glühenden Augäpfeln. „Du siehst unglaublich aus, Ella", murmelte er.

Ich zuckte mit den Achseln. „Ja, es ist fantastisch, was ein Kilo Make-up und ein Haarstylist so anstellen können. Das Kleid ist auch nicht von schlechten Eltern."

Er kräuselte die Lippen und schüttelte den Kopf. Seine kastanienbraunen Haare waren der windreichen Kältefront zum Opfer gefallen. Oktober in Massachusetts schlugen immer entweder die eine oder die andere Richtung ein. Der heutige Abend schien auf einen eisigen Winter hinzudeuten.

Tray stieß sich von der Limo weg und seine Augen funkelten in der Nacht, als er auf mich zuging und seine Hand auf meine Hüfte legte. „Es sind nicht die Accessoires, die dich wunderschön machen, Ella. Das bist allein du." Er drückte seine Lippen auf meine Schläfe, bevor er sich zur Seite bewegte, um mir seinen Arm anzubieten. „Sollen wir?"

Ich wollte seinem Kompliment widersprechen, biss mir aber auf die Zunge und nickte stattdessen. Bald würde er mir seine wahren Absichten offenbaren. Bis dahin würde ich ihn in dem Glauben lassen, seinem kleinen, albernen Spiel zu folgen.

„Danke", sagte ich, als er mir in die Limo half. Mein Rock brauchte die Hälfte des Rücksitzes, was ihn zu amüsieren schien, als er den Stoff beiseiteschob, um sich neben mich zu setzen. „Was ist mit deinem Wagen passiert?", überlegte ich laut.

„Warum? Wäre dir der lieber gewesen?", fragte er und streckte mir einen Teller mit Schokolade überzogenen Erdbeeren hin.

Eine zu nehmen, würde meinen Lippenstift ruinieren. Aber ich hatte – dank der Make-up-Lady – einen Ersatz in der Handtasche. Zweifellos ein weiterer Posten auf Trays Rechnung.

Ich legte meine Clutch beiseite, nahm eine große Beere aus der Mitte und biss hinein, anstatt seine vermutlich rhetorisch gemeinte Frage zu beantworten. Trayton Nacht schien Erkundigungen lieber zu kontern, als tatsächlich zu beantworten.

Er beobachtete, wie ich die Beere aufaß, und richtete dabei besonderen Fokus auf meinen Mund. Ich leckte mir den Saft von den Lippen und nahm mir noch eine der kleinen Früchte. Warum auch nicht? Sie waren gut und ich hatte Erdbeeren schon immer gemocht.

Die Limo begann sich zu bewegen und in meinem Bauch flatterten die Schmetterlinge. Der Ball hatte bereits vor zwei Stunden begonnen und bei unserer Einkunft wären bestimmt schon alle versammelt – eine Tatsache, von der ich vermutete, sie könnte Sinn und Zweck dieser Übung sein.

Ich nahm eine dritte Erdbeere und winkte den Rest weg. Sie waren köstlich, aber die Nervosität machte mir und meinem Bauch zu schaffen.

Tray stellte den Teller beiseite und drehte sich zu mir. „Bist du bereit für ein kleines Experiment, Ella?"

„Kommt auf das Experiment an", antwortete ich und meine Eingeweide verknoteten sich. Vielleicht war die dritte Erdbeere eine schlechte Idee. Ich legte sie zurück auf den Teller und konzentrierte mich auf ihn. „Warum tust du das?"

Er schmunzelte. „Das habe ich doch schon gesagt."

„Ich will einen echten Grund, Tray." Ich glaubte nämlich für keinen Moment, dass er mir lediglich dabei helfen wollte, Vergeltung zu finden. Es musste ein weiteres Motiv geben. Niemand tat so etwas aus reiner Herzensgüte. Und dieser Typ kannte mich kaum. „Wer hat dich dazu angestiftet?", fragte ich und schlug eine neue Richtung in meiner Befragung ein. „Ryan? Carmen?"

Er stieß ein Lachen aus und schüttelte den Kopf. „Gib mir den Abend, Ella. Ich verspreche, dass du es am Ende verstehen wirst."

Das bedeutete, dass er vorhatte, beim Ball einige seiner Spielzüge zu enthüllen.

Na gut.

Wenn er auf eine Wiederholung meines Zusammen-bruchs im ersten Schuljahr hoffte, würde ich ihn enttäu-schen müssen. Wer zweimal auf den gleichen Trick hereinfällt, ist selber schuld! Und ich war nicht besonders angetan von der Vorstellung, auf irgendeinen Trick herein-zufallen.

„Ich bin nicht wie die anderen an deiner Schule", fügte er leise hinzu. „Und das werde ich dir beweisen."

Ich kapitulierte achselzuckend. „Mach, was du willst."

„Vertrau mir", erwiderte er einfach nur.

Ich glättete meinen Rock mit meinen behandschuhten Fingern. „Sicher, Tray."

Der Rest der Fahrt verlief schweigend.

Der palastähnliche Veranstaltungsort, an dem der diesjährige Homecoming-Ball stattfand, wirkte imposant und bedrohlich, als Tray mir aus der Limousine half. Vor allem, weil sich der Himmel über uns verdunkelte und die Wolken mit dem Mond verschmolzen, der hoch oben stand. Ich hatte schon fast erwartet, Fledermäuse in den Lampen herumschwirren zu sehen – oder Spinnen, die die Steinmauern erkletterten. Das würde zu dieser Jahreszeit passen.

Leider war alles für den Homecoming-Ball, den die Darlington Academy jeden Herbst auf diesem dekadenten Gelände veranstaltete, geschmückt. Ich war mir nicht sicher, wem das Anwesen gehörte, aber es war mindestens hundert Jahre alt und schien architektonisch gesehen europäisch beeinflusst worden zu sein.

Tray drückte seine Handfläche auf meinen unteren Rücken und führte mich die Steintreppe hinauf zu den riesigen Holztüren. Zwei Männer traten hinter den Säulen hervor und zogen an den Griffen, was mich dazu veranlasste, näher an Trays Seite zu rücken. Ich hatte sie in ihren schwarzen Uniformen gar nicht bemerkt und ihr plötzliches Auftreten gefiel mir nicht besonders.

Reiß dich zusammen, Ella. Es ist nur ein Ball.

Allerdings war ich beim letzten Mal in Tränen aufgelöst nach Hause gerannt, nachdem man mir vor der ganzen Klasse das Herz gebrochen hatte.

Wenigstens war das nicht *hier* passiert. Das hätte dazu

geführt, dass ich sofort zur Limousine zurückgelaufen wäre und Tray gebeten hätte, mich nach Hause zu bringen.

Aber ich würde es schaffen.

Atme einfach. Finde heraus, was er vorhat. Und dann verschwinde.

Diese drei Befehle wiederholten sich in meinen Gedanken, als wir den langen Flur in Richtung des wummernden Basses navigierten. Es gab nicht viel Deko, vor allem, weil der Palast selbst, der in jeder Ecke Reichtum und Eleganz ausstrahlte, bereits mit Bronze und Gold geschmückt war. Sogar der Marmorboden wirkte poliert und edel. Blumenarrangements vermischten sich mit der gedämpften Beleuchtung und sorgten für eine romantische Atmosphäre, die nicht ganz zu der modernen Musik passte, die im Hintergrund spielte.

Tray blieb auf der Schwelle am Ende des Korridors stehen und sein Blick suchte meinen. „Bist du bereit?"

Beim letzten Mal in dieser Situation waren es nur noch Minuten bis zu meiner unvermeidlichen Demütigung gewesen. Hoffentlich würde Tray diesem Beispiel folgen und eher früher als später sein wahres Gesicht zeigen. Ich war bereit, alles hinter mich zu bringen, und konnte es kaum erwarten, ihn mit meiner nonchalanten Reaktion wieder in die Schranken zu weisen.

Denn ich weigerte mich radikal, ihm seine hilfreiche Masche abzukaufen. Tray versteckte etwas, da war ich mir sicher. Genau wieder jeder andere in dieser Stadt auch.

„Ella?" Er legte seine Hand auf meine Wange und riss mich aus meinen Gedanken. „Wenn du nicht willst, dann müssen wir nicht –"

„Ich komm schon klar", unterbrach ich ihn und zwang mich zu einem Lächeln. „Bringen wir es hinter uns."

Er schmunzelte kopfschüttelnd. „Genau das möchte

jeder Mann bei einem Date hören."

„Das ist kein Date, Tray. Es ist ein erzwungenes Sozial-experiment."

Sein Lachen erstarb, als er in meinen persönlichen Bereich eindrang – etwas, das er zu genießen schien – und mich rückwärts gegen eine Wand drückte. Er legte seine Handflächen auf beide Seiten meines Kopfes und fixierte mich so. „Du hast recht", murmelte er und senkte sein Gesicht, bis seine Lippen nur noch wenige Zentimeter von meinen entfernt waren. „Und das ist nur die Einführung."

Sein Mund streifte fast meinen, berührte dann aber lediglich kurz meine Wange, als ich in letzter Sekunde meinen Kopf wegdrehte. Ich spürte sein Grinsen auf meiner Haut.

„Mmm, ich mag die Art, wie du spielst", flüsterte er und seine Nase wanderte an meinem Kiefer entlang zu meinem Hals. Die leichte Berührung entlockte mir eine Gänsehaut und ein wohliges Frösteln. Es war ein direkter Kontrast zu der Hitze, die sich aktuell einen Weg meine Wirbelsäule hinauf leckte und sich dann in meiner Brust niederließ.

„Ich spiele nicht", antwortete ich und meine Stimme klang sogar in meinen eigenen Ohren heiser.

Er lachte leise an meiner Kehle und seit Atem brachte meinen Bauchraum zum Kribbeln.

Was ist mit diesem Kerl nur los, fragte ich mich, während ich meinen Rücken an die Wand hinter mir presste, um an Abstand zu gewinnen. Charlie und Dash hatten ähnliche Dinge schon zuvor mit mir gemacht, aber eben nicht ganz. Die beiden wollte ich einfach immer nur von mir wegstoßen. Tray hingegen ... Ein verrückter Teil von mir wollte nach ihm greifen. Um ihn ebenfalls zu berühren. Ich wollte mich an ihn statt gegen die Oberfläche hinter mir drücken.

Seine Zähne glitten an meinem Puls vorbei und mein Herz setzte einen Schlag aus.

Meine Finger krümmten sich in meiner Handfläche. „Tray ..." Ich wusste nicht, was ich sagen wollte, konnte nicht über die Art und Weise hinausdenken, wie sich sein Körper an meinen schmiegte.

Heiß.

Brennend.

Brauchend.

Ich schluckte und schloss die Augen. Das war nicht vorgesehen. Nein, es durfte nicht passieren. Ich musste verdammt noch mal aufwachen, ihn wegstoßen, so wie ich es bei Dash und Charlie getan hatte. Trayton Nacht war nicht in mich verliebt. Das –

„Ella", flüsterte er und seine Zunge zeichnete den Pfad von meinem Nacken zu meinem Ohr nach, um meinen Fokus aufs Neue zu zerstören.

Ich bin am Arsch.

„Es ist vielleicht kein echtes Date, aber da ist etwas zwischen uns", fuhr er fort, während er an meinem Ohrläppchen knabberte und mir meine Fähigkeit, zu sprechen, wegnahm. Nicht, dass ich eine Antwort für ihn hätte. „Wir werden jetzt diese Stufen hinuntergehen, damit jeder die Prinzessin sehen kann, die sich unter der Oberfläche versteckt. Und wenn wir mit diesen Unmenschen fertig sind, werden sie sich alle vor dir verbeugen."

Er streichelte meine Wange und lenkte meinen Blick auf sein Gesicht; sein verführerischer Mund war viel zu nah an meinem eigenen. „Bist du bereit?", fragte er erneut.

Ich konnte nicht richtig atmen, also nickte ich nur. Wir mussten das Ganze so schnell wie möglich hinter uns bringen, damit ich nach Hause gehen konnte.

Das Pflaster abreißen. Und zwar sofort. Kurz und

schmerzlos. Und dann wegrennen. Weit weg –

Er drückte seine Lippen sanft auf meinen Mundwinkel und in meinem Kopf passierte der nächste Kurzschluss. Dann ließ er mich los.

Eine Erwiderung formte sich in meiner Kehle, aber die Worte waren unzusammenhängend, als ich sie aussprechen wollte. Also schluckte ich sie runter und schüttelte den Kopf, um zu Verstand zu kommen.

Der Typ war mächtig.

Eine wandelnde Gefahr, die meine Gehirnzellen durcheinanderbrachte.

Eine Bedrohung, von der ich mich fernhalten musste. Genau das Gegenteil tat ich, als er seinen Ellbogen ausstreckte. Mein Körper handelte aus eigenem Antrieb und mein Arm schlängelte sich verräterisch durch seinen, während er mich zur Treppe führte.

Was passiert mit mir, fragte ich mich, als ich auf meinen High Heels nach vorne schwebte. *Er hat mich geküsst.*

Ein lächerlicher Gedanke. Warum sollte das eine Rolle spielen? Dash hatte mich auch geküsst. Mehrere Male. Aber ich hatte mich anschließend nie *so* gefühlt.

Und außerdem hatte Tray mich nicht wirklich geküsst. Nicht leidenschaftlich.

Warum also schwebte ich wie auf Wolke sieben durch den Korridor? Weil ein süßer Typ mich berührt hatte? Ich runzelte die Stirn. Besagter süßer Typ hatte diese Woche auch versucht, mich zu ertränken. Seine Beschützer-Masche kaufte ich ihm also keinen Augenblick lang ab.

Es war nur so, dass mein dämlicher Körper diese mentale Notiz noch nicht erhalten hatte.

Also führten mich meine Beine die Treppe hinunter in den Ballsaal.

Wo die halbe Klasse zu stehen schien, alle Augen aufgerissen und auf uns gerichtet. Na toll. Tray würde jeden Moment seine Show abziehen.

„Du bist atemberaubend", flüsterte er mir zu. „Und das wissen sie alle."

Ich machte mir nicht die Mühe, darauf zu antworten. Um mich zu beeindrucken, brauchte es viel mehr als ein paar mickrige Komplimente. Und dieses Kleid. Und die Limousine. Und alles andere, was er heute Abend für mich getan hatte.

Ich schüttelte erneut den Kopf und konzentrierte mich wieder auf unsere Umgebung. Ryan stand neben dem finster dreinblickenden Dash und ihr Ausdruck wurde immer saurer, je länger sie mein blaues Abendkleid musterte. Carmen erschien mit einem ähnlich irritierten Gesicht hinter ihr.

Ganz anders als bei meinem letzten Ball, wo sie bei meinem Erscheinen regelrecht gestrahlt hatten.

Was war also heute Abend anders?

Tray lenkte mich von ihnen weg und in die Mitte des Raumes. Seine Lippen fielen wieder auf mein Ohr. „Tanz mit mir."

„Warum?", fragte ich. Seine Nähe und die Vielzahl an Blicken, die an mir klebten, brachten mich zum Erschaudern. Ich hatte gedacht, dass ich das schaffen könnte – all meinen Klassenkameraden gegenüberzutreten und sie zum Teufel zu schicken. Aber Tray hatte mich verunsichert und seine Berührung verwirrte meine Gefühle.

„Weil uns alle anstarren und ich ihnen etwas bieten möchte", antwortete er, bevor er mich wie ein Profi in seine Arme zog und ich ihm automatisch folgte.

Paartanz war ein Wahlfach unserer Schule. Aber nicht deshalb kannte ich meine Schritte. Meine Mutter hatte mir schon im jungen Alter das Tanzen beigebracht und mich im

Ballett angemeldet. Das war meine liebste Beschäftigung gewesen, bis mir meine Stiefmutter auch das weggenommen hatte. *Deine Pflichten im Haushalt sind wichtiger, als in Ballettschuhen herumzuhüpfen*, hatte sie argumentiert.

Der Gedanke machte mich traurig, aber mein Herzschlag beschleunigte sich schnell, als Tray meine Hüften auf eine Weise bewegte, wie es seit Jahren niemand mehr getan hatte.

Er führte und ich folgte. Meine Beine und mein Oberkörper bewegten sich wie unter dem Zauber eines vergangenen Lebens und ich dachte an meine Mutter – genau wie vorhin, im Auto vor dem Restaurant *La Scala*. Nur, dass es jetzt nicht um Schmerz, sondern um Freiheit ging.

Ich tanze, staunte ich und befand mich kurzzeitig in einem Geisteszustand, den ich seit so langer Zeit nicht mehr verspürt hatte. Wie Tray mich an diesen Punkt gebracht hatte, war unklar. Aber jetzt, wo ich hier war, wollte ich nicht mehr gehen.

Ich fühlte mich lebendig.

Wie ein Vogel am Himmel.

Fliegend.

Frei.

Er beschleunigte das Tempo und passte unseren Rhythmus auf wundervolle Weise dem Lied an, während er mich in den passenden Momenten drehte. Seine Hände führten meine fachmännisch, seine Schritte waren ein Meisterwerk und ich verlor mich in der Musik. Gab mich Tray und seinen Fähigkeiten hin. Erlaubte mir, die grausame Welt um uns herum zu vergessen, und tat so, als befänden wir uns in einem völlig anderen Universum.

Seine Hände wanderten heiß von meiner Taille zu meinen Hüften und dann zu meinem unteren Rücken. Ich fühlte mich von ihm eingenommen, völlig beherrscht von dem Flattern unserer Schritte. Er tauchte mich zu Boden und zog mich dann wieder hoch. Meine Brust pochte an seiner, als der Applaus in meine Ohren drang.

Glühende, dunkelbraune Augen hielten meinen Blick fest.

Da war kein Lächeln.

Keine Belustigung.

Nur eine Intensität, die mich fast bei lebendigem Leib verbrannte.

Ich schluckte, unsicher, wie all das geschehen war. Er schien mich mit einer Art Zauber belegt zu haben, der meine Handlungen kontrollierte und mein Zögern in Luft auflöste.

Seine liebkosenden Finger wanderten meine Wirbelsäule hinauf und streichelten dann meinen Nacken, während seine andere Hand auf meiner Hüfte ruhte. „Jetzt sehen sie dein wahres Ich, Ella", flüsterte er. „Einen funkelnden Diamanten in einem Meer der Dunkelheit."

Ich blinzelte ihn an. „Du sagst die seltsamsten Dinge."

„Und das ist erst der Anfang, Liebes." Er drückte seinen Mund auf meinen – so schnell, dass ich erst begriff, was er da tat, als seine Zunge bereits meine Lippen teilte.

Die Welt um mich herum blieb stehen.

Denn die flüchtige Berührung seines Mundes zuvor auf dem Gang war nichts im Vergleich *hierzu*. Er küsste mich, als hinge sein Leben davon ab, und die *beanspruchende*, fordernde Intensität raubte mir den Atem.

Zu einem gewissen Grad wusste ich, dass ich mich wehren sollte.

Aber gleichzeitig seufzte ich angesichts der Richtigkeit seiner Liebkosung.

Ich verliere den Verstand.

Ich sollte ihn nicht in meine Arme lassen, doch genau das tat ich. Und zwar mit aller Heftigkeit. Ich hatte sogar meine Finger in seinen Haaren verheddert und meinem verdammten Körper die Kontrolle überlassen – ohne die Erlaubnis meines Gehirns. Aber ich war zu sehr gefangen in seiner Berührung, um aufzuhören, und alles verlor sich im konstanten Rauschen meiner Gedanken.

Seine Zunge bewegte sich an meiner und legte die gleiche Geschicklichkeit zutage, mit der er mich auf der Tanzfläche herumgewirbelt hatte – hypnotisierend, kontrollierend.

Ein lauter Dong ließ mich zusammenzucken und holte mich zurück in die Realität wie eine Ohrfeige. Das Geräusch entstammte einer Uhr irgendwo im Ballsaal und kündigte die volle Stunde an. *Mitternacht.*

Ich öffnete langsam die Augen und realisierte den Kreis aus Menschen, der sich um uns herum gebildet hatte.

Genau wie damals in meinem ersten Jahr an der Highschool.

Angst durchströmte meinen Körper und eine Unheil verkündende Ahnung kribbelte auf meiner Haut.

Tray lächelte jemanden hinter mir an und mein Herz blieb stehen. *Drei, zwei …*

„Na, ihr seht aber vertraut aus", sagte Ryan hinter mir. „Ich hätte dich kaum erkannt, Cinder-Ella. Hast dich ja ganz schön rausgeputzt."

Carmen lachte und das Geräusch jagte mir einen Schauer über den Rücken. „Du kannst den Müll darunter allerdings nicht verstecken."

Eine von ihnen fingerte am Rock meines Kleides und ich wusste, was sie als Nächstes vorhatten. Noch bevor ich das verräterische, reißende Geräusch hörte.

Verdammt.

ELLA

„MEINE DAMEN", grüßte Tray, während seine Hände auf meine Hüften fielen, um mich festzuhalten. „Was kann ich für euch tun?"

„Hmm, kommt darauf an, was du zu bieten hast", antwortete Ryan, während ein Fingernagel scharf meinen Rücken hinauf zu meinem Reißverschluss glitt.

Tray drehte mich in seinen Armen, bevor ich reagieren konnte, und mein Kleid blieb an Ort und Stelle. „Ich schulde deiner Stiefschwester einen Tanz", murmelte er gegen mein Ohr. „Geh und hol uns etwas zu trinken." Er schob mich zur Seite und machte gleichzeitig einen Schritt nach vorne, um Ryan in seine Arme zu ziehen.

Ich blinzelte. Ich hatte genau gewusst, dass etwas passieren würde – aber mit diesem Verlauf hatte ich nicht gerechnet. Öffentliche Bloßstellung? Sicher. Aber ein Tanzpartnerwechsel?

„Jetzt, Isabella", fügte er hinzu und warf mir einen Schulterblick zu.

Carmen und Ryan kicherten, während ich die Augen zusammenkniff.

Er wollte also, dass ich seinem Befehl wie ein Hund folgte und ihnen etwas zu trinken brachte? Okay, klar doch. Das bekam ich hin. „Ich bin gleich zurück", sagte ich süßlich, während ich innerlich kochte.

Wie war ich nur so leicht in seinen Bann geraten? Er hatte mich vor all diesen Leuten *geküsst*. Würde er jetzt das Gleiche mit Ryan machen? War das sein Ziel? Mir genau zu zeigen, wie entbehrlich ich war? Oder wollte er allen mitteilen, dass ich seinen Ansprüchen nicht genügte, um mich auf einer intimen Ebene zu blamieren?

Wie dem auch sei – diese Genugtuung würde ich ihm nicht geben.

Was mich anging, konnte er den ganzen Abend mit Ryan tanzen. Aber zuerst würde ich ihnen etwas zu *trinken* holen.

Meine Lippen kribbelten angesichts des Plans, der sich in meinem Kopf bildete, nur um dann fast frontal in Dash und Charlie zu stolpern, die am Rand der Tanzfläche standen und auf mich warteten. Ich wusste es besser, als mich an ihnen vorbeizuschieben, also blieb ich stehen und wölbte eine Augenbraue. „Ja?"

„Wie ich sehe, hat dein Outfit nichts an deinen Manieren verändert", bemerkte Charlie, während seine Augen über mein Kleid huschten und viel zu lange an meinem Ausschnitt verweilten.

Dash umkreiste mich und sein Gesichtsausdruck besaß eine seltene ernste Qualität. Normalerweise grinste er oder sagte etwas Verächtliches, aber heute Abend wirkte er ruhig und nachdenklich. Das machte mich fast noch nervöser.

„Was wollt ihr?", forderte ich und stemmte die Hände in die Hüften.

Dash packte mich am Handgelenk. „Einen Tanz."

Ich schnaubte fast. Das konnte nicht sein Ernst sein. „Klar doch", log ich. „Nachdem ich Seiner Hoheit die bestellten Getränke gebracht habe, können wir tanzen."

Nicht.

Ich würde gehen, sobald ich damit fertig war, für den aufstrebenden Prinzen der Darlington Academy Apportier- aufgaben zu erledigen. Ich meine, war das nicht sein Antrieb gewesen? Mir zu helfen? Er hatte gesagt, er wolle an meiner Seite stehen, wenn ich zur neuen Königin werde. Aber warum sollte er sich diese Mühe überhaupt machen, wenn er sich genauso gut die aktuelle Monarchin zum Ziel machen konnte?

Dashs Griff wurde enger. *„Ella."*

Ich blinzelte ihn an. „Wie bitte, was?" Er hatte eindeutig weiter geredet, während ich mich in meinen Gedanken verloren hatte.

Er zog mich näher an sich heran, während Charlie von hinten auf mich zukam und mich zwischen den beiden einklemmte. „Ich will tanzen."

Ihr Drängen hatte eine tödliche Schärfe, die mein Herz einen Schlag aussetzen ließ. *Bleib ruhig,* sagte ich mir. *Versuche zu lächeln.* „Das werden wir, sobald ich die Getränke für Seine Majestät geholt habe."

Sein resultierendes Stirnrunzeln verriet mir, dass er meine Antwort nicht gutheißen konnte. „Es war keine Bitte."

„Ich glaube, wir müssen sie daran erinnern, wer hier das Sagen hat, Charming."

„Das denke ich auch, Anderson", stimmte er zu, während er mein Handgelenk losließ, um seine Hand auf meinen untern Rücken zu legen. „Erinnerst du dich nicht an unseren ersten Tanz, Cinder-Ella? Wie viel Spaß wir zusammen hatten?"

Ich kniff die Augen zusammen. „Ja. Spaß. Das war's gewesen."

„Muss ich dich wieder küssen? Damit du daran erinnert wirst, wie es ist, sich in meinen fähigen Händen zu befinden?" Er ließ besagte Hand auf meinen Arsch gleiten und drückte zu. Hart.

Charlie beugte sich vor, um an meinem Ohr zu knabbern, was mich überrascht aufkreischen ließ. „Vielleicht wäre dir mein Mund lieber – so zur Abwechslung meine ich."

Ich zitterte, und zwar nicht auf gute Art und Weise. „Nein, danke", sagte ich und versuchte, mich aus dem Arschloch-Sandwich zu winden.

Hände umklammerten meine Mitte und hielten mich fest, während Dash sein Gesicht über meinem schweben ließ. „Ich habe genug von dieser Kaltschnäuzigkeit, Herzblatt." Er nahm mein Kinn zwischen seine Finger und drückte zu, bis es schmerzte. „Wenn du Tray küssen kannst, kannst du auch mich küssen."

„Ich küsse, wen ich küssen möchte", erwiderte ich und spuckte ihm ins Gesicht, als seine Lippen den meinen etwas zu nahe kamen. Ich würde mich lieber mit seinem physischen Zorn herumschlagen, als diesen widerlichen Mund in meine Nähe zu lassen.

Er knurrte tief in seiner Kehle und sein Griff wurde immer fester, während seine andere Hand mein Kleid packte und mich nach vorne zerrte. „Leck es ab, Schlampe."

„Leck es selbst ab, du Trottel." Ich hob mein Knie, in der Hoffnung, seinen Unterleib zu treffen, nur um mein Bein im Tüll meines Rockes zu verheddern. *Verdammtes Ballkleid!*

Er rieb sein Gesicht an meinem, während Charlie meine Hüften packte und mich festhielt. Ich würgte als Reaktion auf die Erektion, die gegen meinen Hintern presste, und die schleimige Substanz, die sich auf meiner Wange verteilte.

Und wie immer kam niemand zu meiner Verteidigung. Argh!

Die Leute schauten nur zu, denn diese ganze Akademie beheimatete lediglich eine Herde wohlhabender Schafe.

Und die Lehrer waren zum Teufel weiß wo.

Wie immer musste ich mich also auf mich selbst verlassen.

Ich wurde von *zwei* Jungs sexuell belästigt. Oh, aber sie waren die Prinzen der Schule, Kapitäne ihrer jeweiligen Sportmannschaften, also konnte offensichtlich niemand etwas gegen sie unternehmen. Nein. Nicht gegen Charlie Anderson oder Dash Charming.

Flammen züngelten durch meine Adern und erhitzten meine Haut bis zum Siedepunkt, während ich mit aller Kraft darum kämpfte, mich aus ihrem Griff zu befreien.

Das brachte sie nur zum Lachen.

Sie liebten es, wenn ich mich wehrte.

„Lasst mich los", forderte ich.

„Oh, komm schon, Cinder-Ella. Du hast dieses Kleid angezogen, um uns zu beeindrucken, und es hat funktioniert. Finde dich damit ab." Dash war das Sinnbild ruhiger Arroganz; seine Lippen verzogen sich zu einem hinterhältigen Grinsen. „Sag uns, was du drunter trägst. Etwas Blaues? Aus Spitze? Genau wie dieses Kleid?"

„Mmm, oder vielleicht gar nichts", schlug Charlie vor. Seine Lippen befanden sich viel zu nah an meinem Ohr, während er seine Erregung in meinen Arsch bohrte.

„Genug", fauchte ich und versuchte erfolglos, mich von ihnen zu lösen. Ich saß nun wirklich in der Falle. Mein Herz klopfte mir bis zum Hals. *Wenigstens sind wir nicht allein*, versuchte ich mir zu sagen. *Ja, als ob sich irgendjemand sonst darum kümmern oder mir gar helfen würde.*

Ich musste meine Rettung schlauer angehen.

Ihnen geben, was sie wollten, und sie in einem Gefühl der Sicherheit wiegen, bis ich entkommen konnte.

Das war der –

„Hände weg von meinem Date", ertönte plötzlich eine kühle Stimme.

Oh, gut. *Er* wollte den Ritter spielen. Als würde ich jemals darauf hereinfallen. „Verschwinde, Tray", erklärte ich – wütend auf alles und jeden. „Geh zurück zu deiner neuen Königin."

Während Dash weiter mein Kinn festhielt, konnte ich Trays Gesicht nicht sehen. Aber ich hörte sein Lachen.

„Wie ich sehe, habt ihr sie wütend gemacht", sagte er beiläufig.

„Kein Hexenwerk", antwortete Charlie und drückte seine Nase in meine Haare. „Dürfen wir dir für ihren verbesserten Look danken?"

„Möglicherweise habe ich ein Team von Make-up-Künstlern sowie eine Haarstylistin engagiert", gab er zu und streckte dann seine Hand aus. „Komm her, Ella."

Selbst, wenn ich könnte, würde ich darauf nicht reagieren.

„Wir sind noch nicht fertig mit ihr." Dash legte den Kopf schräg und fing meinen Blick auf. „Sie scheint zu denken, das Recht zu haben, sich mir zu verweigern."

„Als mein Date bei einem Ball hat sie dieses Recht definitiv", konterte Tray. Seine Stimme war nun etwas schärfer. „Lass mein Date los, Charming. Du hattest deinen Spaß mit ihr und jetzt bin ich an der Reihe."

„Ganz im Gegenteil. Ich würde sagen, du bist fertig und überlässt sie jetzt den Profis." Dash warf seinen Mund auf meinen und bohrte sich mit seiner Zunge zwischen meine Lippen, bevor ich auch nur die Chance hatte, seine Bewegung zu begreifen.

Ich presste meine Zähne aufeinander und erstarrte.

Die völlig entgegengesetzte Reaktion zu Trays Kuss – etwas, worüber ich später würde nachdenken müssen.

Aber Dash? Ihn wollte ich loswerden. Und. Zwar. Sofort. Verdammt. Noch. Mal.

Ich legte meine Handflächen auf seine Brust und schob ihn so hart wie möglich von mir weg. Aber sein muskulöser Körper rührte sich keinen Zentimeter.

Bis ihn jemand nach hinten riss. Die abrupte Bewegung rüttelte auch mich aus meiner Starre. Ich sprang auf Charlie zu und schlug ihm die Faust in die Nase.

Tray erwischte meine Taille, hob mich in die Luft und stellte mich hinter sich. „Bleib hier", fauchte er, während er sich den beiden Arschlöchern widmete, von denen er mich eben erst befreit hatte.

Wenn er glaubte, ich würde seinem Befehl gehorchen, dann hatte er sich geirrt.

Ich rannte durch den Ballsaal, ignorierte Ryans und Carmens Rufe und stolperte weiter Richtung Ausgang.

Scheiß auf ihn.

Scheiß auf Dash.

Scheiß auf Charlie.

Scheiß auf Ryan.

Scheiß auf Carmen.

Scheiß auf die Darlington Academy.

Scheiß auf diese ganze verdammte Stadt!

Der Juni konnte nicht schnell genug kommen.

Ich schob mich durch die Türen, streifte meine Schuhe ab, weil diese mich lediglich verlangsamten, und rannte barfuß durch die gepflasterte Einfahrt. Es tat weh, aber ich war schon seit Jahren taub, was Schmerzen anging.

Den Tod meiner Eltern und die immerwährende Miss-handlung der *Familie*, die sich hätte um mich kümmern sollen, hatten mich hart gemacht. Mit ein bisschen Blut und ein paar Schnitten kam ich schon klar.

„Isabella!", rief Tray mir nach und mir lief ein Schauer über den Rücken. Aber anders als meine Reaktion auf Charlie und Dash, fühlte sich dieser Schauer warm an.

Was alles noch viel schlimmer machte.

Warum reagierte mein Körper so auf Tray? Klar, er war heiß. Genau wie die anderen Idioten. Und die schafften es nicht, mich innerlich so aufzuwühlen.

Ich verdrängte diesen Gedanken und zwang meine Beine, sich schneller zu bewegen. Aber diese verdammten Röcke verhedderten sich mit meinen Beinen und nahmen mir meine Geschwindigkeit. Wenn ich mich zu schnell bewegte, würde ich stolpern, und dann –

Starke Arme umschlangen meinen Körper und hoben mich hoch.

Ich kreischte auf. Die Bäume und Limousinen waren meine einzigen Zeugen.

Sicherlich würde einer der Fahrer einschreiten, nicht wahr?

Oh, richtig – ganz vergessen. Ich lebte in Darlington, wo Angestellte dafür bezahlt wurden, diskret zu sein und wegzusehen.

Ich schrie frustriert auf und meine Wut auf das Schicksal erreichte ihren Höhepunkt. „Warum?!" Darauf folgte eine Reihe von Flüchen.

Tray sagte nichts.

Oder vielleicht konnte ich ihn wegen meiner eigenen Schreie einfach nicht hören.

Ich rief nicht um Hilfe, sondern beschimpfte den Himmel für seine Grausamkeit.

Acht. Verdammte. Monate.

Ich musste noch acht verdammte Monate überleben.

Und ich war mir nicht sicher, wie ich das tun sollte, ohne jemanden umzubringen.

„Damit kann ich helfen." Es war Tray, der sich nun leise zu Wort meldete, und ich warf ihm einen Schulterblick zu.

„Womit?", fragte ich.

„Sie alle umzubringen. Wenn es das ist, was du möchtest."

Ich schnaubte. „Ja, richtig. Warum bist du überhaupt hier?" Ich versuchte, mich aus seinem Griff zu lösen, aber kein Erfolg.

„Du rennst nicht wieder vor mir weg, Isabella."

Ich verdrehte die Augen und lachte trocken. „Richtig." Ich stieß ihn von mir weg, aber er drehte mich in seinen Armen, als hätte ich ihn kaum berührt. Seine schwarzen Augen züngelten, als er auf mich herabblickte, und der abnormale Effekt raubte mir den Atem aus der Lunge.

Denn das war definitiv nicht normal.

Augen ... *züngelten* nicht.

Aber in seinem Blick tanzte nun ein Feuer, das seine Gesichtszüge beleuchtete und seinem hübschen Gesicht einen überirdischen Effekt verlieh.

Ist das Rauch um ihn herum?

Ich blinzelte und versuchte, die schwarzen Schwaden, die von seinem Anzug abperlten, zu ignorieren. Doch je länger ich ihn anstarrte, desto intensiver wurden sie.

„Ich wollte dich auf eine andere Art und Weise mit deinem Geburtsrecht vertraut machen, aber der heutige Abend hat bewiesen, dass das nicht passieren wird. Man hat dir schon vor langer Zeit sämtliches Vertrauen aus dem Leib geprügelt. Also werden wir es auf die harte Tour machen." Er entspannte seinen Griff, aber nicht genug, um mich fliehen zu lassen. Nicht, dass ich das gekonnt hätte.

Nein, nach dieser Ankündigung weigerten sich meine Beine, sich zu rühren.

Ich ignorierte den Vertrauensmist und konzentrierte mich auf den Teil, der mich dazu brachte, wie angewurzelt vor ihm stehenzubleiben. „Wovon redest du? Welches Geburtsrecht?"

„Das Recht, das dir von der Blutlinie deiner Mutter zuteilwurde", antwortete er und ließ mich los, als eine Limousine neben uns zum Stehen kam. „Steig ein und ich erkläre es dir."

Ich hob die Augenbrauen. „Vergiss es. Du wirst es hier erklären. Und zwar sofort."

Seine Augen flackerten verärgert auf. „Ich fange wirklich an, meine Herangehensweise an diese ganze Situation zu bereuen. Wenn du von Anfang an gewusst hättest, wer ich bin, hättest du es nicht gewagt, meinen Befehl infrage zu stellen."

„Ja? Nun, ich bin mir ziemlich sicher, dass ich dich trotzdem zur Rede stellen würde." Ich verschränkte meine Arme. „Fang an zu reden."

Er öffnete die Tür und sah mich an, seine Augen funkelten in einem hypnotischen schwarz-orangefarbenen Ton. „Tritt vor, Isabella", murmelte er. Seine Worte schienen mich zu umschlingen und meinen Geist dazu zu bringen, sich zu fügen.

Wie ... seltsam ...

Ich jaulte auf, als sich meine Füße bewegten, und mein Verstand rebellierte, obwohl mein Körper seinem Befehl folgte.

„Braves Mädchen", sagte er sanft. „Jetzt setz dich ins Auto und hör auf zu schreien. Ich habe bereits Kopfschmerzen."

Ich öffnete meinen Mund, um zu protestieren, aber die Welt um mich herum versank in einem Nebelschleier.

Ist das ein Traum, fragte ich mich und kniff mir in die Seite. *Haben Charlie oder Dash mich bewusstlos geschlagen?*

Denn das konnte doch nicht echt sein.

Auf keinen Fall würde ich einfach so in die Limousine steigen, ohne mich zu wehren. Doch ich fühlte den Ledersitz unter mir, spürte Trays Wärme, als er neben mich rutschte, und hörte die Tür zuschlagen.

Wie macht er das nur? Ich blinzelte und versuchte, den Nebel aus meinem Kopf zu vertreiben. Mein Kopf schwankte und der Schlaf schien meine Sinne zu übersteuern.

„Was machst du mit mir?", flüsterte ich, während ich gegen die Wolke ankämpfte, die meine Sinne benebelte. *Hat er mir Drogen gegeben?* Nein, ich habe nichts getrunken.

„Entspann dich, Isabella."

Ella, dachte ich.

„Du wirst es bald verstehen." Seine Finger streichelten meine Haare und die Nadeln lösten sich von meinem Kopf, als er mir half, meine Hochsteckfrisur zu lösen. „Ich werde dir nicht wehtun."

Ein Teil des Dunstes löste sich und brachte die Limousine wieder in den Fokus. Ein Wirrwarr von Bäumen säumte die Straßen draußen, das palastartige Gelände war längst verschwunden.

Moment …

Ich spähte durch das Glas und runzelte die Stirn angesichts des ungewohnten Efeus, das sich über den Boden schlängelte.

„Wo sind wir?", fragte ich, zufrieden, dass meine Stimme wieder mehr oder weniger normal klang.

„Auf dem Weg zu meinem Zuhause", antwortete er. „Meinem richtigen Zuhause."

„Du nimmst mich mit zu dir nach Hause?" Ich musste fast lachen. „Wow. Nein. Ich weigere mich."

„Dafür ist es zu spät, Isabella." Er entfernte die letzte Nadel aus meinen Haaren und ließ sie klirrend in einen Becherhalter fallen.

„*Ella*", fauchte ich ihn an. „Nur meine Eltern dürfen mich Isabella nennen und die sind tot."

Er zuckte zusammen. Offensichtlich hatte er die Feindseligkeit in meinen Worten nicht erwartet.

Der Typ hatte Nerven.

„Bring mich nach Hause, *Trayton*."

„Das tue ich", antwortete er. „Na ja, sozusagen."

„Du hast eben gesagt, dass wir zu deinem Haus fahren."

„Nein, ich habe gesagt, dass wir zu mir nach Hause gehen." Er entspannte sich in seinem Sitz und wirkte viel zu königlich in seinem Anzug. „Du wolltest wissen, wer ich bin, und ich werde es dir zeigen."

Ich öffnete meinen Mund, um zu widersprechen, als ein seltsames Flackern meine Aufmerksamkeit erregte und mich ablenkte. *Der Mond*, erkannte ich und starrte hinaus in die Nacht. *Nein. Nicht ein Mond. Zwei Monde.*

„Was zum …?" Ich starrte hinaus auf die unzähligen Sterne, die am Himmel zwischen den goldenen Kugeln funkelten. „Das ist doch nicht möglich."

Genauso wenig wie all das Efeu.

Es schien sich zu bewegen und erinnerte mich an grüne Schlangen, die sich an den Ästen entlang wanden.

Rote Punkte starrten mich an und beobachteten, wie die Limousine die unendliche Straße hinunterfuhr.

Keine anderen Autos.

Keine Häuser.

Nur endlose Wälder mit dem funkelnden Nachthimmel über mir.

Mein vorheriger Gedanke, dass all das nur ein Traum war, überkam mich erneut.

„Es ist echt, Ella." Tray griff nach meiner Hand und drückte sie kurz, bevor ich sie seinem Griff entriss.

„Fang an zu reden", forderte ich und ein Schauer lief mir über den Rücken. „Jetzt sofort, Tray. Ich meine es ernst. Du musst mir sagen, was zum Teufel hier los ist."

TRAY

TJA, der heutige Abend ist scheiße gelaufen, dachte ich, während ich mir die Haare raufte und tief ausatmete.

Ich hatte die Engstirnigkeit der Menschen an der Darlington Academy unterschätzt. Besonders Ryans.

Die Missgunst der Kleinen hatte mir fast sämtliche Pläne zunichtegemacht. Als ich hörte, wie sie anfing, Ellas Kleid zu zerreißen, hatte ich auf die einzige Art und Weise reagiert, die möglich gewesen war – indem ich Ryans Fokus auf mich und weg von ihrer Stiefschwester lenkte. Leider hatten Charlie und Dash diese Chance ergriffen, die schöne Ella zu belästigen. Ihre Interaktion mit ihr war einem sexuellen Übergriff ziemlich nahegekommen.

Ich hatte keinerlei Zweifel daran, dass sie weiter gegangen wären als je zuvor. Alles nur, weil ich sie herausgeputzt und ihr den Raum gegeben hatte, zu glänzen. Es hätte eine fröhliche Vergeltung gegenüber ihren Klassenkameraden werden können.

Aber das war nach hinten losgegangen.

Diese Idioten waren ohne Prinzipien aufgewachsen. Meine Handlungen machten Ella zu einer noch größeren Zielscheibe und provozierten die Mistkerle dazu, ihrerseits loszulegen.

Meine Rede auf dem Parkplatz war aufrichtig gewesen.

Wenn sie sie töten wollte, würde ich bereitwillig dabei helfen.

Und das schloss ihre zickigen Stiefschwestern ein.

Verdammt. Ich hätte wissen müssen, dass Ryan sich nicht auf unsere vereinbarte Scharade einlassen würde, sondern den Moment selbst in die Hand nehmen und versuchen würde, ihre Stiefschwester gründlich zu ruinieren. Daraus resultierend hatte ich Ella weggestoßen und allen den Eindruck vermittelt, Ryan zu bevorzugen.

Ich wollte meine Faust durch das Glas schlagen, um über die Dummheit der menschlichen Nuancen zu wüten, aber ich hatte eine sehr erschütterte Frau neben mir, die gerade realisiert hatte, dass wir nicht mehr in ihrem Reich waren.

Und das war ein ganz anderer Berg von Problemen, den es zu bewältigen galt. Nicht nur, dass ich sie heute Nacht gezwungen hatte, meine Befehle zu befolgen – ich hatte sie auch ohne ihre Erlaubnis in die Welt der Mitternachtsfeen gebracht.

„Tray", sagte sie und ihre Stimme berührte mich zutiefst. Isabella Cinder war unglaublich stark und ich bewunderte ihren Mut ungemein. Aber der heutige Abend hatte ihr zugesetzt und ich hatte nicht vor, es besser zu machen.

Nein, ich war dabei, es noch um einiges schlimmer zu machen.

Mit einem resignierten Seufzer begegnete ich ihrem Blick. „Wir haben uns schon einmal getroffen, vor einigen Jahren in einer Gasse. Du warst klatschnass und durchgefroren und bist direkt in mich hineingelaufen, während du ein blaues Kleid und passende Schuhe getragen hast." Die Farbe des Kleides unterschied sich nicht wesentlich von der des Outfits, das sie jetzt trug, was darauf schließen ließ, dass es ihr Lieblingsfarbton war.

Ich bückte mich, um ihre silbernen Stilettos aufzuheben, die sie heute Abend in der Nähe der Tür abgestreift hatte, und reichte sie ihr. „Du hast eine Vorliebe dafür, deine Schuhe zu verlieren, Isabella Cinder."

Sie wurde blass. „Das warst du damals?"

Ich nickte.

„Und das sagst du mir erst jetzt?" Sie riss mir die Schuhe aus den Händen und ließ sie unfeierlich auf den Boden fallen. „Nein, vergiss das. Ich möchte wissen, wo zum Teufel wir sind und warum das Efeu da draußen sich bewegt."

„Es ist kein Efeu. Das sind verzauberte Reben, die unser Gelände vor Eindringlingen schützen." Ich schaute über ihre Schulter zu den Bäumen. „Ich glaube, Menschen würden sie mit Schlangen vergleichen, aber unsere Version ist viel tödlicher. Sie beißen und quetschen nicht nur, sie verzaubern auch und nehmen einem die Energie. Schrecklich, wirklich, wenn man ein ungebetener Gast ist."

Sie schloss die Augen, öffnete sie, schloss sie wieder und öffnete sie erneut. „Was?"

„Du hast gefragt – ich habe geantwortet." Ich zuckte mit den Schultern. „Du wirst eine Menge Dinge sehen, die schwer zu fassen sind, Ella."

Ich schnippte mit den Fingern, zog eine Flamme an die Oberfläche und schleuderte sie in die Luft. Ein einfacher Trick für eine dunkle Fee in meinem Alter, aber er entlockte meiner Begleiterin das obligatorische Keuchen.

„W-wie hast du das gemacht?"

„Magie, Liebling." Ich wedelte mit meiner Hand, während ich einen Zauberspruch murmelte, und lächelte, als eine schwarze Rose in meiner Handfläche erschien. Schien angemessen in Anbetracht unseres *Dates*.

Ich hielt sie ihr hin und sie wich mit großen Augen zurück. „Was. Zum. Teufel?"

„Ich bin eine Fee, Ella. Na ja, offiziell bekannt als Mitternachtsfee dank meines dunkleren Stammbaums. Von Geburt an königlich. Genau wie du – nur, dass wir von verschiedenen Ahnen abstammen." Das war auch gut so, denn sonst wäre diese Anziehung, die ich für sie empfand, auf mehreren Ebenen falsch.

Sie blinzelte wieder und ihr Mund öffnete und schloss sich ohne Geräusch.

Allerdings sprudelte der Unglaube regelrecht aus ihr heraus. Das war genau der Grund, warum ich sie hierher gebracht hatte. Sie würde mir nur glauben, wenn sie es mit eigenen Augen sehen konnte.

Ich nutzte ihr Schweigen aus und fuhr mit meiner Erklärung fort. „Deine Mutter war eine Fee, aber sie hat sich in einen Menschen verliebt – deinen Vater. Es ist nicht üblich unter unserer Art, besonders nicht im Adel, aber es ist nicht unerhört. Ich meine, Mitternachtsfeen interagieren mit Sterblichen, um unseren Blutdurst zu stillen. Das ist es, was uns von anderen Feen unterscheidet. Nun, das und unsere Vorliebe für die dunklen Künste, Nekromantie und andere –"

„Warte mal", sagte sie und hob eine Hand. „Blutdurst?"

Ich schmunzelte. „Dieses eine Wort ist hängen geblieben, was?" Typisch Mensch. „Ja, wir trinken menschliches Blut. Und bevor du ausflippst, es geschieht nicht oft. Gerade oft genug, um unsere dunklen Elemente am Leben zu erhalten. Daher weiß ich von Darlington und den umliegenden Vororten. Es ist mein bevorzugter Futterplatz." Ich begegnete ihrem Blick. „Und du warst mein Ziel in der

Nacht, als wir uns begegneten." Nur hatte mich ihre Halblingsnatur so erschrocken, dass ich nicht in der Lage gewesen war, mein Vorhaben durchzuführen.

Ihre Augen waren nun so groß wie Untertassen. *„Du bist ein Vampir?"*

Ich schnaubte. „Wohl kaum. Du hast mich essen sehen, Ella. Und du hast mich im Sonnenlicht gesehen. Außerdem? Vampire existieren nicht. Sie sind ein von den Menschen erfundener Mythos, wahrscheinlich wegen ein paar idiotischer Mitternachtsfeen, die ihre Beute nicht richtig bezwungen haben."

„Bezwungen?", wiederholte sie. Dann dämmerte ihr etwas. „Heute Abend ... hast du mich *bezwungen*."

„Ja, das habe ich", gab ich zu und raufte mir erneut die Haare. „Nicht, dass das eine großartige Ausrede ist, aber du wärst sonst nicht in den Wagen gestiegen."

Ich hatte ihren inneren Konflikt nur allzu deutlich gesehen und war nicht in der Stimmung gewesen, sie mit meinen üblichen Reizen zu überreden. Ich war ausgebrannt – dank Ryan und ihren verdammten Albernheiten.

„Und beim Tanzen", fügte sie hinzu.

Meine Augenbraue hob sich. „Was ist mit dem Tanzen?"

„Da hast du mich auch bezwungen."

Es dauerte einen Moment, bis ich begriff, was sie wirklich meinte – die Verführung und den anschließenden Kuss. Amüsiert lächelte ich. „Oh nein, Schätzchen. Das war echt. Nichts daran hatte mit Zwang oder Manipulation zu tun."

„Du hast mich dazu gebracht, dich zu küssen."

„Ich versichere dir, ich habe nichts dergleichen getan." Ich beugte mich vor und schob sie gegen die Tür. „Ich habe noch nie eine Frau bezwungen, mich zu berühren, Ella.

Weder bestand jemals die Notwendigkeit, noch würde ich es mir wünschen. Außerdem ist ein Teil des Spaßes das Vorspiel. Warum sollte ich so etwas schmälern, indem ich jemanden zu etwas zwinge?" Ich war nicht Dash oder Charlie. Wenn ich mich nach einem weiblichen Wesen sehnte, arbeitete ich dafür. Und heute Abend war es nicht anders.

„Du erwartest von mir, dass ich dir das glaube?"

„Nein", erwiderte ich sofort. „Tatsächlich habe ich damit gerechnet, dass du mir *nicht* glaubst, deshalb habe ich dich hierher gebracht."

„Ich spreche von der Sache mit dem Bezwingen, Trayton."

Ich knirschte mit den Zähnen und überlegte, wie ich darauf antworten sollte. „Wenn du dich damit besser fühlst, zu glauben, dass ich lüge, dann erlaube ich es." Denn mein Gewissen war in dieser Hinsicht rein. „Aber tief im Inneren kennst du die Wahrheit, Ella. Denn du kannst all diese Momente mit dem einen vergleichen, indem ich dich *wirklich* bezwungen habe."

Sie kniff die Augen zusammen und schaute aus dem Fenster. Doch sofort erschauderte sie und richtete ihren Blick erneut nach vorne. Denn ja, die Reben wurden unruhig. Sie spürten ihre Unruhe und ihre vermutlich bösen Gedanken mir gegenüber. Als Mitglied der Königsfamilie dieses Grundes würde der Zauber mich mit allen Mitteln vor Bedrohungen schützen.

Interessant, dass Ella als eine Bedrohung angesehen wurde, wo sie eindeutig noch keinen Zugang zu ihren Kräften hatte. Was an und für sich schon merkwürdig war. Mitternachtsfeen wurden mit ihren Gaben geboren. Halblinge entwickelten sie mit der Zeit, aber sie sollte bis zu ihrem achtzehnten Geburtstag Zugang zu ihren inneren

Kräften erhalten haben – ein Ereignis, das gekommen und gegangen war.

„Deine Mutter war mächtig", sagte ich laut nachdenkend. „Berühmt, um ehrlich zu sein." Es war durchaus möglich, dass sie ihre Tochter auf irgendeine Weise verzaubert hatte, aber ich hatte keine Anzeichen von dunkler Magie bei Ella wahrgenommen. Tatsächlich hatte ich keinen einzigen Hauch von Macht an ihr feststellen können. Nur eine sehr starke Entschlossenheit und einen Mut, der den der meisten Feen in den Schatten stellte.

„Meine Mutter", flüsterte sie und ihre Aufmerksamkeit wanderte zu ihren Händen. „Hast du meine Mutter gekannt?"

„Nein, aber meine Eltern. Sie wuchsen zusammen im königlichen Kreis auf und besuchten gemeinsam die Akademie der Mitternachtsfeen."

„Die Akademie der Mitternachtsfeen?", wiederholte sie.

Ich nickte. „Auf dieser Schule perfektionieren wir unseren Zugriff auf die dunklen Künste. Unsere Leistungen und unser Wissen bestimmen dann, wo wir in der Gesellschaft landen. Es ist so etwas wie eure Version eines Studiums, nur eben für Mitternachtsfeen."

„Warum also warst du dann in Darlington?", fragte sie.

„Weil mir aufgetragen wurde, dich zu rekrutieren, Ella."

Und weil du meine designierte Gefährtin bist, fügte ich im Geiste hinzu. *Willkommen in der Familie.*

Diesen Aspekt würden wir später klären.

Nachdem sie alles andere verstanden hatte.

„Du bist zur Hälfte eine Mitternachtsfee", fuhr ich fort. „Der Rat erwartet, dass du nächstes Jahr die Akademie besuchst." Und der würde ein Nein als Antwort nicht akzeptieren. Ein weiterer Punkt, den es später zu erklären galt. Sobald ich die Gelegenheit dazu bekommen hatte, sie ein wenig an das Leben der Mitternachtsfeen zu gewöhnen.

Die Limousine wurde langsamer, als wir uns dem Haupttor des Anwesens näherten. Steinerne Wasserspeier bewachten die Mauern, ihre Augen waren wachsam und suchten nach Gefahr, genau wie die Reben.

Ella starrte zu ihnen hinauf, eine Gänsehaut kroch ihre Arme hinunter und verschwand in den Handschuhen, die sie immer noch trug. „Sie bewegen sich", flüsterte sie.

„Ja. Das sind Wasserspeier." Und im Gegensatz zu den Wasserspeiern, die Menschen als Ornamente oder Dekorationen genossen, waren diese sehr real.

„Können sie fliegen?"

„Nur wenn sie angreifen." Was nie passierte. Eine Fee müsste selbstmörderisch sein, um sich diesem Gelände in negativer Absicht zu nähern. Mein Vater war der König der Mitternachtsfeen. Er nahm seine Sicherheit sehr ernst.

Nachdem wir durch die Tore gelassen wurden, fuhren wir einen weiteren gewundenen Pfad hinunter. Ellas ungeteilte Aufmerksamkeit gehörte der sich verändernden Umgebung.

Schwarze Wasserseen, die das Licht reflektieren.

Felder mit ineinander verschlungenen Steinen und Bäumen.

Spazierwege.

„Ist das ein Phönix?", hauchte sie und beäugte einen Feuervogel in der Ferne.

„So ähnlich", antwortete ich. „Nicht so groß wie die aus euren Legenden. Die Feuervögel hier werden nur so groß wie ein normaler Adler."

„Richtig." Sie erschauderte sichtlich. „Das ..."

„Ist real", ergänzte ich für sie.

„Aha", antwortete sie und beäugte eine Horde von tanzenden Wasserfunken auf dem See. „Elfen?"

Ich grunzte. „Eher Mücken, nur größer – und sie stechen. Ich empfehle definitiv nicht, eine zu berühren." Leider waren sie eine Plage, die auch mit Magie nicht auszurotten war.

„Und du bist eine Fee", sagte sie langsam.

„Genau wie du", gab ich zurück.

Sie musterte meinen Kopf und runzelte die Stirn. „Deine Ohren sind rund."

Ich warf ihr einen Blick zu. „Genau wie deine, Ella."

„Ich dachte, Feen haben spitze Ohren."

„Manche schon", stimmte ich zu. „Mitternachtsfeen nicht."

„Also gibt es noch andere Arten von Feen?"

Ich nickte. „Viele, ja. Dies ist nur ein Reich von mehreren."

„Oh." Sie starrte wieder aus dem Fenster und ihre Schultern waren steif. „Trinken sie alle Blut?"

„Nein, nur wir Mitternachtsfeen, weil wir Zugang zu den dunklen Künsten haben."

„Warum?", drängte sie. „Warum nur Mitternachtsfeen?"

„Weil es unseren Zugriff auf die dunklen Künste begünstigt", erklärte ich geduldig. Sie hatte einiges zu verkraften, also würde ich viele meiner Antworten wiederholen müssen. Das war in Ordnung. Und es war notwendig. „Manche sehen es als moralische Strafe, um die rauere Seite unserer Existenz zu sättigen. Andere betrachten es als Nahrung, um unsere Energiereserven aufzufüllen."

„Und wie siehst du es?", blickte sie mich an. „Und wie oft ... Du weißt schon?"

„Es ist ein natürlicher Teil unserer Existenz, den ich vor

langer Zeit akzeptiert habe, und ich trinke einmal im Monat oder so. Es ist nicht oft und es erfordert nicht viel. Und bevor du fragst, nein, wir töten keine Menschen. Wir leihen uns nur ab und zu etwas von ihrer Lebensenergie. Die meisten von ihnen genießen es." Der Blutaustausch führte in der Regel zu erhöhten sexuellen Empfindungen. Etwas, das ich ihr irgendwann erklären müsste. Oder vielleicht würde ich es ihr zeigen, wenn sie mich ließ.

„Ich verstehe." Sie biss sich auf die Lippe und verzog das Gesicht. „Ich trinke kein Blut."

„Weil du ein Halbling ohne Zugang zu deinen Kräften bist." Aber das lieferte eine mögliche Erklärung dafür, warum sie noch keine Anzeichen ihrer Kräfte gezeigt hatte. Vielleicht lag es daran, dass sie kein Blut trank. Ich würde später meinen Vater oder vielleicht auch meinen Bruder Kols nach einer Meinung fragen müssen.

Ella versteifte sich, als das offizielle Nacht-Anwesen vor uns auftauchte. Die Lichter funkelten hell in der Dunkelheit und beleuchteten die riesigen Säulen sowie die Granitfassade.

Ihre Kinnlade fiel ein wenig herunter. „Das sieht aus wie ein Goth-Palast."

Ich schmunzelte. „Nur von außen." Innen war alles sauber und modern gestaltet, dank der Vorliebe meiner Mutter für Eleganz. „Du wirst gleich eine Menge Silber und Gold sehen." Das waren die Familienfarben, mit einem Hauch von Schwarz, das in das Wappen eingewoben war. „Und wahrscheinlich auch eine Menge Magie", fügte ich hinzu und zog eine Grimasse.

„Weil wir uns in einer Feenwelt befinden", antwortete sie.

„Im Reich der Mitternachtsfeen, ja."

Sie nickte, schüttelte den Kopf und nickte erneut. „Aha."

„Du darfst ausflippen, Ella."

„Jepp." Wieder eines dieser merkwürdigen Kopfnicken. „Jepp."

„Ella."

„Mir geht es gut", sagte sie schnell. „Wirklich. Ich meine, mir geht es überhaupt nicht gut. Aber es geht mir auch gut."

„Weil das eine kohärente Aussage ist", murmelte ich.

Sie kniff die Augen zusammen. „Du hast mich gerade entführt und in ein Feenreich gebracht. Und nun willst du dich über meine Reaktion lustig machen? Ernsthaft?"

Ich hob die Hände und bewunderte ihre kämpferische Haltung. „Das ist fair. Ich will damit nur sagen, dass du ausflippen darfst. Ich werde es verstehen."

„Und was würde das bringen?", konterte sie und verschränkte die Arme. „Abgesehen davon, dass ich dir noch mehr ausgeliefert wäre, als ich es ohnehin schon bin."

„Auch fair", stimmte ich zu. „Falls es dich tröstet, ich habe nicht vor, dich hierzubehalten. Wir sind nur für eine Nacht zu Besuch, um dir zu beweisen, dass ich keinen Mist erzähle. Dann werden wir morgen zurück nach Darlington fahren."

„Was?" Sie starrte mich unverhohlen an. „Also, warte, du hast mich nur hierher gebracht, um ... mir das alles zu beweisen?"

„Im Grunde genommen, ja. Ich konnte erkennen, dass nichts von dem, was ich heute Abend gesagt habe, dich davon überzeugen würde, dass ich keine bösen Absichten habe. Also dachte ich mir, dass ich dir alles auf einmal offenbaren sollte. Und dann können wir hoffentlich nach vorne schauen."

„Und was tun?", fragte sie. „Zurück zur Highschool gehen?"

„Ja", sagte ich und fixierte sie mit einem Blick. „Nur dieses Mal wirst du mit dem Wissen bewaffnet sein, dass ich dir tatsächlich helfen will, diese Arschlöcher in ihre Schranken zu weisen."

Denn sie mussten für ihre Sünden büßen und ich weigerte mich, das an Ellas Stelle zu tun. Sie würde nur dann einen echten Schlussstrich ziehen können, wenn sie das selbst in die Hand nahm.

„Vielleicht bist du dieses Mal etwas entgegenkommender", fügte ich hinzu, mehr genervt von mir selbst als von ihr.

„Entgegenkommender", wiederholte sie. „Warum kümmert dich das überhaupt? Ich meine, ich verstehe den Teil mit dem Auftrag. Aber *Feen sind real*. Du bist praktisch ein Vampir. Warum zur Hölle solltest du dich freiwillig an einer menschlichen Highschool einschreiben, nur um mit einem Haufen reicher, verwöhnter Gören zu spielen?"

Weil diese reichen, verwöhnten Gören meine designierte Gefährtin angriffen – und ich sie dafür leiden lassen wollte.

Leider konnte ich das nicht sagen. Nicht ohne sie noch mehr zu verunsichern.

Also entschied ich mich für den nächstbesten Grund, der zufällig auch noch wahr war.

„Weil irgendetwas deine Kräfte daran hindert, an die Oberfläche zu kommen, und ich vermute, dass es mit dem emotionalen Panzer zusammenhängt, den du geschaffen hast, um all die Jahre des Missbrauchs zu überleben." Ich begegnete ihrem Blick. „Hätte ich eingegriffen, als wir uns das erste Mal begegnet sind, wäre es vielleicht anders ausgegangen. Aber ich habe bis zu deinem achtzehnten

Geburtstag gewartet, wie es der Rat empfohlen hat, und du hast in meiner Abwesenheit die Hölle durchgemacht. Als dein zugewiesener Betreuer habe ich dich also im Stich gelassen. Und ich werde nicht ruhen, bis ich das wieder gut gemacht habe."

✿ ELLA ✿

WAS GRÜNDE ANGING, war das ein ziemlich guter. So
gut sogar, dass ich keine Ahnung hatte, wie ich darauf
antworten sollte.

Deshalb schwieg ich, bis wir vor dem Goth-Palast
geparkt hatten, den Tray sein Zuhause nannte.

Eine Fee. Eine echte, verdammte Fee.

Und er hatte recht.

Ich hätte ihm nie geglaubt, ohne all das hier mit eigenen
Augen zu sehen. Selbst jetzt noch hielt sich ein Teil von mir
an der Hoffnung fest, lediglich zu träumen. Doch mein
Bauchgefühl verriet mir, dass ich das nicht tat – und dass
die Feuervögel in der Ferne real waren. Sehr real.

„Es gibt da noch eine Sache, die ich dir sagen sollte",
begann Tray und blickte aus dem Fenster auf einen heran-
nahenden Mann in einem Anzug, der mit seinem eigenen
mithalten konnte.

„Nur eine Sache?", konterte ich, wobei meinem Tonfall
die gewünschte Wärme fehlte. Denn ja, ich war immer
noch nicht über unsere Umgebung oder diese gruseligen
Wasserspeier oben an der Straße hinweg.

„Nun, viele Sachen", gab er zu. „Aber ich sollte dich
vielleicht warnen – mein Vater ist der König der Mitternachtsfeen."

Die Tür öffnete sich, bevor ich die Chance hatte, diese Aussage zu verarbeiten.

„Master Nacht", grüßte der Mann und verbeugte sich. „Wie schön, dass Ihr wieder zu Hause seid, Sir."

„Es ist nur vorübergehend, Clive", antwortete Tray. „Ich gebe Ella lediglich eine kurze Führung."

„Natürlich, Master Nacht." Der Pinguin-Anzugträger trat ein paar Schritte zurück und bedeutete uns, auszusteigen. Er wirkte mehr oder weniger normal. Aber das tat Tray auch – und offenbar trank er Menschenblut.

Ich erschauderte bei dem Gedanken.

Vampire.

Zwang.

Dunkle Magie.

Schlangen in Gestalt von Reben.

Wasserspeier.

Was kam als Nächstes? Ein Werwolf?

„Ella", murmelte Tray und seine Handfläche glitt sanft meinen Arm hinunter. Die Berührung sollte mich eigentlich kalt lassen, aber genau das Gegenteil war der Fall.

Ich hatte ihn vorhin beschuldigt, mich auf der Tanzfläche bezwungen zu haben, aber wir wussten beide, dass dem nicht so gewesen war. Mein Körper schien auf seinen zu reagieren, als würden wir zusammengehören. Ein erschreckender Gedanke, wenn man berücksichtigte, was ich heute Abend erfahren hatte.

Obwohl, vielleicht auch nicht. Laut Tray war ich halb Fee. Das warf eine Unzahl von Fragen auf.

Fragen, von denen ich bezweifelte, dass sie heute Abend alle beantwortet werden würden.

Und das war auch gut so. Ich bezweifelte nämlich, noch mehr dieser Details verkraften zu können.

Ich schob meine Füße wieder in die High Heels, klet-

terte aus der Limo und ließ meinen Blick über das impo-
sante, schwarze Marmorgebäude gleiten. *Äh, hallo, Dracula.
Ich bin Ella. Schön, dich kennenzulernen. Bitte friss mich
nicht.*

Tray schlüpfte hinter mir in die Nacht und die Wärme
seines Körpers war der einzige Hinweis darauf, dass er sich
bewegt hatte. Seine Handfläche lag auf meinen Rücken,
die Berührung war zaghaft. Ich sollte ihn wegstoßen, aber
ich unterließ es. Das würde die Situation nur
verschlimmern.

Clive verschwand durch eine große Tür an der Vorder-
seite der Villa und ließ sie leicht angelehnt, um uns zu
signalisieren, ihm zu folgen. Oder vielleicht lauerte er auf
der anderen Seite und wartete auf unsere Annäherung, um
die Türen mit einem Schwung zu öffnen.

Ich runzelte die Stirn. *Wer empfängt überhaupt Gäste
um diese Uhrzeit? Und warum sind alle Lichter an?* Es
musste weit nach Mitternacht sein, vielleicht sogar noch
später. Aber das Goth-Haus war beleuchtet, als wäre es
drinnen Mittag.

„Was jetzt?", fragte ich mich laut.

„Jetzt stelle ich dich meinen Eltern und meinem Bruder
Kols vor, falls er da ist." Tray gab mir einen kleinen Stupser,
um mich zum Weitergehen zu bewegen.

„Deine Eltern", wiederholte ich. „Die, ähm, adelig
sind?" *Oh, übrigens, mein Vater ist der König der Mitternachtsfeen. Und Vampire sind echt. Willkommen zu Hause,
Ella!* Ich hätte fast laut gelacht angesichts der lächerlichen
Natur meiner Gedanken, aber da waren wir nun und
gingen die kopfsteingepflasterte Auffahrt hinauf zu Graf
Draculas Schloss.

Unglaublich.

„Ja, genau wie du", antwortete er. „Wie ich schon sagte,

entstammt deine Mutter ebenfalls der königlichen Linie, lediglich einer anderen Familie."

Ich blieb stehen. „Heißt das, wir sind so etwas wie Cousin und Cousine?" Denn das wäre wirklich, wirklich falsch.

Er schnaubte. „Nein. Ganz und gar nicht. Denk an die königlichen Linien wie an die großen Familiennamen in Darlington. Keiner von ihnen ist verwandt, aber sie verkehren in denselben Kreisen. Ein ähnliches Konzept, nur dass wir unser Königtum auf die Macht in unseren Adern gründen – und nicht darauf, wie viel Geld wir auf unseren Konten haben."

„Und du denkst, ich verfüge über Magie." Er hatte es in der Limousine erwähnt, dass er dachte, ich würde diese wegen meiner „emotionalen Panzerung" blockieren.

„Ich weiß, dass du das tust, Ella." Er stellte sich vor mich und legte seine Hände auf meine Hüften. „Die Familie deiner Mutter ist bekannt für ihre Macht. Auch wenn ihr Austritt aus unserer Welt nicht gerade gefeiert wurde, so hat sie doch ihren Zugriff auf die dunklen Künste behalten. Und diese Gabe sollte auf dich übergegangen sein."

„Was meinst du mit ‚ihr Austritt wurde nicht gerade gefeiert'?"

Ein Hauch von Unbehagen verdüsterte seinen Blick. „Die Angehörigen der königlichen Linien tendieren dazu, eine vorbestimmte Zukunft zu verfolgen. Deine Mutter entschied sich, nicht den vom Rat vorgezeichneten Weg zu gehen, was zu einigen Spannungen geführt hat."

„Ich dachte, du meintest, dass Beziehungen zu Menschen wegen der ganzen Bluttrinkerei vorkommen."

„Sie kommen vor, ja, aber das bedeutet nicht, dass die Beziehungen von unserer Art auch respektiert werden.

Und ein Adliger, der ein beabsichtigtes Arrangement wegen eines Sterblichen ablehnt, ist besonders selten. Deine Mutter hatte Glück, dass die Position ihres Vaters über der der anderen Familie stand, sonst wäre sie gezwungen gewesen, zurückzukehren."

Diese ganze Aussage steckte voller politischer Floskeln. Was ich aber erfahren hatte, war, dass meine Mutter aus einer einflussreichen Feenfamilie stammte, die ihr dabei geholfen hatte, die Regeln zugunsten meines Vaters zu brechen. Da das alles zu meiner Erschaffung geführt hatte, konnte ich das Arrangement nicht gerade negativ kommentieren.

Aber ich verstand es auch nicht ganz.

Tray streichelte meine Wange und kippte meinen Kopf zurück, damit er mich weiterhin ansehen konnte, während er sich in meinen persönlichen Bereich hineinbewegte. „Es gibt eine Menge, was ich dir erklären muss, Ella. Aber ich will dich nicht überfordern."

„Zu spät", murmelte ich.

Seine Lippen wölbten sich zu einem Grinsen. „Nun, du hast mir nicht gerade eine andere Wahl gelassen. Du wolltest wegrennen und nie wieder zurückkommen."

„Korrektur, ich wollte nicht wegrennen – ich bin weggerannt."

„Aber ich habe dich erwischt."

„Und mich entführt und in eine Feenwelt gezwungen", beendete ich seinen Satz. „Ja, ich bin mir nicht sicher, ob dir das Pluspunkte einbringt, Nacht."

„Ja, ich weiß", pflichtete er mir bei. „Ich habe dieses Spiel völlig falsch angepackt."

„Und das war dein erster Fehler", erklärte ich ihm. „Mein Leben als ein Spiel zu betrachten, macht dich nicht besser als die anderen."

„Ich betrachte dein Leben nicht als Spiel, Liebling."
Sein Blick loderte mit einer Intensität, die mein Herz einen
Schlag aussetzen ließ. „Diese Drecksmenschen in
Darlington haben das Spiel entworfen, aber ich habe es
trotz sorgfältiger Planung nicht geschafft, meine Strategie
zu befolgen. Ich dachte, wenn ich mich mit ihnen
anfreunden und dem inneren Kreis beitreten würde, könnte
ich sie wie die Schachfiguren, die sie sind, herumschieben.
Aber diese Schlampe Ryan hat mich überlistet – etwas,
wofür sie irgendwann teuer bezahlen wird."

„Ich ..." Ich schluckte. „Ich weiß nicht, was ich dazu
sagen soll." Seine Aufrichtigkeit hatte mir den Verstand
geraubt. Es gab keine einzige besserwisserische Antwort,
die ich geben konnte. Also entschied ich mich stattdessen
für eine Frage. „Was war dein Ziel?"

Er antwortete ohne zu zögern. „Zuzusehen, wie du sie
zerstörst."

„Wie?"

„Indem ich deine idiotischen Stiefschwestern vom
Thron werfe und das Königshaus von Darlington in die
Knie zwinge." Sein Daumen zeichnete meinen Wangenknochen nach. „Ich würde liebend gern sehen, wie du
dieses Drecksloch in Schutt und Asche legst."

Die Glut in seinen schwarzen Augen verriet mir, dass er
das wörtlich meinte, nicht im übertragenen Sinne. „Du
möchtest mich wirklich rächen."

„Mehr als du jemals wissen wirst", gab er zu. „Was sie
dir angetan haben, ist krank und verstörend, und die Tatsache, dass diese Erwachsenen, die du Lehrer nennst, nichts
tun, um sie aufzuhalten, macht es nur noch schlimmer. Und
lass mich nicht von deiner Fotze von Stiefmutter anfangen."
Er schüttelte sich. „Wäre es mir erlaubt gewesen, hätte ich
dich schon viel früher in das Reich der Mitternachtsfeen

gebracht. Leider gehörtest du bis vor Kurzem noch in die Menschenwelt."

„Und jetzt?", fragte ich, erschrocken über das Ende seiner Aussage.

„Du gehörst hierher, aber der Rat hat zugestimmt, dich zuerst das Schuljahr der Menschen beenden zu lassen."

Ich öffnete den Mund, aber die Worte blieben mir im Hals stecken. *Ich gehörte hierher? Zu Reben-Schlangen, Feuervögeln und gruseligen Wasserspeiern? Äh, ja, nein. Nö. Vergiss es. Geh nicht über Los. Ich –*

„Trayton?", ertönte eine weibliche Stimme aus dem Türrahmen.

Ich warf einen Blick über seine Schulter und sah eine elegant aussehende Frau in einem leuchtenden, smaragd-grünen Kleid auf der Treppe warten. Ihre schwarzen Augen begegneten meinen und ein Hauch von Abneigung umspielte ihre makellosen Züge.

Tray drehte sich mit einem Lächeln um. „Hallo, Mutter."

Mutter, wunderte ich mich verwirrt und meine Augen weiteten sich. Diese Frau konnte nicht älter als fünfund-zwanzig sein; ihre Porzellanhaut war kein bisschen gealtert.

Er umarmte sie und küsste sie auf die Wange. „Verzeih unser unerwartetes Kommen. Ich wollte Ella unser Zuhause zeigen." Er trat an ihre Seite und lächelte. „Ella, das ist meine Mutter, Reba Nacht. Mutter, das ist Isabella Cinder."

„Cinder?", wiederholte sie und wölbte eine Augen-braue. „Du meinst Isabella Zorya, ja?"

Tray seufzte. „Diesen Teil ihrer Familiengeschichte haben wir noch nicht abgehakt, Mutter."

„Das ist der Mädchenname meiner Mutter", sagte ich und runzelte die Stirn.

„Es ist auch dein eigentlicher Name", informierte mich Reba und drehte sich um. „Komm rein, Trayton. Es ist unhöflich, die Familie warten zu lassen."

Mit dieser liebenswürdigen Einladung verschwand sie in dem kolossalen Haus.

„Deine Mutter verehrt mich ja richtig", sagte ich trocken.

Belustigung legte sich auf Trays Gesicht und er wirkte sogleich jünger. „Es fällt ihr schwer, einige meiner Entscheidungen zu akzeptieren, aber sie wird sich damit abfinden."

Ich wölbte eine Augenbraue. „Entscheidungen? Wie sich an der Darlington Academy einzuschreiben, obwohl du den Highschool-Abschluss eindeutig nicht brauchst?"

„Ja, unter anderem." Er streckte seinen Ellbogen aus. „Komm schon, Ella, Liebling. Ich verspreche, meine Eltern werden nicht beißen."

„Und du?", konterte ich und verschränkte meine Arme vor der Brust. „Wirst du beißen?"

Er schlenderte auf mich zu und legte seinen Arm um meine Taille, bevor ich ausweichen konnte. „Ich werde noch viel mehr tun, als dich zu beißen, Süße." Er knabberte blitzschnell an meiner Unterlippe, bis mir heiß wurde und ich mich zitternd an ihn schmiegte.

Wie macht er das nur, dachte ich, wütend über meine unwillkürliche Reaktion auf ihn. *Er ist ein Vampir, um Himmels willen!*

Trotzdem wiegte ich mich in seinen Armen wie ein verdammtes Fräulein in Not.

„Was ist das für eine Anziehungskraft, die du auf mich ausübst?", fragte ich atemlos.

Seine Lippen kräuselten sich. „Das könnte ich dich auch fragen." Er berührte meine Nase mit seiner. „Kommst du bitte mit rein? Ich kann dir heute Abend nicht alles erklären, aber zumindest wirst du verstehen, woher ich wirklich komme. Dann können wir besprechen, was als Nächstes kommt."

Was als Nächstes kommt, wiederholte ich gedanklich. Was als Nächstes kommt, ist, dass ich von hier verschwinde.

Und was dann? Zurück nach Darlington?

Ja, denn dort gefiel es mir so unglaublich gut. *Nicht.*

In den letzten Jahren hatte sich alles darum gedreht, meinen Abschluss zu machen, um fliehen zu können. Um so weit wie möglich von Darlington wegzulaufen.

Was könnte weiter weg sein als ein Feenreich?

Tray hob seine Hand und streichelte meine Stirnfalten. „Hör auf, mich so stirnrunzelnd anzusehen."

„Tue ich nicht." Ich runzelte die Stirn angesichts dieser bizarren Situation. Er hatte mich an einen Ort gebracht, an den ich tatsächlich fliehen könnte. In ein neues Leben, in dem ich mir keine Sorgen um meine Stiefschwestern oder Clarissa machen musste. In eine Welt mit Möglichkeiten, von denen ich nie zu träumen gewagt hätte. „Was passiert an der Akademie der Mitternachtsfeen?" So hatte er es doch genannt, oder? Die college-ähnliche Schule, die seine Art besuchte.

„Wir perfektionieren unseren Umgang mit den dunklen Künsten."

„Richtig, das hast du gesagt, aber was bedeutet das?" Ein Bild von einem Zauberer, der mit einem Stab herumfuchtelt, tauchte in meinem Kopf auf.

„Es gibt eine Reihe von Gruppierungen mit dunkler Magie, die du studieren kannst, typischerweise gekennzeichnet durch deine Blutlinie. Als Adeliger wirst du in das Eliteprogramm aufgenommen, um mehr über die Quelle unserer Macht zu lernen – und wie man sie kontrolliert." Er strich mit dem Daumen über meine Unterlippe. „Du wirst mehr verstehen, wenn du deine Gabe aktiviert hast."

„Von der du denkst, dass sie blockiert ist", erwiderte ich und seine sanfte Liebkosung meines Mundes ließ mich erschaudern.

Er nickte. „Ja."

„Und du willst mir helfen, diese Blockade zu lösen?"

„Das tue ich." Er drückte mir einen Kuss auf die Wange. „Meine Mutter wird uns wieder unterbrechen, wenn wir nicht anfangen, uns zu bewegen."

„Hätte ich einen Knicks machen sollen?", platzte ich plötzlich heraus. „Habe ich sie deshalb beleidigt?" Sie war schließlich mit einem König verheiratet, oder? *Moment* ... „Wenn dein Dad ..." Meine Knie wurden steif und eine Ahnung prallte mit der Wucht eines Güterzuges auf meinen Schädel ein. „Heilige Scheiße." Das hätte ich schon kapieren sollen, als er es zum ersten Mal erwähnt hat. „Das heißt, du bist ein Prinz. Und ein angehender König?", quietschte ich.

„Technisch gesehen wäre das meine Rolle", meldete sich eine Stimme aus der Dunkelheit. „Aber ja, mein kleiner Bruder ist in jeder Hinsicht ein Prinz."

TRAY

NEBEN UNS ERSCHIEN Kols mit einem verruchten Grinsen – er wusste, wie sehr ich den kleinen Bruder Kommentar hasste. „Zwei Minuten", murmelte ich.

„Zwei Minuten, die mich zum künftigen König machen, während du ein bloßer Prinz bleiben wirst." Er wackelte mit den Augenbrauen. „Es sei denn, du willst mich zum Duell herausfordern?"

Die Anspielung auf unsere Jugend ließ mich den Kopf schütteln. „Wir wissen beide, dass ich diese Herausforderung nicht gewinnen will."

„Das sagst du immer wieder", erwiderte er und begegnete Ellas großem Blick. „Mein Bruder hier beteuert das jedes Mal, wenn ich einen Kampf vorschlage. Er unterliegt nicht nur dem Irrglauben, dass er gewinnen wird, sondern er glaubt auch, dass ein Sieg bedeutet, den Thron zu erben." Er schickte einen Stromstoß in meine Seite, was mich dazu veranlasste, Ella loszulassen und mich mit gleicher Waffe zu wehren.

„Das war ein teurer Anzug", beschwerte ich mich, als ich bemerkte, wie der Stoff dort ausfranste, wo Kols mich getroffen hatte.

„Ach, komm schon. Ich mach das für dich, kleiner Bruder." Er wackelte mit den Fingern und webte einen

Funken Magie in die Luft, die den Stoff wieder zusammenfügte.

„Würdet ihr zwei bitte aufhören, anzugeben, und stattdessen hereinkommen?", forderte meine Mutter, die erneut im Türrahmen aufgetaucht war. Ihre Geduld schien offiziell am Ende zu sein.

Ella war wie erstarrt und ihr Blick hing an den Funken, die meinen Anzug repariert hatten.

„Zwei Minuten, Mom", rief ich ihr zu. „Bitte."

Sie hielt meinen Blick noch eine Sekunde lang fest, bevor sie geschlagen die Arme in die Luft warf und zurück ins Haus ging.

„Dad hat morgen ein Treffen mit Aswad", informierte Kols mich. „Mom ist unruhig."

„Das kann ich sehen", antwortete ich und richtete meine Aufmerksamkeit dann zurück auf Ella. „Ist es okay für dich, wenn wir reingehen? Oder soll ich dich lieber nach Hause bringen?" Sollte das ihre Entscheidung sein, würde ich es tun. Auch wenn es bedeutete, die ganze Nacht über wach zu bleiben. Sie zu bezwingen, hatte ihr Zeitgefühl durcheinander gebracht und erlaubte ihr, zu glauben, dass seit dem Ball höchstens eine Stunde vergangen war. Dabei waren es mittlerweile tatsächlich fast fünf.

Glücklicherweise wurden Mitternachtsfeen ihrem Namen gerecht. Wir waren Kreaturen der Nacht und es war im Moment nur unser Äquivalent eines späten Nachmittags.

„Du wirst mich zurückbringen?", fragte sie leise.

„Wenn du das möchtest, ja." Ich ging wieder auf sie zu, allerdings berührte ich sie nicht. „Es wäre klüger, zu bleiben, Ella. Aber ich werde dich zu nichts zwingen, was du nicht möchtest." In einem vernünftigen Rahmen, natürlich. Sie würde schließlich die Akademie besuchen müssen. Das war die Regel des Rates. Deshalb war es wichtig, dass ich dafür sorgte, dass sie sich einschreiben *wollte*, damit dieses Dekret keine Rolle spielte.

„Ich möchte mehr erfahren", sagte sie und ihr Blick huschte zwischen mir und Kols hin und her, bevor sie mein Zuhause musterte. „Ich möchte, dass du mir von meiner Mom erzählst."

Ich warf meinem Bruder einen Blick zu. Wir wussten beide, dass dieses Thema unsere Mutter verärgern würde. Sie war einst Siobhan Zoryas beste Freundin gewesen.

„Ich werde dir alles erzählen, was du wissen möchtest", versprach ich. „Nachdem wir mit meinen Eltern gesprochen haben." Das war ein Punkt, über den ich nicht verhandeln konnte.

Glücklicherweise akzeptierte sie das mit einem Nicken. „Okay." Sie machte einen Schritt nach vorne und blieb dann wieder stehen. „Warte, du hast das mit dem Knicks nicht beantwortet."

Kols grinste. „Das würde ich zu gern sehen."

„Halt die Klappe", sagte ich zu ihm und konzentrierte mich wieder auf sie. „Wir befolgen keine menschlichen Formalitäten."

„Aber das sollten wir wirklich", warf mein irritierender Zwilling ein. Er täuschte eine Verbeugung vor und blickte von seiner Position aus zu ihr hoch; seine goldenen Augen funkelten. „Hmm, ja, ich genieße die Aussicht."

Ich rollte mit den Augen. „Hör auf, mit meiner ... *Ella* zu flirten."

Sie starrte mich an. „*Deine* Ella?" Schließlich schnaubte sie. „Wir sind vielleicht in deinem Revier, aber ich habe immer noch das Sagen über mich selbst, vielen Dank."

Kols biss sich auf die Lippe, um nicht zu lachen. Ich

konnte ihn praktisch in meinem Kopf hören, wie er spottete: *Viel Spaß beim Zähmen, Bruder. Sie ist ein echter Brocken.*

Nun, lieber sie, als die Schlampe, die unsere Gesellschaft für ihn bestimmt hatte.

Ein Zweitgeborener zu sein, hatte zweifellos gewisse Vorteile.

Zum Beispiel konnte ich mir jeden mit königlichem Stammbaum zur Frau nehmen.

Der arme Kols hatte nie eine Wahl gehabt.

Und sein ernüchternder Gesichtsausdruck verriet mir jetzt, dass er das wusste.

Er räusperte sich und richtete sich dann auf. „So stellen wir uns vor", sagte er und streckte Ella die Hand hin. „Ich bin Kolstov. Familie und Freunde – zu denen du jetzt gehörst – nennen mich Kols."

„Er ist mein Zwilling", fügte ich hinzu. „Offensichtlich nicht eineiig."

„Ja, ich habe das bessere Aussehen erwischt", sagte er, als Ella ihre Handfläche an seine drückte. Er führte ihr Handgelenk zu seinem Mund, um ihr einen Kuss darauf zu geben. Seine Augen funkelten, als er mich dabei erwischte, wie ich meine Augen daraufhin zusammenkniff.

Hör auf, mit meiner Zukünftigen zu flirten, befahl ich ihm mit meinem Blick.

Ich habe nur ein bisschen Spaß, schien sein darauffolgendes Grinsen zu antworten.

„Zwillinge", sinnierte sie und zog ihre Hand zurück. „Das ist gefährlich."

„Oh, du hast ja keine Ahnung", murmelte Kols. „Nun komm mit, kleiner Halbling. Unser Vater brennt darauf, dich kennenzulernen."

„Kleiner Halbling?", wiederholte sie und schnaubte. „Also gut, eingebildeter Prinz, gehen wir."

Er wölbte eine Augenbraue. „Eingebildeter Prinz?"

„Was?" Sie blinzelte unschuldig. „Ich dachte, wir geben uns gegenseitig Spitznamen."

Seine Lippen kräuselten sich. „Oh, ich mag dich." Er blickte zu mir auf. „Gute Wahl, Bruder."

„Hör auf, sie zu provozieren", entgegnete ich und verschränkte die Arme.

„Ich? Jemanden provozieren?" Er presste eine Hand auf seine Brust, direkt über seinem Herzen. „Niemals."

Ella kicherte und schüttelte den Kopf, was mich zu einem Stirnrunzeln veranlasste. „Hast du gerade gelacht?"

„Er ist lustig", sagte sie achselzuckend und ihr Lächeln wurde breiter. „Und charmant. Warum hast du nicht ihn nach Darlington geschickt? Ihn hätte ich vielleicht gemocht."

Ah, ich verstehe. „Du drehst den Spieß also um und versuchst, mich zu provozieren. Kein kluger Schachzug, liebste Ella. Ich bin deine einzige Mitfahrgelegenheit nach Hause."

„Nach Hause." Sie spottete. „Und wieder mal kein Punkt für dich, Nacht."

„Sind wir dann schon bei zwei verlorenen Punkten?" Denn das hatte sie bereits im Wagen gesagt, nachdem ich sie *entführt* hatte.

„Oh, du hast schon viel mehr verloren", fauchte sie und richtete sich in einem lockeren Tonfall an meinen Bruder. „Wusstest du, dass er versucht hat, mich zu ertränken?"

„Dich ertränken?" Er starrte mich an. „Warum zum Teufel solltest du versuchen, sie zu ertränken? Sie ist deine –"

„Genug", knurrte ich und schnitt ihm das Wort ab. *Sie*

weiß es noch nicht, versuchte ich ihm mit meinen Augen zu sagen. „Lass uns reingehen", sagte ich laut und seine Stirn runzelte sich auf eine Weise, die mir sagte, dass wir später mehr über diesen kleinen Ausrutscher reden würden.

Ella schien es nicht zu bemerken. Sie hob lediglich eine Schulter und sagte flapsig: „Klar, warum nicht?"

Ich wusste, dass ich ihrem nonchalanten Ton nicht glauben sollte. Oh, sie zeigte eine starke Fassade – wahrscheinlich geboren aus den Jahren, in denen sie ihre Reaktionen nach außen hin hatte schützen müssen – aber unter der Oberfläche brodelten ihre Fragen. Ich konnte es im Aufflackern ihrer blauen Iris sehen. Ihr Bedürfnis, mehr zu wissen. Besonders, was ihre Mutter anging.

Sobald wir die Familienformalitäten erledigt hatten, würde ich mein Bestes tun, um ihre Neugier zu stillen. Aber eine einzige Nacht würde nicht ausreichen. Wir hatten gerade erst angefangen, an der Oberfläche zu kratzen.

Der Blick, den mein Bruder mir jetzt zuwarf, besagte, dass er das auch wusste.

Und er beneidete mich nicht. Kein winziges Bisschen.

ELLA

„WOW! Das ist dein Zimmer?" Es war fast, na ja, *normal* eben. Dunkle, maskuline Farben, ein Schreibtisch, eine Sitzecke mit leichten Überwürfen und ein Balkon mit Blick auf die Hinterseite des Anwesens. Oh, und ein riesiges Bett, eingerahmt von zwei Nachttischen.

Ich ignorierte diesen Teil von Trays Quartier und starrte stattdessen hinaus auf den Doppelmond.

Das war alles so unwirklich.

Außer, dass sein Vater genau wie jeder andere Dad war, den ich je kennengelernt hatte. Abgesehen von der ganzen Königssache und der Tatsache, dass er nicht einen Tag älter als fünfundzwanzig aussah – genau wie seine Frau.

Also nicht gerade normal, aber auch nicht unbedingt bizarr.

Ich schüttelte den Kopf.

„Worüber denkst du nach?", fragte Tray und reichte mir das Glas Wasser, das ich dringend benötigte.

Ich leerte es, bevor ich antwortete. Mein Hals war ausgetrocknet nach einer gefühlten Ewigkeit ohne Wasser. Dann nahm er es mir aus der Hand und ging hinüber zum Wasserspender in der Zimmerecke, um es erneut zu füllen.

„Warum runzelst du die Stirn?", drängte er weiter, als er mit meinem aufgefüllten Becher zurückkehrte.

Ich nahm einen weiteren Schluck und seufzte zufrieden. *So erfrischend.* Ich machte mir nicht die Mühe zu fragen, ob es vergiftet oder magisch belastet war. An diesem Punkt spielte es keine Rolle mehr. Wenn er mich verletzen wollte, hätte er das bereits getan. Stattdessen schien er darauf bedacht zu sein, mich mit Erklärungen zu versorgen. Wofür ich ihm widerwillig dankbar war.

„Ella?"

Ich räusperte mich. Dann begegnete ich seinem besorgten Blick. „Ich habe über Reba und Malik nachgedacht. Sie sehen nicht alt genug aus, um deine Eltern zu sein."

„Ah, ja, wir altern ganz anders als die Menschen. Unsere ersten zwanzig Jahre oder so sind ähnlich, die nächsten paar Jahrhunderte kriechen dann irgendwie dahin. Die meisten Mitternachtsfeen werden fünf- oder sechshundert Jahre alt." Er zuckte mit den Schultern, als wäre das keine weltbewegende Information. „Du wirst es bald merken, wenn du aufhörst zu altern."

Ich fühlte mich wie ein Fisch an Land und schnappte nach Luft. „Ich ... Du willst behaupten ..." Ich schüttelte den Kopf und machte ihn frei, damit ich einen rationalen Gedanken fassen konnte. „Ich werde fünf- oder sechshundert Jahre alt?"

Er nickte. „Plusminus ein paar Jahrzehnte, ja. Das ist ziemlich normal." Er fuhr sich mit der Hand über den Nacken und ein Anflug von Unbehagen verdunkelte seinen Blick. „Wir heilen normalerweise schneller als Sterbliche und menschliche Krankheiten beeinträchtigen uns nicht, aber es gibt bestimmte Verletzungen, von denen wir uns nicht erholen können."

„Wie ein Frontalzusammenstoß bei einem Autounfall", sagte ich und verstand das Unbehagen in seinen Zügen. „Die Polizei meinte, sie sei auf der Stelle gestorben."

„Ein Kopftrauma dieses Ausmaßes ist nichts, was eine Fee überleben kann." Er zog eine Grimasse. „Es tut mir leid, Ella."

„Was? Mein Verlust?" Ich konnte mir die Bitterkeit meiner Worte nicht verkneifen. „Warum sagen das alle? Sie sollten sagen, was sie wirklich meinen. *Ich bemitleide dich.*" Denn genau das taten sie.

„Ich meinte, dass es mir leidtut, ein heikles Thema angesprochen zu haben", stellte er klar und seine Haltung versteifte sich. „Aber ich bemitleide dich nicht, Isabella. Deine Lebenserfahrungen sind der Kern deiner Stärken. Mitleid mit den Verlusten, die du erlitten hast, würde die Frau herabsetzen, die du geworden bist, was uns beiden gegenüber unfair wäre."

Meine Verärgerung ließ nach, denn seine Aussage brachte mich aus dem Konzept.

Nichts, was dieser Typ sagte oder tat, entsprach meinen Erwartungen. Jedes Mal, wenn ich mir etwas in den Kopf gesetzt hatte, tat er genau das Gegenteil. Fast so, als wäre er dazu geboren worden, mich zu verspotten.

„Woran denkst du jetzt?", fragte er mit Misstrauen in seinem Ausdruck.

„Ach. Du meinst, Vampire können keine Gedanken lesen?"

Er schnaubte. „Wir sind Feen, Schätzchen. Vampire entstammen lediglich Legenden."

„Du trinkst Blut", erinnerte ich ihn.

„Selten." Er verschränkte die Arme und lehnte sich gegen die Wand, sodass ich entweder im offenen Raum seines Wohnzimmers stehen bleiben oder mich auf das Sofa setzen konnte.

Ich wählte das Sofa. Sobald mein Hintern das Kissen berührte, überkam mich eine Welle der Erschöpfung.

Verdammt, wie spät ist es eigentlich, fragte ich mich und warf einen Blick auf den Balkon. Die Dunkelheit hatte seit unserer Ankunft nicht nachgelassen, was darauf schließen ließ, dass es vielleicht drei oder vier Uhr morgens war. Vorausgesetzt, dass die Zeit hier ähnlich funktionierte.

Ein Lachen blieb mir in der Kehle stecken. *Hier,* wiederholte ich gedanklich. *Im Feenland.*

Magie lauerte in jeder Ecke, trotz der modernen Einrichtung des Hauses. Nein, es gab keine Werwölfe oder so, aber ein Gefühl von überirdischer Energie hing in der Luft. Kols' Fingerspitzen hatten Flammen erzeugt. Einmal hatte er eine zu Tray hinüber geschnippt, die dieser geschickt aufgefangen und unter einem Schatten aus Glut erstickte hatte.

Ich hatte ehrfürchtig zugesehen, denn jeder Moment, der verstrich, machte mir die Realität dieser Welt bewusster. *Ich bin eine Halbfee*, dachte ich nun schon zum vermutlich tausendsten Mal. Aber ich *fühlte* mich nicht besonders oder anders.

„Was, wenn sich meine Kräfte nie manifestieren?", sprach ich meinen Gedanken laut aus. „Gehe ich dann zurück nach Darlington?"

„Die bessere Frage ist, wie brechen wir die Fesseln deiner Magie?", konterte er und stieß sich von der Wand ab, um sich zu mir auf die Couch zu setzen. Er nahm das gegenüberliegende Ende ein, drückte sich mit dem Rücken gegen die Armlehne des Sofas und zog ein Knie hoch, während er den anderen Fuß auf dem Boden ließ.

Ich ahmte seine Position nach, damit wir uns gegenübersitzen konnten. „Ist es normal für einen Halbling, dass er ,die Fesseln brechen' muss?"

„Nein. Aber nichts an deinem Hintergrund ist normal, Ella. Du wusstest bis heute nicht einmal, dass du eine

Halbfee bist. Die wenigen, die es gibt, sind alle mit Eltern aufgewachsen, die es verstanden haben, die wachsenden Kräfte zu fördern."

„Während meine Mutter starb, als ich zwölf war", sagte ich und dachte nach. „Warum hat mein Vater dann nichts gesagt?" Er war ein paar Jahre später gestorben, kurz nachdem er Clarissa geheiratet hatte.

„Er hat es wahrscheinlich nicht gewusst." Tray bewegte sich und seine Anzughose spannte sich über seine Oberschenkel. Mein Kleid verschlang die Hälfte der Couch und der Rock raschelte bei jeder meiner Bewegungen.

Wie albern wir aussehen mussten, während wir lässig in unserer Abendgarderobe dasaßen und über vampirähnliche Feen sprachen. „Deine Mutter musste wissen, dass ihre Beziehung zu deinem Vater nicht von Dauer sein konnte", fuhr Tray fort und räusperte sich. „Sterbliche altern viel schneller als wir. Sie wäre noch in ihren frühen Lebensjahren gewesen, wenn er bereits an Altersschwäche gestorben wäre. Daher ist es wahrscheinlich, dass das, was sie fühlte, vergänglich war. Aber vielleicht ist sie deinetwegen geblieben."

Ich hob meine Hand, um ihn zu stoppen. „Meine Eltern haben sich geliebt."

„Das bezweifle ich auch gar nicht, aber Menschen lieben anders als Feen, Ella. Bedenke, wie schnell sich dein Vater erholt hat. Als Fee wäre ihm das nicht möglich gewesen."

Mein Blut begann zu kochen, als ich daran dachte, wie schnell mein Vater sich erneut gebunden hatte. Denn ja. Das hatte er getan. Und es war ein Punkt, der mich bereits damals gestört hatte und der mich auch jetzt noch ärgerte.

Wie konnte ein Mensch, der behauptete, jemanden zu lieben, weniger als ein Jahr nach dem Tod dieser Person eine andere Frau in sein Leben lassen? Ich hatte noch immer den Tod meiner Mutter betrauert, als er mir eröffnete, dass er mit Clarissa verlobt war. Kurz darauf hatte er sie geheiratet – und mir zwei böse Stiefschwestern und eine Stiefmutter geschenkt, die es kaum ertragen konnte, mich anzuschauen.

„*Du hast das Gesicht deiner Mutter*", hatte sie mir unzählige Male an den Kopf geworfen. „*Schade, wirklich. Ich habe nie verstanden, was dein Vater in ihr gesehen hat. Ich nehme an, es war nett von ihm, sie von der Straße zu holen.*"

Ich erschauderte, als ich mich an ihren bissigen Tonfall und die Tragweite ihrer Worte erinnerte. Die böse Hexe hatte oft behauptet, meine Mutter sei eine Missetäterin gewesen, die vom Reichtum und der Großzügigkeit meines Vaters gelebt hatte. Es hatte mich beträchtliche Mühe gekostet, nicht auf die Ironie in ihren Anschuldigungen hinzuweisen. Doch ich hatte mir stets auf die Zunge gebissen, denn das Letzte, was ich gewollt hatte, war, ihre Aufmerksamkeit auf meine Mutter oder die Finanzen zu lenken, die sie in meinem Namen hinterlassen hatte.

„Wir sollten uns etwas ausruhen", sagte Tray und stand auf. „Ich werde dir etwas Bequemeres suchen."

Das würde nicht schwer sein. Das Satinkleid war zwar schön, aber nicht das angenehmste Nachtoutfit. Obwohl ich vermutlich ein Bett aus dem bauschigen Rock machen könnte.

Tray kam mit einem T-Shirt und einem Paar Boxershorts zurück und deutete auf eine Tür in der Ecke, die zu einem kolossalen Badezimmer führte, das mit schwarzem Marmor und silbernen Armaturen verziert war. „Wow", hauchte ich, während ich das Bad musterte. Wenn Satan ein Badezimmer hätte, würde es so aussehen. Es fehlte lediglich der Kamin.

Kopfschüttelnd legte ich die Kleidung auf die schwarze Waschtischplatte und löste das Band am unteren Ende meiner Wirbelsäule. Das Korsett-artige Oberteil war von der Inhaberin des Kleiderladens über meinen Rücken geschnürt worden.

Und ich hatte keine Ahnung, wie ich es nach dem Lösen der Schleife lockern sollte.

Ich knabberte an meiner Lippe und überdachte meine Möglichkeiten.

Eine Schere? Ich durchsuchte die Schubladen. *Nö.*

Wegreißen? Ich hüpfte etwas herum, griff nach dem Satin und zog daran, aber ohne Erfolg. Tatsächlich schien das die Sache nur noch schlimmer zu machen.

Es in Brand setzen? Ja, nein, dafür schätzte ich meine Haut zu sehr.

So blieb mir nur eine sehr unangenehme Idee. „Tray?", rief ich, blickte gen Himmel und verfluchte innerlich mein Schicksal.

„Ja?" Er erschien in einer grauen Pyjamahose im Türrahmen.

Sonst trug er nichts.

Ich hatte ihn bereits Anfang der Woche ohne Hemd gesehen, aber irgendwie wirkte er jetzt noch muskulöser und definierter. Das musste an der Beleuchtung liegen. Jede Vertiefung seiner Brust und seines Bauches war deutlich zu erkennen, als wäre er aus Stein. Aber er strahlte Wärme aus und seine Haut hatte eine sanfte Bräune, die im Kontrast zu meiner blassen Haut stand. Definitiv nicht sehr vampirhaft, zumindest nicht im Sinne der Legenden.

Aber die sündhafte Kurve seines Mundes wirkte auf

jeden Fall verrucht. „Ella?", fragte er und wölbte eine rötlich-braune Augenbraue.

Äh, richtig! Ich hatte ihn gerufen.

Mit einem Kopfschütteln drehte ich mich um und wendete ihm den Rücken zu. „Kannst du mir bitte helfen, mich aus diesem Seidengefängnis zu befreien?" Ich begegnete seinem Blick im Spiegel. „Oder, wenn du etwas Scharfes hast, kann ich es mir ausleihen, um mich aus diesem Ding herauszuschneiden?"

Er studierte mein Kleid, während er überlegte. „So ein schönes Kleid zu ruinieren wäre eine Schande, Ella." Er stieß sich vom Türrahmen ab. „Ich werde es für dich lockern."

Ich klammerte mich an den Waschtisch und meine Muskeln blockierten, als er an dem Band zerrte, das an meinem Steißbein hing. Mir wurde warm – eine Folge seiner Nähe und des holzigen Aftershaves, das meine Sinne verhöhnte. Warum musste er so verdammt heiß sein? War das ein Feending? Denn Kols war genauso attraktiv wie sein Bruder. Und auch ihr Vater besaß einen ansehnlichen Charme, der durch sein jugendliches Aussehen nur noch verstärkt wurde.

Vampire waren notorisch gut aussehend, richtig? Zumindest in den Geschichten. Also traf das vielleicht auch auf Feen zu.

Eine ganze Welt voller sexy Männer mit einer Vorliebe fürs Beißen. Das war ja wie ein zum Leben erweckter Sextraum. Ich schluckte und schloss meine Augen. *Offensichtlich brauche ich ein Nickerchen.* Denn diese Art von Gedanken waren weder okay noch erwünscht oder auch nur halbwegs angemessen. Vor allem, wenn Tray so nah bei mir stand.

Und mich auszog.

Und mich streichelte.

Ich erschauderte, als sein Atem meine entblößte Schulter küsste und die Luft zwischen uns mit jedem Atemzug dicker zu werden schien. Der Stoff lockerte sich langsam um meine Taille und das Band gab ein leises Rascheln von sich, als er die Schlaufen löste. Meine Arme kribbelten und meine Handschuhe waren längst irgendwo im Haus vergessen. Oder hatte ich sie in der Limousine ausgezogen? Ich konnte mich nicht erinnern, mein Fokus gehörte ganz dem Mann hinter mir.

Der Fee, korrigierte ich mich mental. *Aber er fühlt sich auf jeden Fall wie ein Mann an.*

Mein Magen krümmte sich, Schmetterlinge flogen in meinem Unterbauch herum. Sein Kuss vorhin hatte meinen Geist, meinen Körper und meine Seele verzehrt und mich mit Gefühlen konfrontiert, von denen ich bisher nur gelesen hatte. Aber lag das an ihm oder an den magischen Kräften, die er besaß? Er hatte versprochen, dass er mich nicht bezwungen hatte, doch es fühlte sich an, als würde ich unter dem Einfluss einer hypnotischen Droge stehen.

Vielleicht sollte ich ihn noch einmal küssen, um zu sehen, ob es wieder passiert? Ich öffnete blinzelnd die Augen, um mich für diesen idiotischen Gedanken zu bestrafen.

Und entdeckte Tray, der mich im Spiegel beobachtete. Sein Blick war glühend schwarz und raubte mir den Atem.

„Das sollte jetzt locker genug sein", flüsterte er.

„Danke." Mehr brachte ich nicht zustande, meine Kehle war zu trocken.

Er nickte, verschwand und ließ mich zum Umziehen zurück. Oder vielleicht um zu atmen. Beides waren Aufgaben, die ich erledigen musste.

Schnell tauschte ich den Satin gegen den Komfort

seines Baumwollshirts und der Boxershorts. Dann vertrieb ich mir die Zeit im Bad, in dem ich mir die Zähne mit meinen Fingern putzte und mich anderweitig zurechtmachte. Meine Wangen waren nicht mehr so rosig, als ich ins Schlafzimmer zurückkehrte, aber meine Haut fühlte sich immer noch heiß an. Dieses Gefühl verstärkte sich noch, als ich ihn auf der Couch liegen sah – wo er sämtlich Bauchmuskeln zur Schau stellte.

Er sprang ohne ein Wort auf und ging an mir vorbei in das Zimmer, das ich gerade verlassen hatte.

Richtig.

Das war ganz und gar nicht unangenehm.

Ich beäugte das Bett an der Wand, dann nahm ich den Sitzbereich in Augenschein. Das Sofa schien mir sicherer zu sein. Also holte ich ein paar Kissen und wollte sie gerade aufs Sofa legen, als Tray zurückkam. „Ich, ähm, schlafe hier", erklärte ich, ohne ihn anzuschauen.

„Den Teufel wirst du", erwiderte er. „Du nimmst das Bett. Ich werde auf der Couch schlafen."

„Es ist dein Zimmer", erinnerte ich ihn. „Und ich bin mit dem Sofa völlig zufrieden."

„Du hast recht; das ist mein Zimmer. Das heißt, du nimmst das Bett, Isabella. Ende der Diskussion."

Oh, nein! Hatte er gerade ernsthaft versucht, mir einen Befehl zu erteilen? Ich drehte mich zu ihm um und stemmte die Hände in die Hüften. „Du kannst mich nicht zwingen, irgendwo zu schlafen, wo ich nicht schlafen will."

„Warum musst du so schwierig sein?", fragte er. Sein Gesichtsausdruck und sein Tonfall waren von blanker Verzweiflung geprägt, als er auf mich zu stapfte und über meine Schulter zeigte. „Nimm einfach das verdammte Bett!"

„Ich will nicht in deinem Bett schlafen!", rief ich ihm direkt ins Gesicht.

„Warum zum Teufel nicht?", fragte er.

„Weil ich ... Es geht ums Prinzip, Tray."

„Das Prinzip", wiederholte er, während die Hitze seines Oberkörpers mir regelrecht das Shirt vom Körper zu schmelzen schien.

Oder vielleicht war es mein Zorn, der drohte, den Stoff in Brand zu setzen. „Fuck, Frau, du machst mich wahnsinnig."

Meine Augenbrauen schossen in die Höhe. „Ich mache *dich* wahnsinnig? Du hast mich gekidnappt und in ein Feenreich gebracht."

„Weil du so schwierig warst. Wow, stell dir das mal vor." Er besaß die Dreistigkeit, mit den Augen zu rollen.

„Machst du Witze? Du hast mich dazu aufgefordert, dir wie ein Hund einen Drink zu holen, während du mit Ryan getanzt hast. Gleich nachdem du *mich* geküsst hast. Vor der ganzen Schule. Entschuldige, dass ich entsprechend reagiert habe."

„Du bist *weggerannt*."

„Natürlich bin ich das!" Gott, dieser Typ hatte echt Nerven. „Kannst du es mir verübeln? Du hast dich für Ryan entschieden."

„Habe ich nicht."

„Nein? Du hast mich auf einen Botengang geschickt, Trayton. Damit du mit ihr tanzen konntest. Ausgerechnet mit *ihr*." Allein der Gedanke daran brachte mein Blut in Wallung. Meine Fäuste ballten sich an meinen Seiten. „Ich werde nicht in deinem Bett schlafen. Ich will sogar ein neues Zimmer. Vielleicht lässt mich Kols auf *seiner* Couch schlafen."

Er knurrte, kam näher und schlang seinen Arm um

meinen unteren Rücken, um mich festzuhalten. „Nur über meine Leiche.“

„Das lässt sich arrangieren“, sagte ich süßlich.

Er schnaubte. „Darauf wette ich“ Er ließ einen Arm um meinen Rücken gelegt, während seine andere Hand meine Wange streichelte – eine ziemlich zärtliche Geste, wenn man berücksichtigte, dass er vor Wut bebte. „Es gibt nur eine Sache, die du vergisst, Isabella Cinder.“

„Ja?“ Ich griff nach seinem Handgelenk und drückte warnend zu. „Und was ist das?“

„Du willst, dass ich lebe“, erwiderte er. „Denn sonst könnte ich das hier nicht tun.“

Sein Mund beanspruchte meinen, bevor ich eine Erwiderung hervorbringen konnte. Nicht, dass ich eine gehabt hätte. Denn heilige Scheiße, Trayton Nacht küsste mich. Schon wieder.

TRAY

ISABELLA CINDER MACHTE MICH WAHNSINNIG.
Ich wusste nicht, ob ich sie umbringen oder ficken wollte.

Nein.

Das stimmte nicht.

Im Moment wollte ich sie ficken – und zwar mehr als alles andere. Vorzugsweise gegen die Wand. Und hart. Denn verdammt, sie hatte ein Mundwerk. In einem Moment zufrieden und ruhig, im nächsten biss sie einem den Kopf ab. Hatte ich das verdient? Vielleicht. Aber nicht wegen des verdammten Bettes. Ich hatte es angeboten, um ein Gentleman zu sein, und sie hatte diese Geste ohne erkennbaren Grund gegen mich verwendet.

Unausstehliche Frau.

Oh, aber sie schmeckte nach Minze und frisch und ganz und gar so, als gehöre sie *mir*.

Ich zog meinen Griff um sie fester an, als sie mit mir verschmolz. Wenigstens in diesem Punkt gab sie nach. Ihr Körper erkannte meinen auf einer intimen Ebene, die sie bald verstehen würde.

Meine Zunge verführte ihre und meine Handfläche glitt von ihrer Wange zu ihrem Nacken, um ihren Kopf besser für meinen Kuss zu positionieren. Sie stöhnte auf und das Geräusch wanderte direkt zu meinem bereits harten Schwanz.

Ich begleitete sie rückwärts zu meinem Bett und hoffte inständig, dass dies nicht unseren Streit neu entfachen würde. Oder vielleicht hoffte ich darauf. Es gab Schlimmeres, als diese Frau in die Unterwerfung zu küssen.

Sie gab ein kleines Quietschen von sich, als die Rückseite ihrer Beine auf die Matratze traf, aber ich erstickte ihren Protest und packte ihre Hüften, um sie in die Luft zu heben. Ein weiterer dieser überraschten kleinen Laute kam von ihren Lippen, als ich sie hochhob. „Tray –"

Ich warf sie in die Mitte des Bettes und kletterte auf sie, bevor sie widersprechen konnte. „Shh, Isabella. Wir sind fertig mit reden. Alles, was ich will, ist, dich zu verschlingen." Ich nahm wieder ihren Mund und brachte sie damit zum Verstummen, was auch immer sie gerade hatte sagen wollen.

Ein leises Stöhnen vibrierte in ihrer Kehle und ich lächelte.

Ja, Liebling, dachte ich. *Genau so.*

Ihre Finger fuhren durch meine Haare und hielten mich an ihr fest, während sie meinen Kuss auf heftige Art und Weise erwiderte. Und verdammt, wenn das nicht meine Seele für sie entflammte.

Fuck.

Diese Frau würde mich umbringen.

Meine Handflächen glitten an ihren Seiten hinauf und prägten sich ihre schlanken Kurven unter dem Stoff meines Shirts ein, das so verdammt heiß an ihr aussah, dass ich es ihr am liebsten vom Leib gerissen hätte. Aber ich würde sie nicht drängen. Die Art und Weise, wie sie zitterte, als meine Hände die Schwellung ihrer Brüste berührten, bestätigte all meine Vermutungen über ihre Unschuld. Ella war kaum berührt worden. Kein Wunder, wenn man berücksichtigte, dass sie die letzten Jahre in der Hölle verbracht hatte.

Mmm, sie musste langsam herangeführt werden.

Damit kam ich klar.

Meine Lippen wanderten über ihren Kiefer zu ihrem Hals, dann küsste ich die Vertiefung dort, bevor ich an ihrem rasenden Puls knabberte. Sie zuckte unter mir zusammen und ihr Körper erkannte mein dunkles Verlangen. „Keine Sorge, kleine Taube", flüsterte ich und leckte die dünne Linie bis zu ihrem Ohr. „Ich werde dich nicht beißen."

Nicht, weil ich es nicht wollte.

Sondern, weil es unsere Gefährtenzeremonie einleiten würde.

Und sie hatte heute Nacht schon mehr als genug durchgemacht.

„Tray", flüsterte sie und wölbte sich in einer bedürftigen Art und Weise gegen mich, die es mir *sehr* schwer machte, mich zu benehmen.

Ich schob einen meiner Schenkel zwischen ihre, um den Druck zu erzeugen, nach dem sie sich unwissentlich sehnte, und mein Mund kehrte zu ihrem zurück. Die Hitze, die von ihrem Kern ausging, brannte durch den Stoff unserer Kleidung und brachte mein Blut für sie zum Kochen. Ich erlaubte der Leidenschaft, unseren Kuss zu befeuern, und meine Zunge beanspruchte ihre.

Sie stöhnte.

Ich knurrte.

Die Geräusche unserer Leidenschaft waren das Vorspiel unserer Zukunft. Unsere Seelen kannten bereits unsere Schicksale, die Blutlinien waren auf eine Weise verbunden, die keiner von uns leugnen konnte. Ich hatte es am Tag unserer ersten Begegnung bereits gespürt – die Sehnsucht, sie als mein Eigentum zu beanspruchen.

Die meisten Mitternachtsfeen erfuhren nie eine unmittelbare Verbundenheit, denn unsere Partnerschaften wurden vom Rat oder durch familiäre Zusammenschlüsse arrangiert. Glücklicherweise stammte meine zukünftige Gefährtin aus einer akzeptablen Blutlinie, auch wenn ihr Halbling-Erbe ihre Feenessenz trübte.

Oh, es gab noch so viel, was ich ihr erklären musste.

So viel, was ich ihr *beibringen* musste.

Und das nicht nur im Schlafzimmer.

Obwohl es mir nichts ausmachen würde, dort anzufangen.

Ich ließ meine Hände wieder an ihren Seiten hinauf gleiten, dieses Mal unter dem Shirt. Ihre heißglühende Haut fühlte sich himmlisch gegen meine Handflächen an. Meine Oberschenkel wippten im Takt mit ihren eifrigen Bewegungen, ihre Sinne völlig verloren in der lustgetriebenen Wolke, die uns verzehrte.

Mein Instinkt sagte mir, dass ich mir alles nehmen konnte, was ich von ihr wollte. Ihr Körper gehörte in diesen kostbaren Momenten ganz mir.

Das bedeutete, dass ich vorsichtig agieren musste, um ihr Vertrauen zu bewahren und zu *verdienen*.

Sie fuhr mit ihren Fingernägeln über meine Wirbelsäule, griff nach meinem Hintern und zog mich unaufhaltsam näher an sich heran, wobei ihr zufriedenes Wimmern Musik in meinen Ohren war.

Das konnte ich ihr geben.

Aber nicht mehr.

Nicht bevor sie klar denken und ordnungsgemäß ihre Einwilligung geben konnte.

Ich knabberte an ihrem Kiefer, saugte an der zarten

Stelle zwischen ihrem Hals und ihrer Schulter und ließ meine Finger gefährlich nah an ihre fleischigen Rundungen gleiten. Ihre Nippel drückten sich durch den dünnen Stoff des Shirts und riefen nach meiner Berührung, aber das vorangegangene Zittern war immer noch in meinen Gedanken präsent.

Noch nicht, dachte ich. *Aber bald.*

Ella wimmerte und ihre Lust kletterte zwischen ihre Beine. Ich spürte es an der Feuchtigkeit, die meine Hose bedeckte. Meine Zunge sehnte sich nach einer Kostprobe; ihre Erregung durchdrang die Luft um uns herum und verführte meine Sinne.

„Du bringst mich um", gab ich leise zu und keuchte förmlich gegen ihren Hals.

Ihre Finger kehrten zu meinen Haaren zurück und zogen mich hoch, damit ich sie wieder küsste, und presste ihren wilden Mund auf meinen.

Sie würde mir vorwerfen, sie erneut bezwungen zu haben.

Aber das tat ich nicht.

Es war ihre innere Fee, die darum kämpfte, herauszukommen und das zu beanspruchen, was sie als das Ihre identifizierte.

Das zu erklären, würde ein Alptraum werden.

Oder vielleicht würde sie mich überraschen und es akzeptieren. Alles andere hatte sie bisher ganz gut gemeistert.

Ella drückte sich mit einem scharfen Stoß in meinen Oberschenkel und ihr Rücken wölbte sich vom Bett, während ein Schrei ihren wundervollen Lippen entwich.

„Umwerfend", staunte ich laut und bewunderte sie, als sie unter mir auseinander fiel.

Goldene Haare breiteten sich auf meinen Laken aus.

Rosige Wangen.

Ein geschwollener Mund, wie geschaffen für die Sünde.

Mein Schwanz schmerzte, wollte spielen, aber ich unterdrückte den Drang und kraulte stattdessen ihre Kehle, um sie von ihrem Höhenflug abzuholen. Sie atmete tief durch und ihr Griff in meinen Haaren lockerte sich.

Und dann versteifte sie sich.

Ja, das habe ich erwartet, dachte ich und seufzte innerlich.

„W-was hast du mit mir gemacht?", stammelte sie und ihr Herz raste wie wild.

„Genau das, was ich dir versprochen habe", erwiderte ich und stützte mich auf meine Ellbogen – meine Unterarme ruhten auf der Matratze entlang beider Seiten ihres Kopfes. Wenn sie fliehen wollte, würde sie sich ganz schön anstrengen müssen.

„Ich ... Ich weiß nicht ..." Sie blinzelte, ihre blauen Augen eine berauschende Mischung aus Lust und Verwirrung.

„Ich habe dich verschlungen, mein Schatz." Ich lächelte. „Und du hast es genossen."

„Du hast mich –"

„Ich habe dich nicht bezwungen", unterbrach ich sie und unterband den Vorwurf, bevor sie ihm eine Stimme geben konnte. „Ich habe dich geküsst. Und deine geschwollenen Lippen sind der Beweis dafür, dass du meinen Kuss mehr als nur erwidert hast. Zwang verändert die Wahrnehmung, Isabella. Und du warst nicht nur geistig anwesend, sondern auch mitschuldig an all dem, was passiert ist, einschließlich deines Orgasmus."

Sie starrte mich eine lange Sekunde lang an. „Ja, ich wollte eigentlich sagen, dass du mich komplett umgehauen hast, aber okay."

Ich kniff die Augen zusammen. „Ich weiß zwar, dass ich das getan habe, aber ich bezweifle, dass du das auch sagen wolltest."

„Nun, da du mich so unhöflich unterbrochen hast, wirst du es vermutlich nie erfahren." Sie legte ihre Hände auf meine Schultern und drückte mich nach oben. „Beweg dich."

Ich rührte mich nicht. „Nein." Ich drückte meine Lippen auf ihren Mundwinkel, um meine Ablehnung zu mildern und fügte hinzu: „Es tut mir leid, Ella." Ich ließ meine Nase über ihre Wange gleiten und küsste ihr Kinn. „Verzeihst du mir, bitte?" Ich wollte den Moment nicht ruinieren, nicht wo wir so kurz davor waren, uns endlich zu verstehen.

Sie zog mich an den Haaren und riss meinen Kopf zurück, bis ich ihrem Blick begegnete. Ihr Ausdruck war prüfend. „Ich kann nicht sagen, ob du dich über mich lustig machen willst oder ob du das wirklich ernst meinst."

Seufzend drehte ich mich von ihr runter und legte mich neben sie auf den Rücken. Mein Oberschenkel kribbelte bei der Erinnerung an ihre Erregung; mein Schwanz war immer noch hart wie ein verdammter Stein in meiner Hose. Aber mein Geist ... Mein Geist war müde. Es war ein langer Tag gewesen und wir brauchten wirklich etwas Ruhe.

„Kann ich das Bett mit dir teilen?", fragte ich sie leise, zu erschöpft, um weiter zu streiten. „Ich verspreche, meine Hände bei mir zu behalten. Ich werde sogar auf den Laken schlafen."

Ich schaute sie nicht an, während ich sprach, sondern konzentrierte mich auf die hohe Decke über mir. Vor allem, weil ich ihren Gesichtsausdruck nicht sehen wollte. Wenn sie noch einmal über die Schlafsituation schimpfen sollte, würde ich auf Kols Couch übernachten oder so.

Stille.

Natürlich.

In Ordnung, sie wollte eindeutig Abstand. „Okay, ich verstehe", sagte ich und setzte mich auf. „Es war ein ereignisreicher Abend und das alles ist eine Menge zu verkraften. Ich werde bei Kols abhängen. Wir müssen sowieso einiges bereden." Stimmte nicht. Aber vermutlich würde Ella widersprechen, wenn sie wüsste, dass ich mein Zimmer für sie aufgeben wollte. War es nicht das, was sie zuvor aufgeregt hatte? Dass ich ihr mein Bett angeboten hatte?

Ich hätte fast geschnaubt. *Unmögliche Frau.*

Doch bevor ich das Bett verlassen konnte, schnappte sie sich mein Handgelenk. Ihr Griff war überraschend stark. „Bleib", sagte sie und räusperte sich. „Ich meine, bitte. Bitte bleib."

Meine Augenbrauen schossen in die Höhe. *Hat sie gerade etwas halbwegs Höfliches gesagt?* Fast hätte ich diesen Gedanken laut ausgesprochen, aber ich besann mich eines Besseren. Denn das hätte einen weiteren Streit ausgelöst. Stattdessen legte ich mich mit einem leise gesprochenen „Okay" wieder hin.

Eine friedliche Energie machte sich zwischen uns breit, die ich mit einem Gähnen begrüßte.

Ella drehte sich auf die Seite und sah mich an. „Warum hast du mit Ryan getanzt?" Ihre flüsternde Stimme lenkte meine Aufmerksamkeit auf sie und meine Augen trafen ihre, während ich auf dem Rücken neben ihr liegen blieb.

„Weil ich mit ihr über ihre unwillkommene Unterbrechung sprechen wollte", gab ich zu. „Deine Stiefschwestern wollen, dass ich dich dazu bringe, dich in mich zu verlieben, damit ich dich öffentlich vor der ganzen Schule zerschmettern kann. Ich habe sie darauf hingewiesen, dass ihre Einmischung kontraproduktiv ist, was dieses Ziel angeht."

Ella starrte mich an. „*Was?*"

„Ja, deine Stiefschwestern sind das personifizierte Böse. Das ist der Grund, warum ich sie vernichten will." Ich schob meinen Kopf wieder zurück auf das Kissen und mein Blick flackerte erneut zur Decke hoch. „Meine Idee ist, dass wir ein paar Monate lang zusammen ausgehen, während wir heimlich an einem Weg arbeiten, sie alle zu Fall zu bringen. Dann, genau dann, wenn Ryan erwartet, dass ich dein Herz zerschmettern werde, vernichten wir sie stattdessen."

Ryan und Carmen hatten keine Herzen, also würde es nicht funktionieren, sie auf eine ähnliche Weise auszuspielen.

„Ich denke, es ist ihr sozialer Status, den wir demontieren müssen", fügte ich hinzu und dachte laut nach. „Wir müssen noch entscheiden, ob Clarissa mit ihnen brennen soll."

Ella stützte sich auf ihren Ellbogen und ihre blauen Augen leuchteten, als sie zu mir hinunterstarrte. „Du meinst das ernst?"

„Ja. Ich glaube, ich habe diese Idee schon ein paar Mal erwähnt."

„Du willst wirklich, dass ich mich an ihnen räche."

„Natürlich will ich das." Ich runzelte die Stirn. „Was ich wissen will, ist, warum du dich nicht rächen willst? Diese Schlampen haben dich durch die Hölle und wieder zurück gejagt. Dash und Charlie sind auch nicht besser. Warum lässt du das zu? Warum wehrst du dich nicht?"

„Weil zurückschlagen nur noch mehr Aufmerksamkeit erregt. Ich habe schon vor langer Zeit gelernt, dass es mir mehr Frieden bringt, sie zu ignorieren."

„Frieden", wiederholte ich und schnaubte. „War diese Woche friedlich für dich? Mit Charlie, der dich jeden Morgen im Englischunterricht belästigt, den beiden Idioten, die dich im Pool ertränken wollten, und dann diesem Zirkus heute Abend beim Tanz?"

„Nun, es war ereignisreicher als sonst – dank der Ankunft eines neuen Schülers", murmelte sie.

„Komm schon, Ella. Bleib mal einen Moment ernst. Selbst wenn ich nicht aufgetaucht wäre, hätten dich diese beiden Idioten belästigt. Und wer weiß, was deine Stiefschwestern getan hätten, wenn ich nicht etwa Ablenkung in Form eines neuen Spiels angeboten hätte."

„Warte, du hast vorgeschlagen, mir das Herz zu brechen?"

„Ich habe Ryan in die korrekte Richtung gelenkt", stellte ich klar. „Dadurch hatte ich eine Ausrede, Zeit mit dir zu verbringen und gleichzeitig so zu tun, als wäre ich in ihrem Team. Win-win."

Sie schnaubte. „In ihrem Team zu sein ist kein Gewinn."

„Das ist es, wenn du die Schweinehunde zu Fall bringen willst", konterte ich und stützte mich auf meinen Ellbogen, um ihre Pose zu imitieren. „Denk doch mal nach, Ella. Wenn sie glauben, dass ich auf ihrer Seite bin, werden sie ihre Deckung mir gegenüber fallen lassen und uns die Möglichkeit geben, ihren Kreis zu infiltrieren und sie von innen heraus zu zerstören. Es ist ein brillanter Plan."

„Ernsthaft, warum verschwendest du deine Zeit damit?", fragte sie. „Es geht hier um einen Haufen High-school-Menschen. Scheint ziemlich unbedeutend zu sein im Vergleich zu all dem hier." Sie gestikulierte mit einer Hand in meinem Zimmer herum, aber ich verstand, was sie meinte – das Reich der Mitternachtsfeen.

„Sie haben etwas getan, das deinen Zugang zu deinen Kräften blockiert hat." Ich streckte die Hand aus und streichelte ihre Wange. „Ich nehme diese Angelegenheit sehr ernst. Das solltest du auch, Ella. Du hast Jahre damit verbracht, undurchdringliche Mauern zu errichten, um dich vor ihren Qualen zu schützen. Und ich vermute, dass genau das deine innere Fee hemmt."

Sie biss sich auf die Wange, dann schüttelte sie langsam den Kopf. „Ich weiß nur nicht, wie mir Rache auf lange Sicht helfen soll."

„Vielleicht wird es dir nicht helfen, aber dafür der nächsten Person, die sie schikanieren. Und es ist sehr wahrscheinlich, dass ihr nächstes Ziel nicht annähernd so stark sein wird wie du." Tatsächlich konnte ich das garantieren. Ella hatte genug Qualen für ein ganzes Leben ertragen. Es stärkte sie auf eine Art und Weise, die ihr im Reich der Mitternachtsfeen zugutekommen würde – vorausgesetzt, wir fanden heraus, wie wir ihre Talente freisetzen konnten.

„Darüber habe ich noch nie nachgedacht", sagte sie leise und legte sich noch einmal auf die Seite, mir zugewandt. Ich ahmte die Bewegung nach und meine Hand glitt zu ihrem Nacken. „Ich habe mich immer auf die Flucht konzentriert, nicht auf das, wer als Nächstes auf ihrer Abschussliste stehen könnte."

„Sie leben in einer Welt, in der sie tun können, was und mit wem sie es wollen – und das ungestraft. Ich kann mir die Bosheit in ihrer Zukunft nur vorstellen. Es wird nicht angenehm sein, auf wen auch immer sie es absehen werden."

„Es sei denn, wir finden einen Weg, ihnen eine Lektion zu erteilen."

Oh, ich wollte mehr als das tun. Sie verdienten nicht nur eine Lektion, sondern eine komplette Lebensveränderung – eine, die sie in ihr eigenes persönliches Fegefeuer brachte. Allerdings würde ich dabei Ellas Führung folgen. Sie konnte über das Ausmaß der Strafe entscheiden.

„Das Schuljahr hat noch ein paar Monate", murmelte ich. „Je länger es dauert, bis sich unsere Beziehung entwickelt, desto mehr Zeit haben wir, um gegen das vermeintliche Königtum von Darlington zu intrigieren. Außerdem kann ich dir in der Zwischenzeit mehr über die Mitternachtsfeen und unsere Akademie beibringen. Und wir können die Fesseln deiner Fähigkeiten erforschen."

„Du hast also vor, mit mir zurück auf die Highschool zu kommen?", fragte sie mit einem schiefen Ton in der Stimme. „Klingt, als würdest du dich selbst bestrafen."

Ich grinste. „Glaub mir, das tue ich nicht."

„Aha." Ihre Augen funkelten. „Du willst damit sagen, dass du es genießt, meine gute Fee zu sein – äh, nicht unbedingt gut." Sie runzelte die Stirn. „Ich schätze, eher eine Art Schutzengel."

„Ich bin keine gute Fee", bestätigte ich. „Und definitiv kein Engel."

„Kennst du das Märchen nicht?", fragte sie. „Du weißt schon. Die gute Fee hilft dem Mädchen, sich für den Ball fertig zu machen. Das hast du heute Abend ziemlich gut gemacht. Obwohl du es nicht geschafft hast, mich vor Mitternacht zurückzubringen." Ihre Augen weiteten sich. „Nein, du hast mich in das Reich der Mitternachtsfeen gebracht. Heilige Scheiße, ich bin ..." Sie schüttelte den Kopf. „Ja, schon gut. Ich muss jetzt schlafen."

In Anbetracht des ganzen Unfugs, den sie gerade von sich gegeben hatte, konnte ich nicht deutlicher zustimmen. „Ja, das ist eine vielversprechende Idee."

Sie stieß ein irres, kleines Lachen aus und rollte sich in den Decken herum, um sich ein kleines Nest auf ihrer Seite des Bettes zu schaffen. Ich liebte es, wie klein und geborgen sie wirkte, umhüllt von Satin und Baumwolle. Sie schloss ihre Augen, den Kopf in das Kissen eingegraben.

Ich entsandte einen Funken Magie zu den Lampen und dimmte sie zu einem schummrigen Licht. Die Verdunkelungsrollos würden in etwa einer Stunde heruntergleiten. Etwas sagte mir, dass sie zu erschöpft sein würde, um es zu bemerken.

„Tray?", murmelte sie.

Ich sah sie an, aber ihre Augen waren immer noch geschlossen. „Ja?"

„Du kannst unter den Laken schlafen."

❧ ELLA ❧

MEINE STIEFMUTTER HATTE meine Abwesenheit nicht bemerkt. Oder es hatte sie lediglich nicht interessiert. Alle meine Aufgaben rund ums Haus waren heute Morgen vor der Schule erledigt gewesen, was ihre einzige Sorge in Bezug auf meine Existenz zu sein schien.

Ich pustete mir eine Haarsträhne aus dem Gesicht und wartete darauf, dass mein Englischkurs begann.

Es war surreal, hier zu sitzen, nach allem, was ich das Wochenende über erfahren hatte.

Feen sind real.

Tray trinkt Blut.

Tray küsst wie ein Gott.

Ich fröstelte bei der Erinnerung an seine Hände, die an meinen Seiten auf und ab gewandert waren, und an die Art und Weise, wie sein Schenkel zwischen meinen gelegen hatte, als ich mich an ihn drückte. Ich hatte nicht viel Erfahrung. Dash hatte mich ein paar Mal geküsst, meine Brüste außerhalb meiner Kleidung betatscht und mir mehrmals an den Hintern gefasst. Nichts Aufregendes und definitiv nicht das, was Tray mit mir gemacht hatte.

„Träumst du von mir, Täubchen?", fragte Tray, als er in den hinteren Teil des Klassenzimmers schlenderte. Er war damit beschäftigt gewesen, mit Charlie in der Nähe der Klassenzimmertür zu quatschen – eine Aufgabe, die er bestimmt verachtete und dennoch mit einem Lächeln auf dem Gesicht erledigte.

Ich klimperte mit meinen Wimpern zu Tray hoch, als er vor mir stehen blieb. „Das tue ich tatsächlich. Ich habe dir gerade ins Herz gestochen und es war herrlich."

Ein paar Schüler schmunzelten um uns herum, die menschlichen Schafe, die immer lauschten.

„Du verletzt mich, Cinder-Ella", brummte er und ließ sich in seinen Stuhl fallen.

„Wenn es doch nur mehr als ein Traum gewesen wäre", konterte ich.

Wir hatten beschlossen, dass es am besten wäre, wenn wir uns gegenseitig Hass und Feindseligkeit vorspielen würden, nachdem was beim Homecoming passiert war. Ryan würde die Vorstellung lieben, dass Tray dafür arbeiten musste, mein Herz zu gewinnen – denn es am Ende zu brechen, wäre dann umso süßer.

„Oh, das war es", antwortete er, laut genug, dass es jeder hören konnte. „Jedes Lecken, jedes Stöhnen und jeder Kuss, mein liebes Täubchen."

Ich rollte mit den Augen. „Ja, du hast mich auf dem Ball geküsst. Große Sache."

„Du scheinst so zu denken." Seine Augen glühten, als er mich ansah. „Ich wette, du würdest mich unter den richtigen Umständen wieder küssen."

Meine Lippen zuckten, denn, ja, ich würde mich unter so ziemlich allen Umständen wieder von ihm küssen lassen. Aber laut erwiderte ich: „Klar. Nachts. Während du träumst."

Er zwinkerte mir zu. „Wir werden in meinen Träumen viel mehr tun als uns nur zu küssen, Täubchen."

„Und du wirst in meinen unaufhörlich sterben, Arsch."

Professor Montgomery wählte diesen Moment, um

hereinzukommen, und ihr Fokus fiel sofort auf mich. „Miss Cinder, Sprache!"

„Dieses Projekt, das Sie uns zugewiesen haben, ist unmöglich, Professor Montgomery", sagte Tray und verschwendete keine Zeit. „Sie will sich nicht einmal mit mir treffen, obwohl ich ihr zahllose Termine für das Gespräch angeboten habe."

Ich hustete ein Lachen heraus. „Entschuldigung, aber ich erinnere mich, dass du letzte Woche gesagt hast, du hättest jeden Abend etwas vor."

„Ich erinnere mich nicht an eine solche Behauptung", antwortete er, seine Aufmerksamkeit auf die Lehrerin gerichtet. „Wie soll ich meine erste Aufgabe mit einer Partnerin erledigen, die sich weigert, zu kooperieren?"

Professor Montgomery stellte ihre Tasche auf ihr Pult und ihr Gesichtsausdruck verriet, dass sie Montage wirklich hasste. Oder vielleicht waren es ihre Schüler, die sie verachtete. Oder einfach nur wir.

„Ist das wahr, Miss Cinder?", fragte sie. „Weigern Sie sich, unserem neuen Schüler gegenüber entgegenkommend zu sein?"

„Ich habe es aus erster Hand miterlebt", warf Charlie wenig hilfreich ein. „Tray hat sie letzte Woche nett gebeten, nach der Schule eine Stunde Zeit mit ihm zu verbringen, und sie hat ihm gesagt, er solle zur Hölle fahren. Entschuldigen Sie die Ausdrucksweise."

Tray zuckte mit den Schultern, ohne diese Anschuldigung zu bestätigen oder zu dementieren.

Ich wusste, dass das alles nur ein Teil des Plans war, aber Himmel. Hätte er nicht einen anderen Ort für unser Gezänk wählen können? Einen, der sich nicht auf meinen Notendurchschnitt auswirkte?

„Ich habe nichts dergleichen getan", erklärte ich wahrheitsgemäß. „Er wollte, dass ich mit ihm zum Homecoming-Ball gehe, um an unserem Projekt zu arbeiten." Ja, ich merkte selbst, wie dämlich das laut ausgesprochen klang. Und Montgomerys Gesichtsausdruck verriet, dass sie es auch gehört hatte.

„Nun, da Sie beide nicht in der Lage zu sein scheinen, dem anderen entgegenzukommen, wie wäre es mit einer Woche Nachsitzen, um Ihre Differenzen und Ihr Projekt zu klären?", schlug sie vor und zog eine Augenbraue hoch.

Mist.

Das würde Clarissa nicht gefallen. Ganz und gar nicht.

Ich musste nie nachsitzen. Nie.

„Großartig, ich bin froh, dass das geklärt ist", fügte Professor Montgomery hinzu und ließ uns keine Zeit zum Streiten. „Ich sehe Sie beide pünktlich nach der letzten Stunde. Bringen Sie Ihre Hefte mit."

Super, dachte ich mit einem mentalen Fauchen. *Danke, Tray.*

Wehe, sein Plan funktionierte nicht. Denn wenn ich das Nachsitzen ohne jeglichen Nutzen einfach akzeptierte, würde er dafür bezahlen müssen.

Ich wartete ungeduldig darauf, dass Montgomery ihre Lektion vollendete, und wollte Tray unbedingt zur Seite ziehen, um eine Erklärung zu verlangen. Aber sobald die Glocke läutete, verschwand er mit den anderen Schülern auf dem Flur und ließ mich knurrend zurück.

Ja, das war gut gelaufen. Irritiert, verwirrt und stinksauer absolvierte ich meine nächsten Stunden. Als Tray mich also kurz vor der Mittagspause in ein leeres Klassenzimmer zerrte, ging ich auf ihn los. „Was zum Teufel machst du da?", verlangte ich zu wissen.

„Das hier." Er nahm mein Gesicht zwischen seine

Handflächen und drückte mich gegen die Wand neben der verschlossenen Tür. Sein Mund beanspruchte meinen.

Ich schmolz instinktiv dahin und mein Inneres wurde zu Brei.

Denn Trays Lippen? Sie waren himmlisch.

Meine Finger wühlten sich durch seine Haare und ich drückte mich an ihn. Ich wollte die Hitze seines Körpers an jedem Zentimeter meines eigenen spüren. Er wurde zu meiner Sucht – falsch und ach-so richtig. Ich sollte das nicht genießen, ich sollte verlangen, dass er mir den Nachsitzplan erklärte, aber ich konnte kein Wort sagen, während seine Zunge in meinem Mund war.

Als er mich losließ, keuchte ich auf. Meine Haut war heiß und eng.

„Du siehst umwerfend aus", flüsterte er und fuhr mit seiner Nase über meinen Wangenknochen. „Wir sehen uns im Schwimmunterricht."

„Warte." Ich erwischte sein Handgelenk, bevor er gehen konnte, und zog ihn zurück. „Warum Nachsitzen?"

„Das gibt uns die Gelegenheit, einander zu sehen. Mach dir keine Sorgen; ich habe vor, Montgomery zu verzaubern, damit wir ungestört reden können." Er presste seine Lippen auf meine Schläfe. „Danach komme ich zu dir und helfe dir bei allem, was du brauchst, denn ich bin sicher, dass das Stiefmonster eine Liste mit überfälligen Aufgaben für dich bereithält."

Wenn er solche Dinge sagt, wurde mir immer klarer, dass er mich besser kannte als ich ihn. Und wenn man berücksichtigte, dass wir uns erst vor einer Woche kennengelernt hatten, sollte das nicht der Fall sein. „Woher weißt du das mit Clarissa?"

„Weil der Rat dich seit Jahren beobachtet, Ella. Ich habe eine ganze Akte über dich erhalten, bevor ich hierhergekommen bin." Er strich mir über die Wange. „Ich muss jetzt zum Essen. Wir reden später weiter."

———

„Ich will die Akte sehen." Das waren meine ersten Worte, nachdem Tray Montgomery mit einem Zauber außer Gefecht gesetzt hatte. Sie schnarchte leise in ihrer Position am Schreibtisch, den Kopf so nach hinten geneigt, dass sie später einen Nackenkrampf bekommen würde. Ein Teil von mir wollte ihre Haltung nachjustieren. Dann erinnerte ich mich daran, wie schnell sie mich zum Nachsitzen verdonnert hatte, obwohl sie der Grund dafür war, dass ich überhaupt mit Tray zusammenarbeiten musste.

Ja, sie hatte ihre Nackenschmerzen mehr als verdient.

„Natürlich", sagte Tray als Antwort auf meine Forderung, die Akte zu sehen. „Ich werde sie heute Abend vorbeibringen."

Ich blinzelte. „Ach ja?"

Er zuckte mit den Schultern. „Ich werde dir alles beantworten, was du wissen willst, Ella. Und dazu gehört auch, dass ich dir die Details über deine Vergangenheit mitteile."

„Oh." Aus irgendeinem Grund hatte ich erwartet, dass er mir in dieser Sache widersprechen würde. „Äh, danke." Ich klappte mein Notizbuch auf, dann schloss ich es wieder. „Und was machen wir jetzt?" Ihn zu befragen schien mir zu diesem Zeitpunkt unangebracht. Obwohl ich einige Details für seine Biografie brauchen würde. „Hast du eine Akte bezüglich deiner Tarnung im Menschenreich?"

„Ich habe ein paar amtliche Dokumente, wenn du die sehen willst. Aber bekannt ist, dass ich hierhergezogen bin, um bei meinem einsiedlerischen Onkel zu leben, während meine Eltern ein Jahr lang durch die Welt tingeln und

Abenteuer erleben. Sie konnten einfach nicht warten, bis ich meinen Abschluss in der Tasche habe." Er hob eine Schulter. „Ziemlich einfach, wirklich. Mein Vater ist ein Finanzinvestor aus London und meine Mutter eine vermögende junge Frau aus Chicago. Den beiden gehört FAE Enterprises. Was, wenn du es googelst, eine echte Firma ist. Und ja, meine Eltern besitzen sie tatsächlich. Der Vorstand allerdings wird von Menschen geleitet."

„Warte, warum?"

„Weil wir Mitternachtsfeen sind, Liebling. Wir interagieren üblicherweise mit Sterblichen."

„Um euch zu ernähren", übersetzte ich.

Er nickte. „Ja. Viele meiner Art haben Deckungen im Reich der Menschen. Das hilft, unser ständiges Auftauchen zu erklären. Aber wir verteilen unsere Aktivitäten über die ganze Welt, sodass auch unsere Ernährung verstreut ist. Mein Vater hat die Herrschaft über das Vereinigte Königreich und die Ostküste der Vereinigten Staaten. Jeder aus einer königlichen Linie – das Eliteblut – kann sich in diesen Gebieten ernähren. Aswad – ein herrschender Monarch der Nekromantie – besitzt den Süden der Vereinigten Staaten. Daher kann jeder mit Todesblut dort spielen. Und so weiter."

In dieser Aussage steckten ziemlich viele Informationen.

So viel, dass ich nicht wusste, wo ich anfangen sollte.

„Äh, okay." Ich räusperte mich. „Es gibt also verschiedene Arten von Mitternachtsfeen?" Das schien ein vernünftiger Ansatzpunkt zu sein.

Er nickte. „Es gibt mehrere. Das Eliteblut, das Todesblut, das Kriegsblut und das Malusblut sind die primären Sparten. Die Akademie ist tatsächlich nach diesen Sektionen aufgeteilt. Ich werde im Herbst mit Kols im

Elite-Quartier wohnen. Dort wirst du auch wohnen, wenn du dich uns anschließt."

„An der Akademie, meinst du."

Wieder ein Nicken.

„Weil meine Mom adelig war?", fragte ich klärend.

„Sie gehörte dem Eliteblut an, ja." Er stützte seine Ellbogen auf den Schreibtisch, sein Platz war direkt gegenüber von meinem. „Unsere Linie der Mitternachtsfeen ist dem Herzen des dunklen Elements am nächsten. Deshalb gelten wir als Elite – wir beherbergen die meiste Macht von allen unserer Art. Aber die anderen Gruppen haben ihre eigenen Kräfte und Fähigkeiten. Todesblut zum Beispiel ist das, was die Menschen Nekromantie nennen."

„Sie rufen die Toten an", flüsterte ich und zitterte.

„Unter anderem, ja." Er strich sich mit den Fingern durch die Haare und seufzte. „Es gibt viel zu erklären, aber das Wichtigste ist, dass wir deine Fähigkeiten aktivieren."

„Angenommen, ich habe sie."

„Das tust du." Tray klang sich sicher, als könnte es gar keine Alternative geben. „Gib mir deine Hand. Ich möchte dir etwas zeigen."

„Äh, okay." Neugierig gehorchte ich. Er umklammerte mein Handgelenk mit einer Hand, während er mit dem Finger der anderen eine Linie aus kribbelnder Energie über die fleischige Oberfläche meiner Handfläche zog. Ich zitterte angesichts der heißen Glut, die über meine Haut strömte; die blauen Funken tanzten in einem hypnotischen Muster.

„Daher weiß ich es", murmelte er und lächelte dabei. „Meine Magie erkennt dich als Leiter, was dich als Fee kennzeichnet."

„Was würde das bei einem Menschen bewirken?"

Tray zuckte mit einer Schulter. „Die Haut würde verbrennen."

Ich zog abrupt meine Hand zurück. „Du hast das gemacht, obwohl du wusstest, dass es mich verletzen könnte?"

Er schmunzelte. „Ich habe das gemacht, weil ich wusste, dass es das *nicht* tun würde, El. Du bist ein Halbling. Ich habe es in der Nacht, in der wir uns kennengelernt haben, in dir gespürt, und diese Energie ist immer noch sehr präsent. Wir müssen nur herausfinden, warum sich dein Talent versteckt, und es befreien."

„Okay. Erstens – du und deine Spitznamen sind einfach ..." Ich verstummte und schüttelte den Kopf. *Isabella. Ella. El. Taube. Liebling. Schätzchen. Argh.* „Und zweitens, was schlägst du vor, wie wir das machen sollen, liebe Schutzfee?"

„Schutzfee?", wiederholte er.

„Wäre es dir lieber, wenn ich dich Mr. Spitzname nenne?" bot ich an. „Denn damit kann ich auch gut leben."

Er schnaubte. „Tray ist in Ordnung."

„Genauso wie Ella."

Er kratzte sich am Kinn und überlegte. „Wie wäre es mit Ella Bella?"

„Wie wäre es mit Nein?", konterte ich.

Seine Lippen kräuselten sich. „Du bringst mich dazu, dich wieder küssen zu wollen, *Ella*."

„Wir sollen doch lernen, *Tray*."

„Oh, es wäre definitiv eine Lernerfahrung. Vertrau mir."

Ich hob meinen Blick gen Himmel. „Wir werden nie meine verborgenen Feentalente finden, wenn du nur mit mir rummachen willst."

„Ganz im Gegenteil, vielleicht kann ich sie mit ein paar

ausgiebigen Orgasmen entzünden. Sollen wir diese Theorie testen und es herausfinden?"

Ich warf ihm einen Blick zu. „Im Ernst, Fee oder Mensch, alle Jungs denken nur an Sex."

„Ich bin ein Mann, kein Junge", stellte er klar. „Und was ist daran falsch? Sex macht Spaß."

Das bedeutete, er hatte Erfahrung auf diesem Gebiet.

Was ich ja bereits anhand der Art und Weise, wie er küsste, irgendwie gewusst habe. Aber zu wissen, dass er schon vorher rumgemacht hatte, bereitete mir Bauchschmerzen – und das aus einer Vielzahl von Gründen.

Er war nicht nur bereits mit anderen Frauen zusammen gewesen, sondern hatte auch gewisse Erwartungen.

Erwartungen, denen ich mit meinem mangelnden sexuellen Know-how vielleicht nicht gerecht werden würde.

Warum denke ich überhaupt darüber nach?

Es gab viel wichtigere Dinge, auf die wir uns konzentrieren mussten. Wie meine Kräfte. Und Rache. Und meine ungewisse Zukunft.

„Erzähl mir mehr über die Akademie der Mitternachtsfeen", sagte ich, weil ich ein neues Thema brauchte. Glücklicherweise gab er nach und ließ das andere Thema fallen.

Dreißig Minuten später verfügte ich über ein gründliches Verständnis der Akademie. „Es ist also wie eine Universität für Feen." Er erwähnte Wohnheime, Abschlussprüfungen, Stundenpläne, Professoren und sogar Freizeitsport. „Nur, dass es lediglich eine einzige Akademie gibt und kein Sammelsurium an Auswahlmöglichkeiten."

„Es ist auch nicht freiwillig", fügte er hinzu. „Alle Mitternachtsfeen zwischen zwanzig und vierundzwanzig Jahren sind verpflichtet, die Akademie zu besuchen."

„Oh." Das klang ein wenig unheilvoll. „Sogar Halblinge?"

„Ja."

„Also werde ich keine Wahl haben?"

„Nicht ohne Zutun des Rates, nein." Er räusperte sich. „Aber du gehörst dorthin, Ella. Dein Alterungsprozess wird sich im nächsten Jahr oder so verlangsamen und wenn sich deine Kräfte schließlich manifestieren, wirst du zum Training unter deinesgleichen sein wollen. Es gibt keinen Grund, sich nicht einzuschreiben."

„Es sei denn, ich möchte auf eine menschliche Universität gehen", betonte ich, verschränkte meine Arme und lehnte mich in meinem Stuhl zurück.

„Sicher, aber warum solltest du das tun wollen?"

„Vielleicht möchte ich zumindest die Wahl haben", konterte ich.

Er warf mir einen Blick zu, der ausdrückte, dass er wusste, dass ich lediglich versuchte, Schwierigkeiten zu machen. Mein Lebensziel war es, zu fliehen, und er hatte mir die Möglichkeit auf einem Podest angeboten. Warum sollte ich sie ablehnen?

„Okay, sagen wir, ich gehe auf die Akademie." Ich hob die Hand, um ihn davon abzuhalten, meine lockere Zusage zu kommentieren. „Was ist, wenn ich keinen Zugriff auf meine Kräfte habe? Wie wird sich das auf meine Immatrikulation auswirken?"

„Es wird sich als problematisch erweisen", bestätigte er. „Deshalb werden wir uns darauf konzentrieren, sie freizusetzen."

TRAY

Ein Monat später

ICH SASS AN MEINEM ÜBLICHEN TISCH, mein Bruder mir gegenüber, der einen Teller Chickenwings genoss. Mein eigener Teller stand unberührt vor mir – ich bekam einfach nichts runter. „Ich habe alles versucht, Kols. Nichts klappt."

Wir hatten alle Tricks ausprobiert, die ich als Kind gelernt hatte, sogar ein paar, über die ich in verschiedenen Büchern über dunkle Magie gelesen hatte. Mit jedem Versuch wurde Ella unruhiger; ihre Überzeugung, keine Kräfte zu haben, wuchs von Tag zu Tag.

Aber ich wusste, dass sie irgendwo in ihr steckten.

Ich konnte nur den Schlüssel nicht finden, sie zu entfesseln.

Kols wischte sich die Hände an einer Serviette ab, seine Manieren waren trotz des unordentlichen Essens so förmlich wie immer. „Ich sags ja, T. Beiß sie einfach."

Flammen züngelten aus meinen Fingern; meine Geduld war auf einem absoluten Tiefpunkt. „Das ist deine Lösung für alles, stimmts?"

„Hast du es probiert?", erwiderte er.

„Natürlich nicht. Das würde unser Band initiieren."

Feen konnten Menschen so oft beißen, wie sie wollten,

ohne irgendwelche Nebenwirkungen – vorausgesetzt, sie tranken nicht zu viel, das war klar. Aber eine Fee mit einer erstrebenswerten Blutlinie zu beißen? Das schuf ein ewiges Versprechen, an das die Frauen unserer Spezies unabhängig von ihrer Bereitschaft gebunden waren.

Das wollte ich Ella nicht antun.

Selbst, wenn der Rat es verlangte.

„Irgendwann wirst du sie beißen müssen", gab Kols zu bedenken. „Warum also nicht jetzt damit anfangen und sehen, was passiert?"

„Klar. Sobald du Emelyn beißt, werde ich Ella beißen."

Er runzelte die Stirn. „Diese Dinge haben nichts miteinander zu tun."

Ich wölbte eine Braue. „Du willst also sagen, dass du Emelyn noch nicht beißen willst?"

„Fick dich. Du weißt, dass ich das nicht will." Er schauderte, denn die Erwähnung seiner Zukünftigen war immer ein todsicherer Weg, seine Stimmung zu verschlechtern.

Unsere Eltern hatten die Ehe vor über einem Jahrzehnt bestimmt und unsere Familien dazu gezwungen, sich über die Jahre hinweg zu binden.

Emelyn Jyn ließ Ryan wie eine zarte Prinzessin aussehen.

„Bei dir und Ella ist das anders", fügte Kols hinzu. „Du *magst* deine auserwählte Gefährtin."

Meine Lippen kräuselten sich. „Oh, ich tue mehr als sie zu mögen." Es war in den letzten Wochen eine ziemliche Herausforderung gewesen, die Finger von ihr zu lassen.

Ich wollte ihr Zeit geben, zu lernen, mir zu vertrauen, und sich an ihre neue Realität zu gewöhnen. Die Art, wie sie mich küsste, wurde immer begieriger und bestätigte unsere sich gegenseitig vertiefenden Gefühle.

Aber wir waren noch nicht ganz am Ziel.

Ihre Kraft zu entfesseln schien der Schlüssel zu sein.

Kols nahm einen langen Schluck von seinem Wasser und stellte es dann zur Seite. „Also gut, du glaubst, dass ihre Fähigkeiten in dieser missbräuchlichen Kindheit feststecken, richtig?"

Ich nickte.

„Warum räumst du dann nicht ein oder zwei dieser Hindernisse aus dem Weg und schaust, was passiert?", schlug er vor. „Vielleicht wird sie dadurch ein wenig lockerer."

Das war eine Überlegung wert. Ich wusste nur nicht, wie ich das anstellen sollte, ohne das langfristige Ziel zu ruinieren.

Wir hatten die gesamte Darlington-Crew genau da, wo wir sie haben wollten – in dem Glauben, ich sei ihr neuer Peiniger und Verehrer. Ryan und Carmen waren im Himmel, beobachteten unser Hin und Her und fragten sich, wie ich das auf lange Sicht durchziehen würde.

Es bedeutete, dass ich häufig mit ihnen reden musste.

Aber wenigstens war Ella so vor ihren Qualen sicher.

„Ich werde diese Option in Betracht ziehen", antwortete ich schließlich und meinte es ernst. Wir könnten Dash oder Charlie zuerst ausschalten, aber es müsste subtil sein.

„Ich bleibe bei Option Nummer eins, T. Beiß sie."

Mit einem theatralischen Seufzer zog ich mein Portemonnaie heraus, um einige Scheine auf den Tisch zu werfen. „Richtig. Na ja, du warst sehr hilfreich", bemerkte ich und stand auf.

Er wackelte mit den Brauen. „Bist du durstig?"

Ja. Ich hatte meine dunkleren Triebe im letzten Monat nicht ausreichend gestillt und musste das heute Abend ändern. „Was hat mich verraten?", fragte ich. „Die Augen?"

„Und deine Laune." Er legte etwas Geld auf den Tisch

und stand ebenfalls auf. „Ich könnte auch einen Happen vertragen. Also leiste ich dir Gesellschaft.“

„Wie du willst. Ich wollte gerade in die Bar hier im Ort gehen.“

„Ich habe eine viel bessere Location im Sinn“, erwiderte er. „Komm mit, kleiner Bruder. Ich weiß genau, was du brauchst.“

„Ich bin größer als du“, erinnerte ich ihn und winkte Belinda hinter der Bar zu, bevor ich Kols nach draußen folgte. „Und ich will nicht flachgelegt werden.“ Nun, das tat ich schon, aber nicht von einer x-beliebigen Tussi. Ich wollte Ella und nur Ella.

„Nun, du vielleicht nicht, ich aber schon.“ Er führte mich zu einem schicken Sportwagen, den er sich aus der Garage der Darlington Residenz geliehen hatte. Diese diente der Familie als Stützpunkt, weshalb ich mich zu Schulzwecken dort niedergelassen hatte. „Du kannst trinken, ohne zu ficken, und ich tue es auf die von mir bevorzugte Art.“

Ich schüttelte den Kopf und ließ mich neben ihm auf den Beifahrersitz nieder. Ihm zu widersprechen, wäre sinnlos. Er würde mich einfach überreden, mit ihm zu fahren.

„Du könntest deine Ella einladen, sich uns anzuschließen“, schlug er vor, was mein Blut warm werden ließ.

„Und sie zusehen lassen, wie ich von einer anderen Frau trinke? Da würde ich lieber einen Wasserspeier ficken.“

Er schnitt eine Grimasse. „Autsch, Kumpel.“

„Ist die Wahrheit, Kumpel“, gab ich zurück.

Kols startete das Auto, dann hielt er inne und seine Miene verfinsterte sich. „Tatsächlich sollten wir sie mitnehmen.“

„Ich sagte doch gerade –“

„Ja, ich habe dich verstanden, aber denk doch mal darüber nach. Sie kann nicht auf ihre Kräfte zugreifen, richtig? Warum trinken wir Menschenblut?"

Heilige Scheiße, dachte ich und zog die Augenbrauen hoch. „Warum zum Teufel ist mir das nicht eingefallen?"

„Weil du zu sehr damit beschäftigt bist, mit ihr rumzumachen, um klar zu denken. Nicht, dass ich es dir verdenken könnte. Sie ist umwerfend."

„Ja, und sie gehört mir", erinnerte ich ihn. „Also komm nicht auf irgendwelche Ideen."

„Nicht ganz, T. Du hast sie noch nicht gebissen", sinnierte er und tätschelte sich das Kinn.

„Vorsicht, K", mahnte ich. „Ich würde unserem Vater nur ungern erzählen müssen, wie sein bevorzugter Erbe im Menschenreich gestorben ist."

Er schmunzelte, völlig unbeeindruckt von meiner sehr realen Drohung. „Ruf deine Zukünftige an. Lad sie ein, mitzukommen, damit wir unsere Theorie testen können."

Ja, das würde eine lustige Unterhaltung werden.

Lass uns zusammen Blut trinken gehen, Baby.

Ja, bitte!

Als ob das geschehen würde.

Mit einem kaum unterdrückten Seufzer wählte ich ihre Nummer – ich hatte ihr kurz nach unserer Reise ins Reich der Mitternachtsfeen ein Handy geschenkt – und machte mich auf das Schlimmste gefasst.

Ella war mit dem Plan einverstanden gewesen. Und das nicht erst nach langer Diskussion, sondern sofort.

Anscheinend war sie genauso verzweifelt wie ich, das fehlende Glied zu finden.

Ich schaute sie an und bewunderte die Art und Weise, wie ihr maßgeschneidertes schwarzes Kleid auf mittiger Höhe ihrer Oberschenkel aufhörte. Ähnlich wie beim Homecoming-Ball hatte sie nichts Clubtaugliches zu Hause gehabt. Also hatten wir auf dem Weg zum Portal einen Zwischenstopp eingelegt und sie hatte sich dieses sexy Kleidchen ausgesucht. Ihr blondes Haar war zu einem unordentlichen Dutt zusammengebunden, ihr Gesicht ungeschminkt, und sie trug ein Paar schwarze High Heels an ihren schlanken Füßen.

Perfekt.

Wunderschön.

Mein.

Ich drückte ihre Hand und brachte ihr Handgelenk an meine Lippen.

Ich beugte mich hinunter und fragte: „Bist du okay, El?" *El* war mein bevorzugter Kosename für sie geworden. Während sie anfangs dagegen protestiert hatte, schienen sich ihre Wangen jetzt jedes Mal zu röten, wenn ich ihn benutzte. Als würde es ihr gefallen, dass ich einen besonderen Namen nur für sie hatte.

„Ich bin immer noch von der Erfahrung mit dem Portal überwältigt", gab sie an meinem Ohr zu, während die Musik den Club um uns herum vibrieren ließ. „Ich kann nicht glauben, dass es so etwas in der Bibliothek von Darlington gibt."

„Die haben wir überall", informierte ich sie. „Alle Feen benutzen sie, nicht nur die Mitternachtsfeen." Wie ein Netzwerk von Teleportiergeräten, aber sie benötigten einzigartige Codes, um verschiedene Reiche und Orte zu erreichen. Wenn ein Mensch über ein Portal stolperte, funktionierte dieses wie ein normaler Aufzug innerhalb des Gebäudes. Wenn man jedoch einen bestimmten Code in das Pad eingab, brachte es den Fahrgast in eine ganz neue Welt voller Abenteuer.

In unserem Fall hatten wir uns nach London gewagt, da es einige Stunden vor uns lag und somit die beste Zeit für einen Freitagabend in einem Nachtclub bot.

Sie schaute sich um; ihren Cocktail auf dem hohen Tisch vor uns hatte sie vergessen. Ihr Blick fiel auf meinen Bruder, der am Rande der Tanzfläche mit einer süßen kleinen Brünetten tanzte. Sie hatte ihre Arme um seinen Hals geschlungen und drückte ihre Brüste als klares Signal an ihn. Während er auf sie herabgrinste, bemerkte ich, wie sich sein Kiefer verspannte.

Er wollte eine Herausforderung, keine einfache Eroberung.

Also würde er heute Abend vielleicht doch nur trinken.

„Tray?" Ella legte ihre Handfläche auf meine Brust und presste ihre Lippen wieder an mein Ohr. „Du wirst mir beibringen müssen, wie man das, äh, macht."

Ich ließ ihre Hand los, um meinen Arm um ihren Rücken zu legen und sie an meine Seite zu holen. „Lass uns Kols zusehen", sagte ich in ihr Ohr.

„Nein." Sie schmiegte sich an mich und griff nach dem Revers meines Blazers. „Ich will, dass du es mir zeigst."

Ich starrte sie an. „Du willst mich mit einer anderen Frau sehen?"

Sie runzelte die Stirn. „Was? Nein." Ihre nachdrückliche Antwort verwirrte mich.

„Was dann, Ella?"

„Beiß mich", sagte sie. „Ich will wissen, wie es sich anfühlt. Und auch um, äh, zu sehen, wie du es machst. Also, um es zu verstehen. Zum Beispiel, ob die Zähne schärfer werden." Ihre Augen weiteten sich ein wenig. „Hast du Reißzähne?"

Ich schmunzelte trotz des Gewichts, das auf meiner Brust lastete. „Nein, El. Keine Reißzähne."

Ihr erleichterter Gesichtsausdruck verstärkte nur meine Belustigung. „Na, dann ist ja gut. Also zeigst du es mir?" Sie wölbte ihren Hals, um anzudeuten, was sie meinte, und rümpfte die Nase. „Nimm nur nicht zu viel."

„Nein, das kannst du vergessen."

Sie runzelte die Stirn. „Warum?"

„Weil es nicht passieren wird." Und ich würde auch nicht vor ihren Augen von einem anderen Menschen trinken. „Lass uns einfach Kols beobachten." Es schien, als wäre er kurz davor, die kleine Brünette in eine Nische zu locken, wo er sie tief küssen, sich zu ihrem Hals bewegen und dann an ihr knabbern würde. Man konnte die ganze Erfahrung mit einem Knutschfleck vergleichen, der zu einem Orgasmus führen konnte – oder auch nicht. Das hing von dem Intensitätslevel vor dem Biss selbst ab.

„Ich will Kols nicht zusehen", fauchte Ella. „Ich will, dass du mich beißt."

„Nein." *Und ich weigere mich, weiter darüber zu diskutieren.* „Konzentriere dich auf –" Ich fing ihr Handgelenk auf, als sie begann, wegzugehen. „Wo zur Hölle gehst du hin?"

Sie riss sich los und lief ohne ein weiteres Wort davon.

Ich schaute nach oben und betete um Geduld, bevor ich ihr folgte. Ich fand sie außerhalb des Clubs auf dem Bürgersteig; sie lief in die Richtung des Portals, durch das wir gekommen waren. „Isabella", sagte ich und versuchte erneut, sie zu packen. Aber sie bewegte sich aus meiner Reichweite und drehte sich abrupt, um ihren Finger gegen meine Brust zu stoßen.

„Komm mir nicht mit ‚Isabella', Trayton Nacht. Wenn

du mir nicht zeigen willst, was ich tun soll, dann gehe ich einfach nach Hause."

Ich verschränkte die Arme. „Ja? Wie denn? Du kennst doch nicht einmal den Code oder wie man das Portal aktiviert."

Sie verengte ihren Blick. „Du bist ein Arschloch, weißt du das?"

„Wow, fangen wir wieder von vorne an?" Ich täuschte Entsetzen vor. „Ich dachte, es würde noch mindestens eine Stunde dauern, bis du einen sinnlosen Streit mit mir anfängst."

Sie hob die Hand, aber ich fing ihr Handgelenk auf, bevor ihre Handfläche mein Gesicht treffen konnte. Ich schob sie rückwärts in die Gasse und drückte sie gegen die Wand. Meine Kräfte wurden aktiviert und entzündeten eine Art Umhang, um unseren Streit vor den Passanten zu verbergen. Eine natürliche Reaktion, die ich schon unzählige Male benutzt hatte, um meine Fütterungen zu verschleiern. Aber ich hatte nicht die Absicht, Ella jetzt zu beißen.

Nein, ich wollte sie verdammt noch mal erdrosseln.

„Wolltest du mich gerade *schlagen*?", fragte ich.

„Du benimmst dich wie ein Arsch." Sie versuchte, sich zu befreien.

Ich hielt ihre Oberschenkel mit meinen eigenen fest und klemmte ihren kleineren Körper zwischen meinen Armen ein. „Hör auf, Isabella."

„Hör *du* auf, Trayton", erwiderte sie und ihre blauen Augen schimmerten vor Wut und unterdrückter Kraft, als sie zu mir hochblickte. „Wenn du willst, dass Kols mir beibringt, wie man so richtig zubeißt, dann werde ich ihn bitten, es mir zu zeigen. Aber ich will eine richtige Demonstration und nicht nur aus der Kinderecke zuschauen."

„Hast du gerade angedeutet, dass du willst, dass mein Bruder dich beißt?" Bei den Worten loderten Flammen aus meinen Fingerspitzen auf. „Hast du deinen verdammten Verstand verloren?"

„Nein, aber du offensichtlich schon! Was hatte es für einen Sinn, mich hierherzubringen, wenn du mir nicht wirklich etwas beibringen wolltest?"

„Ich habe dir etwas beigebracht, bis du wie eine kleine Prinzessin mit Wutanfall weg gestapft bist."

Sie keuchte auf. „Fick dich, Tray."

Himmel! „Was zum Teufel ist los mit dir? Ich habe nichts falsch gemacht."

„Du bist ein hartnäckiger Idiot und erklärst mir nichts."

„Hörst du dir eigentlich selbst zu?", fragte ich mich laut und verblüfft. „Ich habe den kompletten letzten Monat damit verbracht, genau das zu tun."

„Warum willst du mich dann nicht beißen?", fragte sie und kniff die Augen zusammen.

„Fuck", hauchte ich und mein Kopf fiel nach hinten. „Ist es das, worum es hier geht? Die Tatsache, dass ich dich nicht beißen will?"

„Nein", sagte sie – zu schnell, als dass es glaubhaft wäre. „Es geht darum, dass du mir nicht sagen willst, warum. Du tust so hochmütig, sagst, dass es nicht passieren wird und dass ich Kols beobachten soll. Währenddessen weigerst du dich, das näher zu erläutern."

Ich wurde ein wenig weich bei ihrer Erklärung, denn ich las zwischen den Zeilen, was sie nicht zugeben konnte.

Sie wollte wissen, warum ich sie nicht beißen wollte.

Weil sie sich genau das wünschte.

Ich streichelte ihre Wange und drückte meine Stirn an ihre. „Ella, wenn eine männliche Fee eine weibliche Fee mit einer kompatiblen Blutlinie beißt, leitet das die sogenannte Gefährtenzeremonie ein. Wenn ich dich beiße, wirst du mein. Dauerhaft. Denn es gibt kein Zurück mehr, wenn eine männliche Fee erst einmal eine weibliche Fee beansprucht hat."

Zur Antwort atmete sie lediglich aus.

„Eigentlich braucht es drei Bisse", fuhr ich leise fort. „Der erste ist wie die Dating-Phase, der zweite eine Art Verlobungsperiode und der dritte die Bindung auf Lebenszeit. Und all das kann nur von einer männlichen Fee initiiert werden." Was eine Quelle des Streits unter den Mitternachtsfeen war.

Unsere weiblichen Mitglieder hatten in den höheren Kreisen selten eine Wahl. Selbst Ellas Mutter, die sich für einen Menschen entschieden hatte, wäre irgendwann zurückgerufen worden, um ihre familiären Pflichten zu erfüllen.

Genauso wie Ella eines Tages gezwungen sein würde, mich zu akzeptieren.

Dass ich *wollte*, dass sie die Wahl selbst traf, war lediglich eine persönliche Vorliebe meinerseits. Nicht alle männlichen Feen fühlten so.

Aber Kols und ich wurden ein wenig anders erzogen. Unsere Mutter war ziemlich angetan von den *menschlichen Modernisten*, wie sie es nannte.

„W-was ist damit, dass ich ein Halbling bin?", fragte Ella leise. Ihre blauen Augen waren groß und hielten meine fest. „Ich bin immer noch zum Teil ein Mensch."

„Dein Feenblut hat Vorrang vor allem anderen." Ich schob meine Hand von ihrer Wange hinunter zu ihrer Hüfte und umfasste sie sanft, während ich meinen anderen Arm über ihrem Kopf an die Wand legte.

„Bist du dir sicher?"

Ich nickte. „Ich habe es in dem Moment gespürt, als wir

uns vor Jahren in jener Gasse getroffen haben. Dein königliches Blut ist wie eine pulsierende Energie, die meine Haut wärmt und dich als potenzielle Partnerin kennzeichnet. Deshalb neigen wir auch dazu, uns beim Küssen zu verlieren."

Ihre Pupillen weiteten sich. „Weil unser Blut uns dazu bringt, mehr zu wollen …" Ihre Wangen erröteten in einem schönen Farbton. „Dinge."

Ich schmunzelte. „Dinge?"

„Du weißt, was ich meine."

„Sex?", schlug ich vor. „Intimität?"

Das ließ ihre Wangen nur noch dunkler werden und sie wippte mit dem Kopf, um es zu bejahen.

„Oh, Ella, das ist nicht nur unsere magische Kompatibilität." Ich schob meinen Schenkel zwischen ihre und mein Griff um ihre Hüfte wurde fester. „*Wir* wollen mehr, weil wir uns zueinander hingezogen fühlen. Unser Eliteblut ist nur ein kleiner Teil des Puzzles." Ich kannte viele verbundene Paare, bei denen eine Seite – typischerweise die weibliche – die andere verachtete.

„Aber unsere Verbindung trägt zur, äh, Hitze bei, richtig?" Sie räusperte sich. „Will ich deshalb, dass du mich beißt?"

Mein Blut begann zu kochen. „Du willst, dass ich dich beiße?"

Sie nickte zittrig und ihre Augen hielten meine fest. „Ich … ich, ja. Ich glaube schon."

„Tust du das noch immer?", fragte ich und wölbte eine Augenbraue. „Jetzt, wo du weißt, dass es dich an mich bindet, nehme ich an, dass du es vielleicht nicht mehr möchtest."

Ellas Zunge glitt heraus, um ihre Lippen zu befeuchten,

und ihre Kehle arbeitete, als sie darum kämpfte, zu schlucken. „Ich möchte es noch immer", flüsterte sie.

Mein Herz blieb tatsächlich stehen. „Ich glaube, du verstehst nicht, Ella. Wenn ich dich beiße, gibt es kein Zurück mehr."

„Aber dann bist du auch mein?", fragte sie.

Ich gehöre bereits dir, dachte ich. Laut sagte ich lediglich: „Ja."

„Es ist also eine wechselseitige Verpflichtung. Ist das der Grund, warum du mich nicht beißen willst? Weil du keinen Partner willst? Ich meine, du willst mich nicht als deinen Partner?"

Wow, wie sie dieses Gespräch umgedreht hatte.

Mein Mund öffnete sich lautlos. Denn ich wusste nicht, wie ich darauf antworten sollte. Niemals in meinen wildesten Träumen hätte ich damit gerechnet, dieses Gespräch jetzt zu führen, hier, in London, vor einem Club. Sie musste frieren angesichts der winterlichen Temperaturen, die um uns herum herrschten. Doch ihre Wangen blieben rosig rot.

Weil sie eine Fee ist.

Ich fragte mich, ob sie sich ihrer Immunität gegen die Kälte, die uns umgab, überhaupt bewusst war.

Nein, sie war zu sehr von dem Thema des Beißens eingenommen.

Sie dachte, ich wollte sie nicht beanspruchen. Es stand in der Unsicherheit ihres Gesichtsausdrucks geschrieben, in der Art, wie ihre Unterlippe leicht bebte, als würde sie meine Ablehnung erwarten.

Wie weit wir in einem Monat gekommen waren.

Zur Hölle, wie weit wir in der letzten Stunde gekommen waren.

Noch vor zehn Minuten hatte sie versucht, mich zu schlagen. Jetzt wollte sie, dass ich sie markierte.

„Ich will eine Gefährtin", sagte ich sanft. „Alle männlichen Feen sehnen sich nach diesem Band, aber es ist oft einseitig. Unsere Gesellschaft – der Rat – bestimmt die königlichen Paarungen. Kols, zum Beispiel, ist mit Emelyn Jyn verlobt. Aber sie hassen einander."

Nun, das stimmte nicht ganz. Emelyn wollte Kols unbedingt ficken. Allerdings war ihre Familie dafür bekannt, körperliche Verführung als Mittel einzusetzen, um ihre Gefährten zu manipulieren.

Glücklicherweise dachte mein Bruder mehr mit seinem Gehirn als mit seinem Schwanz.

„Oh." Ella rümpfte die Nase und ihr Körper versteifte sich. „Warte. Das heißt, du bist bereits jemandem versprochen?"

„Das bin ich." Ich senkte meinen Arm und legte meine Hand um ihren Nacken. Ich konnte den Ärger in ihrem Blick sehen, die Vermutungen, die sie anstellte. Ich zerstörte sie alle mit einer einzigen Aussage, von der ich wusste, dass sie unsere zarte Verbindung entweder vernichten oder stärken würde.

Ich hoffte wirklich auf das Letztere.

„Der Rat hat mich dir zugewiesen, Ella. *Du* sollst meine Gefährtin sein."

❧ ELLA ❧

DU SOLLST MEINE GEFÄHRTIN SEIN.

Diese fünf Worte wiederholten sich in meinem Kopf; mein Mund öffnete und schloss sich lautlos.

Ein Schauer lief mir über den Rücken, gejagt von einem begreifenden Frösteln.

„Deshalb bist du hier", schaffte ich es, mit einem Atemzug zu sagen. „Deshalb willst du mir helfen. Der Rat hat dich dazu bestimmt."

Er schnaubte. „Ich bin hier, weil ich es so will. Im Gegensatz zu meinem Bruder konnte ich mir selbst einen Gefährten aussuchen. Und ich habe mich für dich entschieden."

Ich blinzelte. *Was?* „Wann?"

„Vor sechs Monaten."

Okay ... Das war, nun ja, unerwartet. „Warum?", krächzte ich heraus. Damals hatte er mich noch gar nicht gekannt. Nun, abgesehen von unserer kleinen Begegnung in der Gasse. Das zählte wohl kaum als Kennenlernen.

„Warum ich dich ausgewählt habe?", hakte er nach und sein Blick suchte meinen.

Klar, das wäre ein guter Anfang. Ich nickte, denn zum Sprechen brauchte man Luft und ich schien vergessen zu haben, wie man atmet.

Er ließ mich los, um sich selbst die Hand in den Nacken

zu legen. Seine andere Hand befand sich immer noch auf meiner Hüfte. „Es ist kompliziert." Ich erwartete, dass er es dabei belassen würde, aber er überraschte mich, indem er fortfuhr. „In der Nacht, als wir uns das erste Mal trafen, warst du am Boden. Ich hatte noch nie jemanden gesehen, der so zerbrochen war, und der Anblick hat mir ehrlich gesagt den Atem geraubt. Eine mir bis dahin unbekannte Wut überkam mich. Ich wollte den Menschen töten, der dich in diesen machtlosen Zustand versetzt hatte.

Aber das konnte ich nicht. Also bin ich dir nach Hause gefolgt, um zu bestätigen, dass du in Sicherheit bist. Dann gab ich die Information an den Rat weiter. Deine Identität war mir durch unsere unmittelbare Blutverbundenheit klar. Dein königliches Geschlecht ist berühmt. Mein Vater hat sich persönlich über deine Situation informiert – du hast seine Notizen in der Akte gesehen."

Ich erinnerte mich an die Dokumente, die er mir letzten Monat gegeben hatte, und nickte. Es waren ausführliche Berichte über den Tod meiner Eltern und meine anschließende Erziehung durch Clarissa gewesen. Die ersten Aufzeichnungen gingen nicht auf meine Situation ein, sondern besagten nur, dass ich in einem wohlhabenden Heim untergebracht war und eine angemessene menschliche Erziehung erhalten würde.

Es waren die Unterlagen der letzten zwei Jahre, die Informationen über Ryan, Carmen, Dash und Charlie enthielten.

„Nun, deine Akte wurde mir vor etwa einem halben Jahr als potenzielle Kandidatin gegeben. Und als ich sah, wie viel du durchgemacht hast, fühlte ich denselben Schmerz erneut. Aber dann sah ich die Kämpferin in den Details. Die Art und Weise, wie du jede Situation, die dir in den Weg gelegt wurde, mit Anmut und Entschlossenheit gemeistert hast. Und da wusste ich, dass du die Richtige für mich bist." Er ließ seinen Hals los. „Fuck, ich glaube, ich wusste es sogar in der Nach, als wir uns zum ersten Mal trafen – damals vor drei Jahren. Deine Berührung war magisch. So etwas hatte ich in meinen siebzehn Jahren noch nie gespürt. Und ich habe es nie vergessen."

Siebzehn Jahre? „Warte … Wie alt bist du?"

Er runzelte die Stirn. „Zwanzig, warum?"

„Ich wusste nicht, dass du älter bist als ich." Dieses Eingeständnis brachte mich zum Nachdenken. „Wie viel weiß ich wirklich über dich?"

Er warf mir einen Blick zu. „Wir haben den letzten Monat damit verbracht, dass ich dir jedes Detail des Feenlebens geschildert habe, auch meine eigene Vergangenheit. Ich würde sagen, du weißt eine ganze Menge."

„Aber ich wusste nicht, wie alt du bist und dass wir einander offenbar von einem Feenrat *versprochen* wurden." Ich runzelte die Stirn. „Wenn man das laut ausspricht, klingt es verrückt."

„Weil du in der menschlichen Welt aufgewachsen bist, wo Sterbliche endlose Monate oder Jahre miteinander ausgehen, heiraten, sich scheiden lassen – und wieder von vorne anfangen."

„Das ist ein wenig verallgemeinert. Nicht jeder lässt sich scheiden", wies ich darauf hin.

„Aber Menschen verbringen eine furchtbar lange Zeit damit, vor der Ehe zusammen zu sein – angesichts der kurzen Zeitspanne, die sie haben."

Okay, er hatte nicht ganz unrecht, aber … „Nochmal, nicht alle."

„Wie auch immer, was ich zu sagen versuche, ist, dass deine Standards von deiner menschlichen Erfahrung diktiert werden. Feen ticken da ganz anders."

Ich verzog das Gesicht. Eine Erinnerung an etwas, das er über die Ehe meiner Mutter mit meinem Vater gesagt hatte, nagte an mir. „Du hast gesagt, mein Dad wäre nicht in der Lage gewesen, sich eine neue Familie zu suchen, wenn er eine Fee gewesen wäre."

„Richtig. Denn Feen gehen ein Band fürs Leben ein."

„Das heißt, wenn du mich beißt, sind wir für immer zusammen."

„Ja, das ist es, was ich versucht habe, dir zu erklären."

„Und du wolltest mich nicht beißen, obwohl wir einander, nach Ansicht des Rates, bereits versprochen sind", fügte ich hinzu und runzelte die Stirn. „Weil du noch nicht bereit bist?"

„Nein, weil ich wollte, dass du verstehst, was es bedeutet, wenn ich dich beiße. Im Gegensatz zu vielen meiner Art, glaube ich nicht daran, dass ich das Band erzwingen kann, auch wenn jemand für mich bestimmt ist."

Ich zog die Augenbrauen hoch. „Männliche Feen tun das?"

„Ständig", sagte er und schaute über seine Schulter auf eine Gruppe von Männern, die zum Club ging.

Ich hatte unsere Umgebung fast vergessen. „Haben sie uns gehört?", fragte ich mich laut. Aber sie hätten doch stehen bleiben müssen, oder? Es kam nicht jeden Tag vor, dass zwei Menschen über Feen sprachen.

„Nein, ich habe uns mit einer Tarnvorrichtung umgeben", antwortete er abwesend. „Aber wir sollten wahrscheinlich zurückgehen, entweder nach Darlington oder zu der Wohnung meiner Familie hier in der Stadt. Es ist schon spät."

„Was ist mit Kols?"

Tray grinste. „Oh, er kommt schon klar. Er ist entweder zu einer anderen Eroberung weitergezogen oder hat entschieden, dass die kleine Brünette für heute Nacht ausreicht. Wie auch immer, er kann auf sich selbst aufpassen."

„Ich dachte, du sagtest, er sei mit Emma verlobt?", fragte ich und ließ zu, dass er mich von der Wand weg und auf die Straße zog.

„Emelyn", korrigierte er. „Und ja, das ist er. Außerdem hasst er sie mit einer glühenden Leidenschaft, also ist er darauf aus, in der Gegend herum zu ficken, solange er noch kann."

„Warte, wenn er sie hasst, warum geht er dann diese Bindung mit ihr ein?"

„Königliches Blut", antwortete er. „Kols ist der zukünftige König der Mitternachtsfeen. Er ist dafür verantwortlich, den nächsten Erben zu zeugen, was nicht mit jedem möglich ist."

„Also muss er ein Mädchen zur Gefährtin nehmen, das er hasst?" Das klang lächerlich. „Wie archaisch sind eure Regeln?"

„Verglichen mit der menschlichen Gesellschaft? Sehr." Er blickte mich an und etwas huschte über sein Gesicht. „Meine Mutter ist allerdings sehr fortschrittlich und versucht, meinen Vater in Sachen Kols umzustimmen, aber bis jetzt ohne Erfolg."

Er winkte ein Taxi heran, setzte dann eine Art Schallschutzzauber ein, damit wir uns ungestört weiter unterhalten konnten, und stürzte sich in eine Diskussion über die politische Struktur der Mitternachtsfeen.

Was ich daraus gelernt habe? Die Männer waren die herrschende Partei, ohne jegliche Beteiligung der Frauen an politischen Angelegenheiten. Und der Rat, so schien es, diktierte alles, besonders den mächtigeren Familien. Es schien mir eine Methode der Kontrolle zu sein, ein Weg, um diejenigen mit bedeutenden Gaben im Zaum zu halten.

„Es überrascht mich, dass es keine Proteste gibt", sagte ich, als wir aus dem Taxi stiegen. Ich war so vertieft in das, was Tray zu sagen hatte, dass ich nicht einmal sicher war, wie lange die Fahrt gedauert hatte. Ich erkannte auch nicht das Gebäude, in das er mich führte.

Er hielt am Sicherheitspult inne, um etwas zu unterschreiben, dann begleitete er mich zu einem Aufzug, von dem ich annahm, dass es ein weiteres Portal war.

Außer, dass er eine Schlüsselkarte aus seiner Tasche holte und den obersten Knopf drückte.

„Es ist ein System, das seit Hunderten von Jahren besteht", antwortete er schließlich und bezog sich auf meine Bemerkung über Proteste. „Nur Aswads Familie hat gewagt, es infrage zu stellen."

„Aswad?"

„König der Todesblute", murmelte er. „Er ist das, was man den direkten Gegenspieler meines Vaters nennen könnte."

„Oh." Ich massierte mir die Schläfen, wie ich es oft tat, wenn Tray über die Feenwelt und all die seltsamen Nuancen sprach.

Es toppte die Highschool, so viel war sicher.

Der Aufzug öffnete sich in ein Foyer aus poliertem Marmor, das zu einem offenen Sitzbereich mit raumhohen Fenstern führte, die einen Blick auf eine Art Innenhof boten.

Ich blinzelte. „Warte. Sind wir immer noch in London?" Denn dieser Raum war *riesig*.

Er schmunzelte. „Ja, Taube. Es ist einer der geschätzten Wohnorte meiner Familie. Ich denke, wir können heute Nacht hier bleiben und morgen wieder nach Darlington aufbrechen. Es sei denn, du denkst, Clarissa wird es bemerken?"

„Wenn ja, wird es ihr egal sein." Solange die Hausarbeit erledigt war, kümmerte sie sich nicht um meine Aktivitäten.

Ich schlenderte die Marmortreppe hinunter auf den weichen, weißen Teppich und ging auf das Glas zu, wobei ich meine Schuhe abstreifte. „Wow", sagte ich und beäugte die Terrasse dahinter. Ich hatte nicht viel von unserem Abenteuer mitbekommen. „Wo genau sind wir?"

„In der Nähe des Hyde Parks."

Das erklärte die Bäume in der Ferne. Die Lichter der Stadt illuminierten einen Teil des Grüns und boten einen beruhigenden Anblick. „Es ist wunderschön."

„Ja", stimmte er zu. „Meine Mutter kommt oft her."

„Allein?"

„Mein Vater ist viel mit Ratsgeschäften beschäftigt", murmelte er, trat hinter mich und reichte mir ein Glas Wasser.

Ein Blick in die Ecke offenbarte eine Art Bar, von der ich annahm, dass er dort das Getränk auf magische Weise beschafft hatte. „Danke."

Er küsste meine entblößte Schulter. „Danke, dass du hier bist."

„Wo sollte ich sonst sein?", fragte ich und nippte an der kühlen Flüssigkeit.

„Darlington?", schlug er vor und hob eine Augenbraue.

Ich schnaubte. „Ja genau. Ich würde diesen Ort Darlington jederzeit vorziehen."

„Obwohl du jetzt alles über meine Welt weißt? Dass du keine Wahl hast, meine Gefährtin zu sein, weil ein Rat der Feen es verlangt?"

„Oder dass du mich anscheinend auserwählt und damit sichergestellt hast, dass ich keine Wahl in dieser

Angelegenheit habe", fügte ich hinzu. „Eine Tatsache übrigens, die du mir den letzten Monat über vorenthalten hast."

Er verzog das Gesicht zu einer Grimasse. „Ja, das auch."

Ich brummte und schluckte mehr von dem Wasser, bevor ich das Glas auf einen Tisch in der Nähe der Sitzecke stellte. „Es gibt Schlimmeres im Leben", murmelte ich und fuhr mit den Fingern über die Rückenlehne der Ledercouch. „Meine Eltern zu verlieren. Es fünf Jahre lang mit Clarissa, Ryan und Carmen auszuhalten. Die Spielchen von Dash und Charlie mitzumachen."

Ich nahm an, dass das alles jetzt eher trivial erschien, nach den Details, die Tray preisgegeben hatte. Doch irgendwie hatten diese Erfahrungen meine Reaktionen auf seine Enthüllungen über die Feenwelt betäubt.

Ich sollte schreiend von hier wegrennen.

Stattdessen ertappte ich mich dabei, wie ich mich dem Kerl zuwandte, der mein sein sollte.

Und das, was ich sah, gefiel mir tatsächlich ziemlich gut.

Er hatte mich heute Abend nicht gebissen, weil ihm meine Entscheidung wichtig war. Auch wenn ich technisch gesehen keine hatte, wünschte er sich dennoch meine Zustimmung.

„Was würdest du tun, wenn ich unser Band verweigern sollte?", fragte ich mich laut.

Seine Augen funkelten auf. „Ich würde noch härter daran arbeiten, deine Meinung zu ändern."

„Und wenn das nicht funktionieren würde?"

Er musterte mich einen langen Moment lang, dann lächelte er. „Das würde es. Irgendwann."

„Wie kannst du dir da so sicher sein?", drängte ich ihn. „Vielleicht entscheide ich mich dafür, in meiner Welt zu bleiben, aufs College zu gehen, einen netten Kerl zum Heiraten zu finden und Menschenbabys zu machen."

Sein Gesichtsausdruck verriet mir, dass ihm diese Vision nicht gefiel, aber sein Ton blieb ruhig, als er sagte: „Dann warte ich, bis deine Zeit mit ihm vorbei ist, und versuche es später in unserem Leben noch einmal."

„Und was machst du in der Zwischenzeit?"

Er trat einen Schritt vor. „Warum willst du dieses hypothetische Gespräch führen, Ella? Nur um mich zu testen? Um grausam zu sein?"

Ich zuckte angesichts des unverhüllten Vorwurfs zusammen. So hatte ich das gar nicht gemeint, hatte nur –

Er nahm meinen Kiefer zwischen Daumen und Zeigefinger; der Griff war nicht unbedingt schmerzhaft, aber auch nicht sanft.

„Was willst du hören?", fuhr er fort. „Welches Versprechen willst du von mir? Dass ich mich dir niemals aufdrängen werde? Denn ich denke, meine Taten haben das bewiesen. Dass ich alles tun werde, was ich kann, um dir zu helfen? Dich zu trainieren? Dich zu beschützen? Was brauchst du noch, um mich zu *verstehen*? Zeit? Mehr Küsse? Was auch immer es ist, ich werde es dir geben. Aber du musst es mir sagen, Ella. Selbst wenn das bedeutet, dass ich zusehen muss, wie du einen Sterblichen heiratest, wie du es so gefühllos vorgeschlagen hast."

Okay, wow, ich hatte offensichtlich einen Nerv getroffen.

Na ja, es war ziemlich fies gewesen, was ich da hatte verlauten lassen.

In Wahrheit war ich nicht einmal so verärgert. Es gab schlimmere Schicksale als herauszufinden, Trayton Nacht versprochen zu sein.

Ich meine, er hatte recht. Trotz unseres steinigen

Anfangs hatte er bewiesen, nur mein Bestes im Sinn zu haben. Verdammt, er hatte sich in der Darlington Academy eingeschrieben – dem Inbegriff der Hölle – nur um mich kennenzulernen.

Nein, nicht einmal das.

Um mir zu helfen.

Um mich zu beschützen.

Um mich zu unterrichten.

Ich konnte die Anziehungskraft nicht leugnen, die ich zu ihm verspürte, die Art und Weise, wie mein Körper bei jeder seiner Berührungen nachzugeben schien. Da war etwas zwischen uns. Ein magischer Faden aus Elektrizität, der jedes Mal, wenn sich unsere Blicke trafen, tief in mir vibrierte. Wie in diesem Moment.

Eine Intensität, die mein Inneres erwärmte und Schmetterlinge in meinem Unterleib flattern ließ.

Ich fühlte mich schwindelig und berauscht zugleich, meine Seele war betrunken von Trayton. Ich gab diesem Gefühl die Schuld für mein irrationales Verlangen und die Worte, die meine Kehle hinauf wanderten.

Was konnte es schon schaden? Wir waren bereits dazu bestimmt, zusammen zu sein. Warum nicht herausfinden, was das wirklich bedeutete?

Ich hatte nichts zu verlieren.

Nirgendwo sonst würde ich lieber sein.

Keine andere Zukunft wartete auf mich.

Nur die Welt der Mitternachtsfeen. Und dieser Mann, der behauptete, mein zu sein.

„Ich weiß, was ich von dir will, Tray", sagte ich mit sanfter Stimme.

„Sag es." Die Art und Weise, wie er antwortete, so schnell und selbstbewusst, bestärkte mich in meiner Entschlossenheit. Denn ich wusste, dass er es ernst meinte.

Alles, was ich mir wünschte, würde er tun. Für mich. Trotz der archaischen Tendenzen, die seine Art bestimmten, gab es einen Aspekt, den ich endlich zu verstehen begann.

Mitternachtsfeen nahmen ihre Gefährten – ob einander zugeteilt oder nicht – sehr ernst.

Es war ein lebenslanges Band.

Eine Partnerschaft, eingraviert in Blut.

Ein Versprechen für die Ewigkeit.

So anders als alles, was eine menschliche Beziehung jemals anstreben könnte. Und warum sollte ich eine wollen, wo ich doch eine Fee haben konnte, die mein Blut in Flammen aufgehen ließ? Wo ich Tray *wählen* konnte?

„Beiß mich", hauchte ich und schlang eine Hand um seinen Hals. „Ich will, dass du mich beißt, Trayton Nacht."

TRAY

MEIN BLUT KOCHTE und das Versprechen in ihren Worten brachte mein ohnehin schon schnell schlagendes Herz zum Rasen. „Bist du dir sicher?", fragte ich. Meine Stimme war nicht mehr als ein Rauschen.

„Ja." Sie zeigte keine Anzeichen von Zittern oder Unsicherheit. Nur pures Vertrauen. „Ich möchte, dass du mich beißt. Jetzt, bitte."

Ich grinste amüsiert. „So ein anspruchsvolles kleines Ding." Nicht, dass ich mich beschweren würde. Meine Hände umkreisten ihre Hüften und zogen sie an mich heran.

„Du hast gesagt, du gehörst mir", antwortete sie und ihre Nägel gruben sich in meinen Nacken. „Jetzt mach mich zu der deinigen."

„Dein Mut erschlägt mich", gab ich zu und fuhr mit meiner Nase an ihrem Wangenknochen entlang. „So viele würden in deiner Lage weglaufen."

„Ich war noch nie normal." Sie krümmte ihren Hals und entblößte ihre Kehle. „Und das ist mir auch lieber so."

„Oh, mir auch", stimmte ich zu und meine Lippen streiften ihren Puls.

Ihr Herzschlag blieb auf wundersame Weise ruhig, ihre Atmung weich und gleichmäßig. Ihr Körper verschmolz mit meinem.

Alle Anzeichen einer willigen Gefährtin.

Alles, was ich mir hätte wünschen können.

Ich zitterte. Für einen kurzen Moment konnte ich mein Schicksal nicht glauben und fragte mich, ob ich aufwachen und feststellen würde, dass dies alles nur ein Traum gewesen war. Aber ihr süßer Duft hielt mich fest und bestätigte mir die Wahrheit ihrer Gefühle.

Mein, dachte ich, während meine Zunge das zarte Fleisch ihres Halses nachzeichnete.

Eine meiner Handflächen glitt auf ihren unteren Rücken, die andere nach oben in die zerzausten Locken ihrer blonden Haare. Ihr Atem stockte schließlich doch, aber nicht vor Angst, sondern vor Erregung. Und das trieb mich weiter an und ermutigte mich, zuzubeißen.

Ich hatte schon unzählige Menschen gebissen.

Aber noch nie eine Fee.

Den Moment in die Länge zu ziehen, schien eine Selbstverständlichkeit zu sein, ein Mittel, sich immer an meinen ersten – *meinen einzigen* – Feenbiss erinnern. Diese Markierung machte sie zu meiner Gefährtin, eine Verbindung, die alle anderen Feen spüren würden.

Nach diesem Biss wäre sie für alle anderen tabu.

Genau wie ich.

Dass sie so jung einwilligte, bewies ihre Feennatur. Sie akzeptierte unser Schicksal bereitwillig, wie es die meisten Mitternachtsfeen in unserer Position tun würden. Die Anziehungskraft zwischen uns verstärkte nur unseren Blutsbund, was genau der Grund war, warum ich sie ursprünglich ausgewählt hatte. Bereits bei unserer ersten Begegnung hatte ich die Anzeichen unserer Kompatibilität gespürt – und erst beim Lesen ihrer Akte das Warum verstanden.

Diese Frau war meine perfekte Gefährtin.

Und ich würde den Rest meines Lebens damit verbringen, sicherzustellen, dass sie diese Entscheidung nicht bereute.

Ich küsste ihren Hals und bewunderte sie dafür, dass sie mir erlaubte, meinen Anspruch zu erheben. „Ich danke dir", flüsterte ich. „Danke, dass du mir vertraust."

Meine Schneidezähne bohrten sich in ihre Haut, bevor sie etwas erwidern konnte, und mein Biss traf ihren Puls.

Sie stöhnte meinen Namen und ihr Arm umschloss meinen unteren Rücken, während ihre andere Hand sich um meinen Hals legte und mich an sich drückte. Nicht, dass ich die Motivation gebraucht hätte. Der erste Geschmack ihrer köstlichen Essenz hielt mich gefangen, mein Mund konnte sich nicht von ihr wegbewegen und meine Kehle arbeitete bereits daran, so viel von ihr in mich aufzunehmen, wie ich nur konnte.

Eine Energie umspülte uns.

Unsere Körper kribbelten spannungsgeladen.

Das Band war unmittelbar, ihre Seele verschmolz mit meiner in einem Blutversprechen. Ein besitzergreifendes Gefühl überrollte mich, das Bedürfnis, jeden Zentimeter von ihr zu beanspruchen. Die Dunkelheit verzehrte meinen Geist.

Meine Handfläche wanderte von ihrem unteren Rücken zu ihrem Arsch und drückte zu.

Ihr darauffolgendes Stöhnen ließ mich gegen ihren Hals knurren.

„Mehr", keuchte sie, ihre Hand ein Schraubstock um meinen Nacken. „Mehr, Tray."

Ich hob sie einhändig vom Boden und führte sie rückwärts an die Wand. Ihre Beine umschlossen meine Taille und platzierten ihre heiße Mitte genau dort, wo ich sie haben wollte.

Ihr kleines Kleidchen war bis zu den Hüften hochgerollt, ihre Oberschenkel nackt.

Ein Ruck ihres Höschens erlaubte es mir, die Feuchtigkeit zu spüren, die sich an der süßen Stelle sammelte, die ich so verzweifelt genießen wollte.

Sie hielt sich nicht zurück und ihr Stöhnen passte zur Dringlichkeit ihrer Hüften, als sie sich gegen meinen Unterleib drückte.

Der Biss einer Mitternachtsfee intensivierte sexuelle Begegnungen immer, aber dies war mehr als nur unsere erste Vereinigung. Das war ihre innere Fee, die nun an die Oberfläche trat, um ihren Mann zu fordern, so wie von mir verlangt wurde, dass ich meine Frau beanspruchte.

Ich ließ ihren Hals los, schloss die Wunde mit einem Hauch von Magie und schob meinen Mund auf ihren.

Sie küsste mich, als bräuchte sie mich zum Atmen.

Und ich gab ihr mit meiner Zunge das Leben, das sie brauchte.

Mein Sakko fiel auf den Boden und ihre forschenden Hände fuhren über meinen Rücken und meine Arme. Ich hielt ihr Gesicht zwischen meinen Handflächen fest und kontrollierte unseren Kuss, während ich ihr erlaubte, das Spielfeld für das zu bestimmen, was als Nächstes kam.

Jedes Krümmen ihres Körpers gegen meinen schmerzenden Schwanz ließ die Funken fliegen. Buchstäblich. Denn meine Magie geriet bei diesem Mädchen außer Kontrolle. Alles, was ich wollte, war, in ihrer feuchten Hitze zu versinken, meine Erregung in ihrer eigenen zu baden und ihr dabei jedes Stück meiner Seele zu geben.

Diese Frau besaß mich.

Jedes Lecken, jedes Knabbern und jeder Kuss besiegelten das Versprechen zwischen unseren Seelen.

„Bring mich ins Bett", flüsterte sie.

Ein Zittern bahnte sich seinen Weg meine Wirbelsäule hinauf und meine Füße bewegten sich bereits, bevor meine Hände ihre Hüften ergreifen konnten. Sie klammerte sich mit ihren Schenkeln an mich, ihre Begierde eine geschmeidige Präsenz, der ich mich nur zu gern hingeben wollte.

Ihr Rücken schlug auf der Matratze meines Bettes auf – eines, das ich selten benutzte, aber jetzt gründlich auf die Probe stellen würde. Ich kletterte auf sie und stützte mich auf meinen Händen ab, als ihre Finger zu den Knöpfen meines Hemdes wanderten. In ihrer Eile, an meine Haut zu kommen, sprangen sie praktisch auf. Ihr anerkennender Blick streichelte meinen Oberkörper und steigerte mein Verlangen mit jeder vergehenden Sekunde.

Ich half ihr, den Stoff zu entfernen, als er meine Schultern erreichte, schälte mich aus dem Kleidungsstück und lächelte, als sie mich auf den Rücken drückte und ihre Handfläche auf meine Brust legte. Ihre Lippen schmeckten meinen Kiefer, meinen Hals, meine Brust- und Bauchmuskeln. Jeder Kuss war eine verlockende Liebkosung, die mein Blut noch mehr erhitzte.

Ich hielt ihre Haare fest, als sie meinen Gürtel erreichte. Ihre blauen Augen blickten mich fragend an. „Du bestimmst das Tempo", sagte ich zu ihr und weigerte mich, etwas von ihr zu nehmen, was sie nicht freiwillig geben wollte.

Sie öffnete die Schnalle.

Dann den Knopf.

Und schließlich schob sie den Reißverschluss herunter.

„Fuck", hauchte ich und jeder Zentimeter meines Körpers brannte für sie. Es wäre so einfach, sie umzudrehen, die Kontrolle zu übernehmen und aus meinen Boxershorts heraus in die nackte Hitze zu gleiten, die zwischen ihren Schenkeln auf mich wartete.

Sie leckte die empfindliche Haut direkt über meiner Hose und begann den Stoff nach unten zu ziehen. Das erforderte, dass sie sich vorübergehend zur Seite bewegte und mir den Blick auf ihr hochgezogenes Kleid und die Süße darunter gewährte.

Meine Beine verkrampften sich und mein Verlangen kämpfte mit meinem Wunsch, ihr diese kostbaren Momente der Kontrolle zu gewähren.

Aber diese üppigen blonden Locken riefen nach meiner Zunge.

Meinen Händen.

Meinen Fingern.

Meinem *Schwanz*.

Ich unterdrückte ein Stöhnen und meine Hände ballten sich an meinen Seiten zu Fäusten. Sie wird mein Tod sein, entschied ich. Ich werde buchstäblich sterben, weil ich es nicht geschafft habe –

„Ella." Ich wölbte mich vom Bett, ihre unerwartete Berührung hätte mich fast aus den Angeln gehoben.

Sie hatte keine Zeit verschwendet, sondern ihre Handfläche direkt auf meinen Schwanz gelegt, und streichelte mich nun durch die dünne Baumwolle hindurch. „Du wirst mich anleiten müssen."

„Du kommst auch ohne Anleitung gut zurecht", versicherte ich ihr, während sich meine Haut über meinem Unterleib straffte.

Sie setzte ihre sinnliche Folter fort – die sie wahrscheinlich als Erkundung betrachtete – und zog ihre Nägel auf und ab, wobei sie sich meine Länge einprägte.

Ich zischte, als sie aufhörte, und meine Begierde, sie zu packen, überwältigte mich fast.

Bis ein Lufthauch meine Leistengegend traf.

Ihr Keuchen brachte meine Lippen zum Zucken. Ein wunderschöner Klang für mein Ego.

Ein Ego, das ich bald vergaß, als meine Boxershorts in dem Kleiderhaufen verschwanden, der bereits auf dem Boden lag. Meine Schuhe hatte ich bereits ausgezogen, sodass ich nur noch meine Socken trug, die ich schnell abstreifte.

Normalerweise zog ich es vor, wenn sich die Frau zuerst entblößte.

Aber etwas an der Art, wie Ella mich jetzt bewunderte, machte ihren Ansatz so viel besser.

Sie beugte sich vor, um die Spitze meines Schwanzes zu lecken, und ihr zustimmendes Brummen brachte mich um. „Ella", sagte ich mit angestrengter Stimme. „Baby. Wenn du das machst –" Ich verbiss mir ein Fluchen, als sie mich tief in ihren Mund nahm.

Ich griff nach dem Bettzeug und verlangte von meinem Schwanz sich zu benehmen und ihr das Spiel zu erlauben. Aber *verdammt*, es war eine Herausforderung meiner Selbstbeherrschung.

Ein Monat heftigen Knutschens hatte meinen Körper in so vielerlei Hinsicht vorbereitet, dass keine noch so große Menge an Wichsen geholfen hatte, das Verlangen zu zügeln. Nicht, dass ich es nicht versucht hätte. Oft. Auch heute Morgen. Immer zu Fantasien, die genau dieses Empfinden beinhalteten.

Meine Finger wanderten wie automatisch durch ihre Haare und meine Muskeln reagierten trotz meiner mentalen Forderung, sie führen zu lassen. Es ging einfach gegen jeden einzelnen Instinkt, den ich besaß.

Ich.

Halte.

Das.

Nicht.

Viel.

Länger.

Aus.

Mein Orgasmus näherte sich viel zu früh und zwang mich, sie wegzuziehen, bevor ich etwas Unangenehmes tat. Ihr Protest erstarb im Nu, als ich sie auf dem Bett ausbreitete, meinen Schenkel zwischen ihren. „Ich muss dich schmecken, Ella", sagte ich gegen ihre Lippen. „Dich *wirklich* schmecken."

Ich küsste ihren Hals hinunter zu ihrem Dekolleté und meine Hand fand den Reißverschluss an ihrer Seite, um den Stoff zu entfernen, der meiner Erkundung im Weg stand.

Sie wehrte sich nicht; ihre Brustwarzen wölbten sich in Erwartung, sobald ich sie entblößte. Ich nahm eine zwischen die Zähne, knabberte, saugte und genoss die Art, wie sich ihr Rücken von der Matratze abhob. Mein Name entwich ihren Lippen mit einem rauen Geräusch, das mich gegen ihren empfindlichen Nippel grinsen ließ.

Ich richtete meine Aufmerksamkeit auf ihre gegenüberliegende Brust und gab ihr mit meiner Zunge, wonach sie sich sehnte, während ich ihr gelockertes Kleid bis zu ihren Hüften schob. „Ich liebe es, wenn du keinen BH trägst", gab ich flüsternd zu.

„Nur bei Kleidern." Ihre Finger kämmten meine Haare und hielten meine Strähnen fest. „Träger können ... ein Problem sein."

„Mmm", murmelte ich. „Ein gutes Problem." Ich setzte meinen Weg nach unten fort. Dabei ließen meine Hände den Stoff an ihren Beinen entlang gleiten, bis ich sie nackt vor mir hatte. „Spreize deine Schenkel für mich, Ella. Lade mich ein, dich zu verschlingen."

Ihre blauen Augen funkelten und es lag etwas Herausforderndes in ihrem Blick, als sie langsam gehorchte.

Das Schlafzimmer schien der einzige Ort zu sein, an dem sie nicht widersprach – gut zu wissen.

Ich verschwendete keine Zeit damit, sie mit meiner Zunge vertraut zu machen. Denn ihre glitschige Hitze war ein Geschmack, den ich bis in alle Ewigkeit genießen wollte. Und das zeigte ich ihr mit jedem langsamen, zärtlichen Zungenschlag. Auf und ab, rein und raus, immer und immer wieder.

Sie vibrierte förmlich unter meinem Mund und ihr Vergnügen wuchs zu einem Höhepunkt, von dem ich wusste, dass sie ihn noch nie erlebt hatte.

Bei all unseren vorherigen Erfahrungen hatte sie sich gegen meinen Oberschenkel gepresst und ein paar Mal auch gegen meine Handfläche – stets über der Kleidung.

Das hier war etwas Neues.

Doch ihre zustimmenden Schreie verrieten mir, dass dies bald eine regelmäßige Aktivität werden würde.

„Wirst du für mich kommen, Ella?", fragte ich gegen ihre empfindliche Knospe und meine Finger glitten in ihren engen Kanal, um sie auf mein viel umfangreicheres Eindringen vorzubereiten.

„Tray ..." Sie schluckte und warf ihren Kopf auf eine sexy Art und Weise zurück, die mich einlud, sie erneut zu beißen. „Bitte, Tray."

„Oh, ich liebe es, dich betteln zu hören", murmelte ich und leckte sie erneut. „Ich denke, wir werden später weiter damit experimentieren." Aber für den Moment wollte ich ihr geben, was sie brauchte, indem ich meinen Mund um den sinnlichen Punkt legte, von dem ich wusste, dass er sie zum Äußersten bringen würde.

Sie brach mit einem Schrei zusammen, der alle meine Fantasien in den Schatten stellte.

Denn Ella im Rausch der Leidenschaft war der schönste Anblick, der sich mir je geboten hatte.

Sie hielt sich nicht zurück.

Sie schämte sich nicht für ihr Vergnügen.

Nein, sie beherrschte jede verdammte Sekunde.

„Wow", hauchte sie, als ihr Orgasmus langsam abebbte. Ihre Haare breiteten sich in einer illustren Welle um sie herum aus.

Ich kroch über sie, küsste sie innig und erlaubte ihr, sich selbst auf meiner Zunge zu schmecken.

Sie wimmerte als Antwort, ein bedürftiger kleiner Laut, der meinen Schwanz gegen ihre Nässe darunter pochen ließ.

„Ist das okay für dich?", fragte ich sie leise und legte meine Handflächen auf ihr Gesicht, während ich ihren Blick festhielt. „Wir können jederzeit aufhören, Ella. Es ist deine Entscheidung."

Sie zitterte und ihre Pupillen weiteten sich.

Und dann schlang sie ihre Beine um meine Taille und positionierte mich direkt an ihrem Eingang.

„Sei sanft zu mir", flüsterte sie.

„Ich werde dir immer das geben, was du brauchst", schwor ich und nahm ihren Mund, um mein Versprechen zu besiegeln.

Sie stöhnte, als ich in sie eindrang und sie langsam Zentimeter für Zentimeter ausdehnte. Als ich auf die Barriere traf, die sie als unberührt kennzeichnete, zuckte sie zusammen. Ich schob mich weiter, wusste, dass es wehtun würde, und versprach ihr im Stillen, dass es besser sein würde, sobald sie sich daran gewöhnt hatte.

Ihre Nägel verbissen sich in meinem Rücken.

Ihr Atem ging stoßweise.

Ihr Körper schloss sich um mich herum.

Ich hielt inne und hob meinen Kopf, um ihren Gesichtsausdruck zu beobachten, und bemerkte die wunderschöne Mischung aus Qual und Vergnügen in ihren Zügen.

Als sie schluckte und nickte, fuhr ich fort und achtete auf ihre wechselnden Emotionen.

Besorgnis.

Akzeptanz.

Verwirrung.

Vergnügen.

Ihre Lippen öffneten sich und ein leises Keuchen entwich ihr, als ich in einem zärtlichen Tempo heraus und wieder hineinglitt, um sie meine ganze Fülle spüren zu lassen. Ich machte Liebe mit ihr. Betete sie an. Beanspruchte sie. Erlaubte ihr, mich im Gegenzug ebenfalls zu beanspruchen.

Das ging minutenlang so, vielleicht stundenlang.

Bis sie mich schließlich dazu drängte, mich wirklich zu bewegen, und ihre Erregung mit jedem Vorstoß wuchs. Ich spürte es an der Art, wie sie sich um mich herum zusammenzog; ihr Begehren schlug mir durch die Furchen ihrer Fingerspitzen entgegen.

Ich machte sie mit unserem Band vertraut.

Mit unserer Vereinigung.

Mit unserer Zukunft.

Ich trieb sie an den Abgrund des Vergessens und versenkte meine Zähne in ihrem Fleisch, um sie dort zu halten, während ich ihr an den Rand folgte.

Und dann stürzte ich mit ihr in eine Welt der dunklen Ekstase, wobei unser Band durch meinen zweiten Biss auf die nächste Ebene angehoben wurde.

Die Quelle unserer Kraft verkündete ihre Zustimmung und hüllte uns in ein Meer aus Vitalität und Stärke. Sie vereinigte unsere Geister, unsere Zukunft und unsere Herzen in einem Band der Ewigkeit, das keiner von uns jemals brechen können würde.

Zusammengeschweißt.

Zwei Herzen, die wie eins schlugen.

Gefährten.

ELLA

MEIN KÖRPER KRIBBELTE.

Tray hatte im Laufe der Nacht mehrmals mit mir geschlafen und auch heute Morgen unter der Dusche, bevor er mich widerwillig nach Darlington zurückgebracht hatte.

Ich konnte nicht aufhören zu lächeln, sogar während meiner Pflichten im Haus. Die heute dank des Schnees, der über Nacht gefallen war, sehr umfangreich ausfielen.

Schaufle dies, Ella.

Schaufle das, Ella.

Ich rezitierte die Worte in meinem Kopf und grinste die ganze Zeit. Denn ich fühlte mich endlich lebendig. Als würde ich zum ersten Mal in meinem Leben irgendwo hingehören.

An Trays Seite.

Es war uns an diesem Morgen schwergefallen, auseinanderzugehen, aber wir hatten schließlich einen Plan, den es auszuführen galt. Allerdings wollte ich unseren Zeitplan vorantreiben. Welchen Sinn hatte es, die Highschool abzuschließen, wenn ich nächstes Jahr sowieso die Akademie der Mitternachtsfeen besuchen musste?

Ein menschlicher Abschluss würde in Trays Welt nicht viel wert sein. Seine Art wurde bis zu einem bestimmten

Alter zu Hause unterrichtet; die Eltern oder Tutoren innerhalb ihrer Gemeinschaften sorgten für die allgemeine Bildung und den magischen Unterricht. Dann besuchten sie die Akademie, wo sie ihre Kräfte meisterten und ihren Platz innerhalb der ihnen zugewiesenen Gruppe festlegten.

Ich würde der königlichen Familie beitreten, nicht nur wegen meines Bands mit Tray, sondern wegen der Abstammung meines Bluts. Das war der Punkt, an dem Elite –

Etwas traf meinen Rücken und stieß mich nach vorne. Meine Knie schlugen auf dem Pflaster auf und der dünne Stoff meiner Jeans riss beim Aufprall. Ich konnte gerade noch mein Gesicht retten, indem ich mich mit meinen Handflächen abfing. „Scheiße", zischte ich, als über mir schallendes Gelächter ertönte.

Ryan.

„Vorsichtig, Cinder-Ella", zischte sie. „Tagträumen kann gefährlich sein."

Carmens gestiefelter Fuß erschien neben meinem Kopf. „Ich wette, sie denkt gerade darüber nach, wohin sie letzte Nacht verschwunden ist."

„Ja, wo warst du die ganze Nacht, Ella?", fragte Ryan und kam neben ihrer Zwillingsschwester zum Stehen.

Finster dreinblickend stieß ich mich vom Boden ab, nur um einen harten Tritt in den Unterleib zu bekommen. Ich rollte mich auf die Seite und schützte meinen nun schmerzempfindlichen Oberkörper.

„Sorry, bin ausgerutscht", sagte Ryan.

Ich schnaubte. „Natürlich." Jetzt kribbelte mein Körper aus einem ganz anderen Grund – Wut.

„Also, wo warst du?", verlangte Carmen zu wissen.

„Das geht dich einen feuchten Dreck an", erwiderte ich und blickte grimmig zu ihr auf.

Ihre geschwungenen Augenbrauen schossen nach oben. „*Wie bitte?*"

„Sorry, für die Schwerhörigen heißt das: *Fick dich.*" Ich rollte mich weg, bevor Ryans Fuß wieder „ausrutschen" konnte, und krabbelte rückwärts in den verschneiten Hof.

„Hat sie das wirklich gerade zu mir gesagt?", fragte Carmen. Ihr Schock wäre komisch gewesen, wenn Ryan nicht schon hinter mir her gestürmt käme.

Ich war heute so gar nicht in der Stimmung für dieses Spiel.

Mit einer von Adrenalin befeuerten Kraft kam ich auf die Beine und hielt die Hände vor mir hoch. „Versuch es", forderte ich sie auf.

Ryan warf den Kopf zurück und lachte, wobei der Klang einen Hauch von verrückter Grausamkeit enthielt. „Wow. Jetzt will ich wirklich wissen, wo du letzte Nacht gewesen bist. Etwas, oder vielleicht *jemand*, hat dir Feuer unterm Hintern gemacht."

Carmen marschierte in den Hof und zog eine Grimasse, als der Schnee ihre Jeans berührte.

Wahrscheinlich würde sie sie heute Abend wegwerfen, weil sie zu schmutzig war, um sie noch einmal zu tragen.

Verwöhntes Miststück.

„Wo warst du?", wiederholte sie, offensichtlich hatte sie die Botschaft beim ersten Mal nicht verstanden.

Also versuchte ich es mit einem anderen Ansatz. „In England." Das war die Wahrheit. Sie würde mir nur nicht glauben.

„Niedlich", fauchte sie. „Sag uns, wo du warst, sonst verraten wir Mom, dass du dich gestern Abend rausgeschlichen hast."

Ich zuckte mit den Schultern. „Nur zu." Was zur Hölle

konnte Clarissa mit mir machen? Ich war achtzehn und brauchte ihre teure Ausbildung nicht mehr.

Ryan griff nach mir und ich packte ihr Handgelenk.

Ein Energiestoß bewegte sich zwischen uns hin und her und schickte sie fluchend einen Meter rückwärts, wo sie in den Schnee sank.

Oh, Mist ...

„Was zum Teufel war das?", kreischte Carmen und sah erst Ryan und dann mich an.

„Die Schlampe hat mir einen Stromschlag verpasst", rief ihre Schwester und hielt sich das Handgelenk.

Ich rollte mit den Augen und sagte das Erste, was mir in den Sinn kam. „Sorry. Ich bin ausgerutscht."

Carmen wirbelte herum, fixierte mich mit einem strengen Blick und machte den Fehler, mir einen Stoß in die Brust zu versetzen.

Diese bloße Berührung beförderte sie auf ihren Hintern und die Energie summte weiterhin schützend um mich herum.

Macht Tray das irgendwie, fragte ich mich.

„Mutter!", rief Ryan und lenkte meine Aufmerksamkeit zurück auf die bösen Stiefschwestern am Boden.

Carmen war völlig weggetreten.

Hm. Das ist neu.

Ich hob meine Hände, um sie zu untersuchen, während Ryan weiter nach Clarissa rief. Ich ignorierte sie und war zu sehr damit beschäftigt, auf die blaue Glut zu starren, die zwischen meinen Fingerspitzen tanzte.

Verdammte Scheiße ...

Ich registrierte Clarissas wütende Stimme kaum, als ich begann, vom Haus wegzugehen. Sie konnten von mir aus selbst fertig Schnee schippen. Das hier war viel wichtiger.

Denn entweder waren meine Kräfte gerade zum Leben erwacht oder Tray hatte einen Schutzzauber um mich gelegt.

In jedem Fall hatte ich Fragen, die nur mein Gefährte beantworten konnte.

Zum Glück wusste ich, wo ich ihn finden konnte.

Leider war es ein mehrere Kilometer langer Fußmarsch dorthin.

Mit einem Stöhnen drehte ich mich weg, um mein Fahrrad zu finden, nur um von einer sehr wütenden Stief-mutter in der Einfahrt aufgehalten zu werden. „Wo willst du denn hin, junge Dame?"

„Weg", antwortete ich, schob mich an ihr vorbei und lächelte über ihr schockiertes Keuchen hinter mir.

Eine andere Idee kam mir in den Sinn, eine, die mir ein noch größeres Lächeln entlockte, als ich mich auf den Weg in Richtung Garage machte.

Warum sich die Mühe mit dem Fahrrad machen?

Ich würde stattdessen ein Auto nehmen.

Ich fand Ryans Schlüssel an der Wand, drehte sie in meinen Fingern und näherte mich ihrem kostbaren Besitz. Ryan stand brüllend auf. Aber ich hatte die Tür bereits geschlossen und verriegelt, bevor sie den halb geschaufelten Bürgersteig erreichte.

Das würde ein lustiges Unterfangen werden.

Ich wusste, wie man fuhr, weil Clarissa es mir beige-bracht hatte – wie sonst sollte ich sonntags die Lebensmittel für die Familie besorgen?

Aber ich hatte noch nie eine Spritztour mit Ryans hübschem Baby unternommen.

Ihr sportlicher kleiner Zweisitzer erwachte schnurrend zum Leben und übertönte die Schreie meiner monströsen Stieffamilie.

Ryan hatte die brillante Idee, in die Mitte der Einfahrt zu springen, als ich den Rückwärtsgang einlegte.

Ich konzentrierte mich auf sie im Spiegel und fuhr rückwärts aus der Garage, wobei ich beschloss, dass ein kleines Spielchen lustig sein könnte. Ich hoffte fast, dass sie meinen Bluff durchschaute.

Aber wie erwartet sprang sie im letzten Moment aus dem Weg und ihre Flüche gingen im Motorengeräusch unter.

Ich winkte ihnen allen zu, grinste über ihre verblüfften Gesichter und verschwand aus der Nachbarschaft.

Oh, später würde die Hölle los sein.

Das war es wert, dachte ich und navigierte mit Leichtigkeit durch die frisch geräumten Straßen.

Tray stand auf seiner Veranda und wartete auf mich, ein breites Lächeln auf seinem Gesicht, als ich Ryans Auto unsanft an der Straße abstellte. Vielleicht hatte ich Glück und jemand schrammte an der Seite entlang.

„Ich habe deine Magie gespürt", sagte er, als er auf mich zu schlenderte. „Was hast du getan? Außer das Auto der Oberschlampe zu klauen?"

„Ich habe ihr einen Stromschlag verpasst", sagte ich und hielt meine Hände hoch, um ihm die noch flackernde Glut zu zeigen. „Ist das ein Schutzzauber oder so?"

Er nahm mein Handgelenk, um die blauen Funken zu untersuchen. „Ein Schutzzauber?"

„Ich meine, hast du etwas mit mir gemacht?"

Seine amüsierten Augen begegneten meinen. „Nein, El. Das bist alles du, Baby." Er verschränkte unsere Finger miteinander und das Summen der Elektrizität intensivierte sich. „Deine Kraft wächst mit jeder Sekunde." Er klang aufgeregt, zerrte mich über die Schwelle in sein Haus und schloss die Tür mit seinem Fuß.

„Das hat es nicht gemacht, bis du mich berührt hast", flüsterte ich und wunderte mich über die sich aufschaukelnde Spannung zwischen uns. „Ich habe nur nach Ryans Handgelenk gegriffen und ihr damit einen Schlag verpasst. Dann hat Carmen versucht, mich zu stoßen, und das Gleiche ist passiert, nur dass es sie ausgeknockt hat."

„Deine innere Fee erwacht zum Leben", sagte er und führte mich in die Küche. „Was haben sie getan?"

„Mich gestoßen", murmelte ich. „Mich getreten."

Seine Nasenflügel blähten sich und sein Griff wurde fester. „Das erklärt den Zauber, den du heraufbeschworen hast. Es ist ein instinktiver Sperrzauber. Eine Art Schutz, wie du richtig vermutet hast."

„Aber du hast ihn nicht heraufbeschworen?"

Er schüttelte den Kopf. „Nein, das warst du."

„Wie?"

„Natürliche Selbstverteidigung. Ähnlich wie die Kampf-oder-Flucht-Reaktion. Deine Fee hat sich für den Kampf entschieden." Er lächelte wieder. „Ryan und Carmen haben Glück, dass sie noch am Leben sind."

Ich erzählte ihm, wie ich Ryan fast mit ihrem eigenen Auto umgefahren hätte.

Er lachte laut auf.

„Zu schade", bemerkte er. „Es hätte sie vermutlich nicht umgebracht, aber ich würde es genießen, die Schlampe im Rollstuhl zu sehen."

So grausam es auch klang, ich konnte ihm nicht unbedingt widersprechen. „Wir müssen sie ausschalten, Tray." Denn sobald ich weg war, würden sie sich einfach ein neues Ziel suchen. „Ich kann nicht zulassen, dass sie diese Scheiße mit jemand anderem abziehen. Das gilt auch für Dash und Charlie."

Er streichelte meine Wange und seine Haut knisterte

an meiner. „Wir werden sie zerstören", schwor er und berührte meinen Mund mit seinen Lippen. „Aber zuerst müssen wir deine Macht bändigen. Bevor du mein Haus nieder brennst."

Ich runzelte die Stirn. Ja, mir war heiß, aber nicht *so* heiß. „Ich bin schwerlich kurz davor zu explodieren."

„Ach, nein?" Er zog eine Augenbraue hoch und schaute mir über die Schulter. „Warum steht dann mein Esszimmer in Flammen?"

Ich wirbelte herum und starrte auf die saphirfarbenen Flammen, die über den Holztisch tanzten.

Und an der Wand hochkrabbelten.

„Oh ..." Ich hielt mir den Mund zu.

Er umschloss meine Taille mit seinen Armen und sein Kopf berührte meinen, während das Feuer langsam erlosch und lediglich Brandspuren hinterließ. „Ich möchte, dass du deine Augen schließt, Isabella."

„Und das soll helfen?", spottete ich und zuckte zusammen, als ein weiteres Inferno ein paar Meter entfernt zum Leben erwachte.

„Shh, vertrau mir", flüsterte er. „Schließ deine Augen und stell dir vor, wie du im Wasser stehst und den Wellen lauschst, die ans Ufer rauschen. Jeder kühle Tropfen berührt den Sand und zieht sich erst zurück, um kurz darauf wieder vorwärtszurollen. Rhythmisch. Beruhigend. Friedlich."

Meine Atmung wurde langsamer und seine Worte schienen irgendeinen chaotischen Nerv in mir zu beruhigen. Ich umklammerte seine Hände und wartete, während ich die Vision in meinen Geist ließ.

„Es fließt um dich herum", fuhr er sanft fort. „Alles Wasser der Welt, das unter deinen Fingerspitzen plätschert, deine Haut streichelt und deinen Geist segnet.

Erlaube ihm, dich zu küssen, Ella. Erlaube ihm, dich zu verzehren."

Ich erschauderte und meine Vision verwandelte sich in einen Strudel, der mich in einem heftigen Kreis herumwirbelte und mich tiefer in ein schwarzes Loch des Wahnsinns zog. Weg vom Sonnenlicht.

„Kämpfe nicht dagegen an." Trays Lippen waren an meinem Ohr. „Es ist nicht annähernd so dunkel, wie es scheint. Ich warte dort auf dich. Finde unser Band. Finde mich."

Dunkle Seile umschlangen meine Taille und zogen mich tiefer. Ich wimmerte und mein Herz hüpfte in meiner Brust.

Das konnte nicht richtig sein.

Aber ich konnte meinen Mund nicht öffnen, um zu sprechen, denn die sehr realen, schlangenartigen Bänder umgaben meinen Kopf und bedeckten meine Lippen.

Sie zogen mich nach unten.

In ein Meer aus immerwährender *Magie*.

Ich blinzelte in meine neue Unwirklichkeit; funkelnde Strähnen tanzten unter der Oberfläche und verwoben sich zu glitzernden Bändern.

Eines blinzelte heller als die anderen und schien mich durch das dichte, dunkle Wasser zu rufen.

Ich schwamm darauf zu und mein Körper war plötzlich frei von den Fesseln.

Jede Armbewegung verursachte ein Gefühl der Richtigkeit in meinem Bauch.

Jeder Schlag mit meinen Füßen eröffnete ein neues Ziel.

Bis ich das Licht erreichte und erkannte, dass es gar kein Licht war, sondern Tray.

Er empfing mich mit offenen Armen, sein Körper war

vertraut und warm und er drehte mich im Kreis. Sein Stolz war wie ein Kuss meines Geistes.

Ich öffnete meine Augen und entdeckte ihn, wie er mit unverdauten Tränen in den Augen auf mich herabblickte. „Du bist wunderschön, Ella", staunte er und sein Ausdruck strahlte eine Emotion aus, die mein Herz erwärmte. „Die schönste Mitternachtsfee, die ich je gesehen habe."

Sein Mund eroberte meinen und sein Kuss entfachte einen Wirbelsturm der Empfindungen in mir.

Die Hitze verschlang mich von Kopf bis Fuß.

Ich warf meine Arme um seinen Hals und kümmerte mich nicht mehr um die Wichtigkeit des Atmens. Er hob mich auf den Tresen, trat zwischen meine Schenkel und beherrschte mich mit seiner Zunge.

Irgendwie verschwanden unsere Kleider.

Vielleicht habe ich sie weggebrannt.

Vielleicht hat er Magie benutzt.

Alles, was mich interessierte, war unsere Vereinigung, die so plötzlich und doch nicht schnell genug geschah. Tray drückte sich in mich hinein, seine Lippen fingen meinen erschrockenen Schrei auf und seine Hände brandmarkten meine Seiten.

Es fühlte sich so überirdisch an, als würden wir uns in einem Traum lieben – und nicht in seiner Küche.

Mein Körper vibrierte vor *Verlangen*.

Die Worte fielen aus meinem Mund wie ein Gesang.

Er flüsterte meinen Namen anbetend gegen mein Ohr, meinen Hals, meine Brüste.

Jede Berührung glich einer Forderung, jeder Kuss einem Versprechen, jeder Vorstoß einem Vorgeschmack auf die Zukunft.

Ich gehörte ganz und gar Trayton Nacht.

Mit einem Schrei fiel mein Kopf zurück und seine Zähne bohrten sich in meinen Hals.

Rauchschwaden umkreisten uns und die ätherische Energie war ein Siegel, das ich bis in meine Seele spürte. Mein Herz akzeptierte das Eindringen und ließ zu, dass sich ein Anker in meiner Brust festsetzte – ein Anker, der mit Tray verbunden war.

Mein, flüsterte Tray in meine Gedanken und jagte mir damit einen Schauer über den Rücken. *Du gehörst mir, Ella. Genauso wie ich dir gehöre.*

Und er bewies es, indem er seinen Geist für mich öffnete.

Jede Emotion. Jedes Gefühl. Jeder Gedanke. Plötzlich vermischte sich alles mit meinen.

Er steigerte das Tempo und seine Bewegungen wurden mit jeder Sekunde schärfer und härter, was meine Ekstase auf ein ganz neues Level hob. Ich hatte schon einmal die Vollkommenheit erreicht und er wollte mich wieder dorthin zurück bringen – dieses Mal mit ihm zusammen.

Sein wachsendes Bedürfnis provozierte meines und zwang mich zu neuen Höhen, als er uns beide mit einem Stöhnen, das ich bis in meine Zehen spürte, über den Gipfel führte.

So vereinigten sich Feen.

Untermalt von magischen Kräften.

Mit Feuer in der Luft.

Und beide Teilnehmer wurden auf die beste Art und Weise satt.

Meine Stirn fiel an seine Schulter und mein Verstand war völlig durcheinander.

Muss ich morgen wirklich zur Schule gehen, fragte ich mich. Das hier war dem Unterricht eindeutig vorzuziehen.

Tray schmunzelte und seine Lippen streichelten meine

Haare. *Mmm, ich denke, wir können Wege finden, es interessant zu gestalten.*

Ich zuckte zusammen, seine Stimme war warm und real in meinem Kopf.

Ich hatte unsere neue Verbindung zuvor nicht wirklich registriert, aber jetzt verstand ich sie. *Du bist in meinem Kopf.*

Und du in meinem, erwiderte er und zog sich zurück, um meine Wange zu streicheln. „Ich habe dich in den letzten vierundzwanzig Stunden dreimal gebissen.“

„Also ist unsere Gefährtenzeremonie, äh, abgeschlossen?“

Er nickte und seine Augen studierten meine genau.

Ich starrte ihn ebenfalls an.

Und er lächelte. „Du bereust es nicht.“

„Warum sollte ich?“ Ich hatte ihn am vorangegangen Abend gebeten, mich zu beißen. Ich wusste, was das bedeutete. Ich hatte es damals akzeptiert, genauso wie jetzt.

„Weil wir für die Ewigkeit zueinander gehören, Ella.“

„Ja, du bist derjenige, der sich davon abschrecken lassen sollte, Nacht“, informierte ich ihn. „Nicht ich.“

„Wie kommst du denn darauf?“

„Weil du mich jetzt am Hals hast“, antwortete ich und grinste hämisch. „Und anscheinend mag ich es, Dinge in Brand zu setzen.“

So wie die Kücheninsel hinter ihm.

Er erstickte das Feuer, ohne hinzusehen. Seine Kraft war eine Welle der Energie, die meine zu streicheln schien. Wie interessant, sinnierte ich und genoss das Gefühl, das sich einstellte.

„Gut, dass ich es heiß mag“, murmelte Tray gegen meine Lippen und lächelte. „Und es gibt niemanden, den ich lieber am Hals hätte, Ella.“

Mein Mund war plötzlich zu beschäftigt, um eine Antwort zu formulieren.

Was für mich in Ordnung war.

Ich ließ meinen Verstand und mein Herz für mich sprechen.

Und erlaubte ihm, mich zu neuen Höhen zu führen. Immer und immer wieder.

TRAY

ICH KIPPTE einen Beutel mit Null Negativ in den Mixer und entlockte Ella eine Grimasse. Sie saß in meinem Shirt auf der Kücheninsel, ihre entblößten Beine eine sexy Erinnerung an das Nichtvorhandensein von Kleidung unter dem Stoff.

„Machst du wirklich einen Milchshake mit Blut drin?", fragte sie und rümpfte die Nase, als ich eine Kugel Vanilleeis in den Mixer gab.

„Ja." Ich hatte gestern Abend vorgehabt, zu trinken, aber stattdessen meine Gefährtin gebissen. Ich bereute es zwar nicht, aber ich spürte die Auswirkungen, wenn ich die Quelle unserer Magie ohne den nötigen Treibstoff anzapfte.

„Das ist ekelhaft", sagte sie.

Ich grinste. „Wir werden sehen, wie du dich fühlst, wenn du es probiert hast."

„Oh, ich trinke das nicht."

„Du wirst es versuchen", konterte ich und drückte den Knopf, bevor sie argumentieren konnte. Sobald der Shake fertig war, begann ich wieder zu sprechen, um ihre Versuche eines Arguments zu vereiteln. „Wenn Mitternachtsfeen jung sind, können sie nicht einfach so ins Menschenreich spazieren, um sich mit Proviant zu versorgen. Die meisten fangen damit erst mit dreizehn oder vierzehn Jahren an. Also haben wir andere kreative Wege entwickelt, um die Essenz zu absorbieren, ohne beißen zu müssen."

Ihr Gesichtsausdruck verriet, dass ich sie nicht umgestimmt hatte.

„Betrachte es als einen Energydrink", fügte ich hinzu. „Wir haben gerade eine Menge Energie freigesetzt, Ella. Du spürst es vielleicht noch nicht, aber das wirst du. Es sei denn, du nimmst mein Angebot an."

„Ich habe noch nie Blut trinken müssen."

„Du hast auch noch nie zuvor deine Fähigkeiten als Fee eingesetzt." Ich goss den Inhalt in zwei Gläser und holte ein paar Strohhalme aus der Schublade. „Vertrau mir, Täubchen. Du brauchst das. Genau wie ich."

Meine Glieder begannen zu zittern, die ersten Anzeichen von Erschöpfung stellten sich ein. Am Morgen würde ich Schmerzen haben. Der einzige Grund, warum ich seit meiner Ankunft ohne Nahrungsaufnahme ausgekommen war die Tatsache, dass ich meine Fähigkeiten nicht so oft wie sonst in Anspruch genommen hatte.

Und, äh, ja, die letzten Stunden mit Ella hatten meinen Mangel an Einsatz mehr als wettgemacht.

Ich nahm einen Schluck der Flüssigkeit und probierte sie, bevor ich das andere Glas über die Insel zu Ella schob.

„Wie schmeckt es?", fragte sie und ihre Nase kräuselte sich immer noch auf diese bezaubernde Weise.

„Probier doch selbst", forderte ich sie auf. Es würde ganz und gar nicht so schmecken, wie sie es erwartete. Die Menschen beschrieben den Geschmack typischerweise als salzig oder kupferhaltig. Mitternachtsfeen hingegen erlebten das ganz anders. Ellas Blut zum Beispiel war Ambrosia für meine Zunge – süß und süchtig machend. Mein Shake war im Vergleich dazu fade, aber er stillte meinen Hunger. Ich trank weiter, während ich sie ununterbrochen beobachtete und mit meinen Augen herausforderte.

Es sei denn, du hast Angst, sagte ich in Gedanken.

Diese Provokation erzielte den gewünschten Effekt und ließ sie nach dem Getränk greifen. „Wenn ich kotzen muss, werde ich sicherstellen, in deine Richtung zu zielen."

Meine Lippen zuckten. „Okay, Liebling." Ich nahm einen weiteren ordentlichen Schluck, während sie den Strohhalm zwischen ihre Lippen steckte.

Sie schloss die Augen und zog eine Grimasse, während sich ihre Wangen aushöhlten.

Und dann legte sich ihre Stirn in Falten.

Sie nahm einen weiteren tiefen Zug und ihre Augen öffneten sich wieder vor Überraschung. „Warum ist das so gut?"

„Weil du eine Mitternachtsfee bist", antwortete ich augenzwinkernd.

Wir verfielen in ein angenehmes Schweigen, während wir beide unseren energiespendenden Shake tranken. Sie leckte den Rand ab, als das Glas leer war. Ich tat so, als würde ich es nicht sehen, um sie nicht zu ärgern und den Moment zu ruinieren.

Ich räumte die Küche auf, dann lehnte ich mich zurück an die Spüle und verschränkte meine Arme. Ihr Blick wanderte zu meinen Boxershorts und hinunter zu meinen entblößten Schenkeln, bevor er langsam meinen nackten Oberkörper hinauf zu meinem Gesicht glitt.

Belustigung durchflutete meinen Körper. „Mmm, ich liebe diese Einladung in deinen Augen, Ella."

„Warum stehst du dann noch da drüben?", fragte sie und zog die Augenbraue hoch. „Um mich zu necken?"

„Nein, um dich nicht zu berühren." Wir mussten das

207

Blut erst einmal auf unser System wirken lassen, bevor wir erneut loslegten. Ein weiterer Ausflug zur dunklen Quelle würde mich ziemlich umhauen – und ich würde es vorziehen, diese Peinlichkeit zu vermeiden. „Wir sollten über unsere nächsten Schritte sprechen."

Sie runzelte die Stirn. „Wie meinst du das? Ich dachte, unser Band ist bereits vollzogen."

„Oh, das ist es", versicherte ich ihr und lächelte über die Erleichterung in ihrem Gesicht. „Wir gehören vollkommen zueinander. Ich sprach von den bösen Zicklein und deren lustiger Horde von Idioten."

Ella schnaubte ein Lachen. „Lustige Horde von Idioten."

„Wenn es passt", sagte ich und breitete meine Hände in einer unschuldigen Geste vor mir aus.

„Oh, es passt", stimmte sie zu. „Was die nächsten Schritte angeht, so habe ich heute wohl Phase eins eingeleitet."

„Das glaube ich auch." Weshalb ich unseren Aktionsplan besprechen wollte.

„Ich will da nicht wieder hin, Tray."

„Dann geh nicht." Ich zeigte in den Flur, der zu zwei Wohnzimmern und einer großen Treppe führte. „Ich habe hier genug Platz. Und du bist jederzeit in meinem Bett willkommen."

Sie verzog das Gesicht und seufzte. „Dann wird Clarissa aufhören, mein Schulgeld zu bezahlen."

„Auch kein Thema. Ich übernehme einfach die Kosten." Ich zuckte mit den Schultern. „Was meins ist, ist sowieso deins. Sagt man als Mensch doch so, oder?"

Sie war nicht begeistert von der Idee. „Du wirst unter keinen Umständen mein Schulgeld bezahlen."

„Das ist mir lieber, als dass du weiter in diesem Haus

leiden musst. Außerdem können wir es zu unserem Vorteil nutzen. Wenn Ryan fragt, kann ich ihr sagen, dass ich versprochen habe, deine Studiengebühren für das Wintersemester zu bezahlen, etwas, von dem ich sagen werde, dass es alles Teil meines Master-Plans ist – die Rolle des Retters in deinem Leben zu spielen, um dich für mich zu gewinnen. Das wird die Bombe noch größer machen, die ich über dir platzen lassen soll, wenn ich dir sage, dass alles nur ein Spiel war. Ich werde einfach behaupten, dass ich vorhabe, dir auch das Schulgeld zu streichen, sodass du obdachlos bist und keine Schule mehr besuchen kannst. Sie wird es lieben."

Mein Herz schmerzte, wenn ich nur an die Vorstellung dachte, aber ich beruhigte mich mit dem Wissen, dass das nie passieren würde.

Ella gehörte mir.

Ich würde sie bis zu meinem letzten Atemzug beschützen.

„Du hast recht. Das würde ihr gefallen." Ella klang von der Aussicht ziemlich irritiert und ein dunkler Schimmer trat in ihren Blick. „Ihr eine Lektion zu erteilen, wird nicht ausreichen, oder?"

„In Anbetracht ihrer Vorliebe, dich zu quälen, nein, ich glaube nicht, dass es das tun wird."

„Wir müssen sie alle ausschalten – außer sie. Das wird sie isolieren, sodass sie, wenn wir das große Finale einleiten, nirgendwo hinlaufen kann und niemanden hat, an den sie sich wenden kann. Sie soll sich so allein und hilflos fühlen, wie sie mich all die Jahre hat fühlen lassen."

Ich nickte, mir gefiel diese Richtung. „Sprich weiter."

„Lass uns Clarissa auch auf die Liste setzen. Zur Hölle, lass uns die ganze verdammte Akademie hinzufügen. Sie haben sich alle zurückgelehnt und zugesehen, wie ich leide, ohne etwas zu tun, um mir zu helfen. Clarissa ist sogar so weit gegangen, dass sie applaudiert und das ganze Verhalten unterstützt hat." Ella hüpfte von der Theke und begann auf und ab zu gehen; Ideen wirbelten in ihrem Kopf herum und verließen ihren Mund zur gleichen Zeit. Ich beobachtete, während sie arbeitete, ergänzte meine Meinung nur, wenn ich danach gefragt wurde – und am Ende hatten wir einen soliden Plan.

„Morgen fangen wir damit an, die Schule zu erobern", sagte sie und beendete unsere Diskussion, wobei die Aufregung in Wellen aus ihr herausquoll. „Und ich weiß schon, wie wir den Angriff in die Wege leiten werden."

TRAY

ELLAS PLAN, am folgenden Morgen mit Ryans Auto in der Schule aufzutauchen, war genial.

Alle starrten sie mit offenem Mund an.

Und das nicht nur wegen der brandneuen Uniform, die Ella trug, als wir Hand in Hand zum Eingang liefen.

Es war ihre gesamte Einstellung, die Aufmerksamkeit erregte. Und natürlich Ryans sportliches kleines Auto mit dem markanten Kratzer an der Seite.

Ellas Armband berührte mein Handgelenk und erzeugte ein Kribbeln in meinem Arm. Ich hatte ihr heute Morgen das silberne Armkettchen geschenkt; das mit Magie gespickte Metall sollte helfen, ihre Fähigkeiten zu kontrollieren. Nur damit sie nicht aus Versehen die Schule abfackelte.

Nicht, dass ich ihr eine solche Tat verübeln würde.

Dieser Laden hätte es verdient, zu einem Haufen Asche zu schmelzen.

Genauso wie die Mehrheit der Menschen in ihm.

Aber ich wollte Ella Zeit geben, ihre Talente zu pflegen und zu lernen, sie zu kontrollieren. Die Schönheit an ihrem Handgelenk würde dabei helfen.

Die Zwillingsschlampen standen wartend an der Eingangstür, ihre wütenden Blicke höchst amüsant.

Eine Belustigung, die Ella nur noch intensivierte, als sie

Ryan lässig die Autoschlüssel zuwarf. „Danke fürs Ausleihen, Schwesterherz."

Ich legte meinen Arm um ihre Schultern und küsste sie auf die Wange. „Danke für die Spritztour", flüsterte ich ihr ins Ohr, was meiner Gefährtin ein Kichern entlockte. Sie wusste genau, was ich meinte.

„Du bist so was von tot", mahnte Ryan, der der Dampf praktisch aus den Ohren stieg.

Ella und ich ignorierten sie und meine Schulter stieß gegen Carmens, als wir durch den Eingang in die Schule gingen.

Einige Schüler beobachteten das Spektakel und ihr Schock war deutlich zu spüren.

Schafe, dachte Ella und ihr mentaler Tonfall klang gereizt.

Sie brauchen lediglich einen neuen Anführer, erklärte ich ihr.

Das werde nicht ich sein.

Nein, ich kann mir vorstellen, dass du keine Lust hast, diese Narren zu lenken. Sie hatten alle jahrelang ihre Demütigung mitangesehen und Ella war ihnen nichts schuldig.

Wir hielten an unseren Schließfächern, um unsere Bücher zu holen, und machten uns dann auf den Weg zum Englisch-Klassenzimmer. Noch immer waren alle Blicke auf uns gerichtet.

Sie waren wirklich erbärmliche Menschen. Selbst die sogenannten Erwachsenen der Akademie waren bemitleidenswert. Kein Rückgrat, alle getrieben von Ansehen und Geld.

Ich setzte mich neben Ella statt vor sie und hatte meinen Arm über die Lehne ihres Stuhls gelegt. Nach einem langen Gespräch gestern Abend hatten wir beschlossen, unseren Zeitplan zu beschleunigen. Unser neuer und verbesserter Plan hatte etwas bitterpoetisches an sich. Er würde von mir verlangen, ein paar unschöne Dinge zu sagen, aber durch unser aufblühendes Band wussten wir jederzeit, was der andere wirklich dachte.

Du könntest Ryan deine unsterbliche Liebe erklären und ich wüsste, dass du nur Scheiße erzählst, murmelte Ella, die meine Gedanken gehört hatte.

Ich schnaubte. *Du müsstest nicht in der Lage sein, meine Gedanken zu lesen, um das zu wissen.*

Sie lächelte. *Stimmt.*

Charlie schlenderte ins Zimmer und seine Schritte stockten, als er mich neben Ella sitzen sah. Meine Lippen kräuselten sich. *Oh, sieh nur, Ella-Schatz. Phase zwei kann beginnen.*

Nein, die hat bereits begonnen. Ihr Blick funkelte förmlich. *Bereit für ein bisschen Spaß?*

Ich dachte schon, du würdest nie fragen. Und da dieser Teil des Plans mein Vorschlag gewesen war, konnte ich es kaum erwarten, das Feuerwerk zu beobachten.

Es würde ein paar Wochen dauern, aber ich hatte heute Morgen schon einige der Elemente in Bewegung gesetzt.

Jetzt mussten wir nur noch warten.

Und in der Zwischenzeit mit unserer Arbeit beginnen, die Schule zu kapern.

Wir würden ihnen allen einen König und eine Königin geben, die sie anbeten konnten – und dann all ihre Herzen auf einmal zerschmettern.

Ella saß in der Mitte der Cafeteria und sah aus wie eine Königin. Ich lächelte bei ihrem Anblick und das Adrenalin rauschte durch meine Adern.

Seit unserer berüchtigten Ankunft auf dem Campus in Ryans Auto waren zwei Wochen vergangen. Und seitdem hatte sich alles verändert.

Sie lebte jetzt bei mir und verbrachte jede Nacht in unserem Bett.

Mehrere Studenten strömten zu ihr und suchten Schutz unter ihren wachsenden Flügeln. Etwas, das Ella nur zuließ, weil die meisten von ihnen Mobbing ertragen hatten müssen, auch wenn nicht in demselben Ausmaß wie sie.

Es half, dass Ryan und Carmen es zuließen, vor allem, weil sie dachten, dass dies nur zum Sturz ihrer Stiefschwester beitragen würde. Was sie nicht erkannten, war, dass wir das Königreich langsam zu Ellas Gunsten umkrempelten.

Dash schien der Einzige zu sein, der von diesem Plan nicht begeistert war.

Charlie, der ewige Dummkopf, fand es großartig. Ich vermutete, dass er hoffte, derjenige zu sein, Ellas Wunden lecken zu dürfen – mit oder ohne ihre Zustimmung.

Deshalb konnte ich es kaum erwarten, wie sich die heutigen Ereignisse entfalten würden.

Wir hatten beschlossen, ihn zuerst zu Fall zu bringen.

Indem wir seinen Status demontierten.

Ich lehnte mich an die Wand und schaute auf meine Uhr. Jeden Moment sollte er einen Anruf erhalten. Einen, der seine Welt zerstören sollte.

Wo ist mein Kuss, fragte Ella und ihre Augen funkelten mich vom anderen Ende des Raumes aus an.

Ich grinste sie an. *Du bist mir ja eine anspruchsvolle kleine Gefährtin.*

Verdammt richtig.

Ich machte mich auf den Weg zu ihr, bereit, ihr den Gefallen zu tun, als Ryan meinen Arm ergriff und mich zurückzog. Mein Blick blieb an ihrem hängen und meine Augenbraue wanderte nach oben. „Ja?"

„Triff mich in fünf Minuten im Flur."

„Warum?"

Sie warf mir einen verführerischen Blick zu, der mich innerlich verkümmern ließ. „Ich möchte dich für all deine harte Arbeit belohnen."

Ich zwang meine Lippen zu einem Lächeln – trotz meines Drangs, mich zu übergeben.

Auf keinen Fall wollte ich eine Belohnung von dieser abscheulichen Kreatur.

„So verlockend das auch ist – dieser Plan hängt davon ab, meine Eroberung von meiner Aufrichtigkeit zu überzeugen. Was nicht passieren wird, wenn sie herausfindet, dass ich nebenher noch andere Spielkameraden habe." Vorsichtig entfernte ich ihre Hand von meinem Bizeps, um meine Ablehnung für die Beobachter zu demonstrieren.

Unsere Stimmen waren zu leise, als dass jemand sie hätte hören können, aber Körpersprache konnte ein aufschlussreicher Indikator sein.

Diese Tatsache spielte ich aus, indem ich meine Arme verschränkte und eine verurteilende Haltung einnahm.

„Ich bin so nah dran, Ryan", sagte ich leise. „Es sei denn, du hast beschlossen, das Feuerwerk zu überspringen und direkt zu meiner Belohnung zu wechseln?"

Sie sah Ella an und ihr Blick wurde säuerlich. „Oh, nein. Ich will sehen, wie ihr Gesicht zerbröckelt, wenn du ihr sagst, dass das alles nur ein Trick war."

„Du hasst sie wirklich", grübelte ich und legte den Kopf schief. „Aber ich habe immer noch nicht herausgefunden, warum." Das stimmte nicht ganz. Ich vermutete, dass Eifersucht eine große Rolle in ihrem Umgang mit ihrer Stiefschwester spielte. Ella verkörperte Schönheit auf eine Art und Weise, wie Ryan es nie tun würde. Und das nicht nur, weil diese Schlampe ein schwarzes Herz hatte.

Sie warf ihre braunen Haare nach hinten und zuckte mit den Schultern. „Sie ist ein leichtes Ziel."

„Ist sie das?", fragte ich mich laut und lenkte meinen Blick auf die besagte Frau. „Sie ist bisher eine meiner größten Herausforderungen." Und das meinte ich auch so.

Das habe ich auch gehört, antwortete Ella in meinen Gedanken.

Ich unterdrückte ein Grinsen und wölbte eine Augenbraue in Richtung Ryan. „Sind wir –"

„Oh mein Gott!" Carmen sprang zwischen uns und stellte sich mit dem Rücken zu mir. „Das musst du dir ansehen."

„Ich bin mitten in einem Gespräch", schnauzte Ryan und deutete auf mich.

Carmen griff nach Ryans Hand und zog sie weg, während sie sagte: „Er kann warten."

„Ich werde nicht warten", rief ich ihnen hinterher und beschloss, dass wir ein grausameres Schicksal für Carmen benötigten. Ella und ich hatten etwas Provisorisches für sie besprochen, vor allem weil Ryan die größere Übeltäterin war. Ella war der Meinung, dass Carmen ohne den Einfluss ihrer Zwillingsschwester ein anderer Mensch sein könnte, aber ich dachte anders.

Diese beiden Frauen verdienten ein lebenslanges Fegefeuer für ihr Auftreten anderen gegenüber.

Ich machte noch zwei Schritte, als alle Schüler um mich herum plötzlich aufkeuchten.

Ah ... Es ist Zeit, dachte ich. Das war es, was Carmens Aufmerksamkeit erregt hatte. Natürlich war es das.

Ella stand auf, um mich zu begrüßen, als ich mich auf den Weg zu ihr machte, und wir beide ignorierten das aufkommende Geschwätz im Raum. Denn wir wussten bereits, was Sache war.

Ihr Blick glitzerte vor Aufregung. *Ich denke, Phase zwei wird ein durchschlagender Erfolg.*

Ich gab ihr einen kurzen Kuss auf den Mund und grinste. Ich auch.

Charlies Name hallte durch den Raum und der besagte Mann stand wie erstarrt neben einem ungläubigen Dash.

Irgendwo spielte ein Handy laut die neuesten Nachrichten ab, die die jüngsten juristischen Probleme von Anderson Motors und den bevorstehenden finanziellen Untergang ankündigten.

„Diese Autofirmen sollten sich wirklich auf Sicherheit konzentrieren", warf ich beiläufig ein.

Ella biss sich auf die Lippe, um nicht zu kichern, und ihre Zustimmung bekräftigte unser Band.

Es war ja nicht so, dass ich Anderson Motors absichtlich sabotiert hätte. Sie hatten die Probleme ohnehin schon gehabt. Ich hatte es den zuständigen Behörden nur ein wenig leichter gemacht, sie zu finden.

Und diese hatten schnell und effizient gehandelt.

Geflüster durchdrang den Raum, als Charlie sich seinen Weg durch die Schülergruppen bahnte – allein. Dash beobachtete ihn, sein Gesichtsausdruck hin- und hergerissen zwischen Loyalität zu seinem Freund und Loyalität zu sich selbst.

Am Ende entschied er sich für sich selbst.

Wie ich vermutet hatte.

Anderson Motors würde sich in nächster Zeit nicht erholen, wenn überhaupt. Das bedeutete, dass Charlie im Begriff war, eine sehr demütigende Erfahrung zu machen, eine, die ihn wahrscheinlich aus der Schule entfernen oder ihn an einen Ort versetzen würde, der finanziell besser geeignet war.

Oder vielleicht würden sie ihm erlauben, zu bleiben und das Jahr zu beenden. Ich hoffte es wirklich, denn sein Leben an der Darlington Academy – ein Ort, der sich mehr um Status als um seine Schüler kümmerte – war dabei, sich drastisch zu verändern.

Wie Dash jetzt demonstrierte, indem er zu seinem Tisch zurückkehrte, anstatt seinem vermeintlichen Freund nachzulaufen.

Einer erledigt, drei stehen noch aus, murmelte Ella.

Ich küsste ihre Schläfe und schlang meine Arme um sie. *Auf zur nächsten Phase*, stimmte ich zu.

ELLA

DREI WOCHEN später war Charlies Schicksal immer noch in aller Munde. Er hatte die Darlington Academy innerhalb weniger Tage nach der Bekanntgabe verlassen und seine Familie war irgendwo in den Mittleren Westen gezogen, während die Firma seines Vaters mit einer Armee von Anwälten in die Schlacht zog.

Es war möglich, dass Charlie Anderson nichts aus dieser Erfahrung lernen würde. Vielleicht hätte ich einen härteren Weg der Bestrafung wählen sollen, aber er war nie mein größtes Ziel gewesen.

Nein, in dieser Hinsicht hatte Dash Charming die Nase vorne.

Er stand in seiner winzigen Speedo am Beckenrand und flirtete mit einem Trio von Mädels. Sie umschwärmten ihn, wie immer nach dem Schwimmunterricht. Er war schnell über das Verschwinden seines Kumpels hinweggekommen und hatte mit Freude den Titel des Königs der Darlington Academy übernommen.

Aber irgendetwas an ihm fühlte sich anders an.

Zum Beispiel, dass sein Lächeln nicht mehr seine Augen erreichte. Er schien sich auch nicht mehr durch die gesamte Schülerschaft zu ficken. Oder vielleicht war er einfach nur diskreter unterwegs. Und er hatte in letzter Zeit nicht viel Zeit mit Ryan oder Carmen verbracht, zumindest insofern ich das gesehen hatte.

Unabhängig davon verhielt er sich nicht wie der Dash, den ich kannte und verabscheute, und das verwirrte mich ein wenig.

Kopfschüttelnd schlenderte ich in die Mädchenumkleide und beschloss, später mehr über ihn nachzudenken.

Er war der nächste auf meiner Liste, nachdem ich Carmen erledigt hatte.

Tray hatte mir vorgeschlagen, sie als Zielscheibe für meine Magie zu benutzen. Sozusagen, um „zwei Fliegen mit einer Klappe zu schlagen", indem ich mich mit einigen der Texte und Zaubersprüche der Mitternachtsfeen vertraut machte und sie dann auf meine böse Stiefschwester anwendete.

So wie der Zauber, den ich vor zwei Tagen heraufbeschworen habe, um ihr die Haare ausfallen zu lassen.

Es war ein kniffliger Zauber, für den ich eine Strähne von ihrem platinblonden Kopf benötigt hatte, aber es war mir gelungen, sie während des Mittagessens zu ergattern, nachdem ich so getan hatte, als würde ich sie anrempeln.

Ich hatte diesen Moment genutzt, um auch etwas Staub auf ihre Haut zu streuen.

Daher auch der Nesselausschlag, der nun bei ihr ausgebrochen war – ein besonders schwerer Fall, der Narben verursachen würde, wenn sie nicht aufhörte, sich zu kratzen.

Ihr Aussehen war das Gesprächsthema aller Mädchen in der Umkleidekabine. Einige hatten Mitleid mit ihr. Andere behaupteten, es sei Karma. Die meisten waren einfach nur froh, sie leiden zu sehen.

„Sie hat auch eine Unmenge an Gewicht zugenommen", sagte eine von ihnen.

„Stress."

„Oh, absolut. Ich meine, sähe mein Gesicht so aus, würde ich auch Stress essen."

„Verdient hat sie es auf jeden Fall."

„Ich wünschte nur, es würde ihrer Schlampe von Zwilling ähnlich gehen."

„Gretchen", mahnte das Mädchen neben mir.

„Was? Ryan ist eine Fotze. Ich würde sie gern leiden sehen."

Mehrere Zustimmungsrufe schallten durch den Umkleidebereich. Vor einem Monat hätte sich niemand getraut, ein solches Gespräch zu führen. Aber heute? Etliche beteiligten sich.

Nieder mit der Königin, dachte ich und zog mir mein Shirt über den Kopf.

Die Diskussion ging weiter, während ich meinen Rock, die Socken und die Schuhe anzog. Als ich mein Haar hochsteckte, bemerkte ich, dass der Raum still geworden war und mehrere Augenpaare auf mich gerichtet waren.

Ich überprüfte mein Aussehen und stellte fest, dass alles an seinem Platz war.

„Was?", forderte ich und starrte sie alle an.

„Hast du, äh, die Ankündigung nicht gehört?", fragte eine zierliche Schülerin. Ihr Name begann mit einem *T*. Taylor. Tiffany. Tia. Tribeca. Oder so ähnlich.

„Nein." Ich hatte ihre Unterhaltung ausgeblendet. Ich meine, ja, es unterhielt mich, aber ich wollte auch einfach nur von hier verschwinden. „Was ist damit?"

„Du wurdest zur Winterkönigin nominiert", flüsterte die Kleine mit dem T und riss die Augen auf. „G-gegen Carmen und Ryan."

Ich schluckte. Das war nicht Teil des Plans gewesen.

„Tray und Dash stehen zur Wahl des Winterkönigs",

fuhr sie fort und ihre Stimme wurde ein wenig fester. Sie zählte die anderen Kandidaten auf – zwei Mädels aus der Oberstufe, die als Ryans persönliche Handlanger fungierten, und drei andere Typen, die ich aus meinen Kursen kannte.

Die Üblichen eben.

Außer mir und Tray.

Warst du das?, fragte ich ihn, als ich seine Anwesenheit im Flur spürte, wo er auf mich wartete.

Wenn du damit die Nominierung zum winterlichen Hofstaat meinst, nein.

„Hm", sagte ich laut. „Cool."

Nicht das Wort, das ich eigentlich benutzen hatte wollen, aber alle starrten mich an.

Ich zupfte an meinem Rucksack und ging auf die Türen zu. „Danke?", rief ich über meine Schulter zurück, unsicher, was ich noch sagen sollte. Die Schule hatte über die Nominierungen abgestimmt – was bedeutete, dass meine Mitschüler mich in diese Position gebracht hatten. Ein Umstand, von dem ich nicht wusste, was ich davon halten sollte.

„Glaubst du, Ryan steckt dahinter?", fragte ich, sobald ich Tray erblickte.

Er schlang seinen Arm um mich und zog mich an seine Seite. „Es ist möglich, aber deine Beliebtheit ist in die Höhe geschossen, Täubchen. Es könnte also tatsächlich von den Schülern herrühren. Wir werden es wissen, wenn wir ihre Reaktion sehen."

Wir hatten heute früher Schulschluss, was den Schwimmunterricht zu unserer letzten Stunde des Tages machte. Das erklärte, warum sie die Schuldurchsagen bereits am Morgen gemacht hatten. Die ignorierte ich grundsätzlich immer.

Tray führte mich den Korridor entlang in Richtung Ausgang. Mehrere Schafe beobachteten mich auf dem Weg, ihre Neugierde war spürbar. *Ryan muss in der Nähe der Türen warten.*

Sieht ganz so aus, murmelte er und drückte mich fester an sich, als wir uns ihr näherten.

Ein Blick in das Gesicht meiner Stiefschwester bestätigte, dass sie nichts mit der Nominierung zu tun hatte. Denn so gut schauspielern konnte sie nicht.

„Auf ein Wort, bitte?" Die Forderung richtete sich an Tray, nicht an mich.

„Ich kann mir nicht vorstellen, was wir zu besprechen haben", antwortete er kühl. „Ich habe dir schon mehrmals eine Abfuhr erteilt und meine Entscheidung hat sich nicht geändert."

Dampf quoll aus ihren Ohren, als sie uns nach draußen folgte. „*Jetzt*, Trayton."

„Funktioniert das tatsächlich bei anderen Menschen?" Er schaute mich an und wölbte eine Augenbraue. „Findest du das genauso nervig wie ich? Dass die Leute diesen Scheiß mitmachen?"

„Was soll ich sagen?" Ich hob eine Schulter. „Ich meine, sie ist eine anmaßende Schlampe."

Ryan stotterte, als meine Worte ihr Ziel trafen und haften blieben.

Währenddessen nickte Tray verständnisvoll. „Das ist wohl wahr."

„Wir könnten sie einfach ignorieren", schlug ich vor.

Er blitzte mich mit einem umwerfenden Grinsen an. „Ich wusste doch, dass ich dich vergöttere, El."

Wir gingen zwei Schritte, bevor sie aufschrie und offiziell die Fassung verlor. Sie packte Trayton an seinem Blazer und zerrte ihn nach hinten.

223

Meine Kräfte erwachten zum Leben und verpassten ihr instinktiv einen Stromschlag.

Ich hatte mein Armband, das meine Energie kontrollierte, in meiner Tasche vergessen.

Ups.

Mit einem Schrei ließ sie ihn los und ihr Gesicht verzerrte sich in einer Wut, wie ich es noch nie an ihr gesehen hatte. „Du!", schrie sie und deutete auf mich. „Wie machst du das?"

Ich hob unschuldig die Augenbrauen. „Was denn?"

„Du weißt, was ich meine", knurrte sie und stakste auf mich zu.

Doch Tray stellte sich zwischen uns. „Ich glaube, du solltest dich beruhigen, Ryan."

„Diese Schlampe hat mir einen Stromschlag verpasst!"

Einige der Umstehenden keuchten auf, aber ihr Flüstern wurde zum Hintergrundgeräusch.

„Ich habe dich nicht einmal angerührt", betonte ich und drückte meine Handfläche auf Trays Rücken. „Komm schon, Baby. Wir sollten gehen."

„Oh, wie reizend", schnauzte Ryan. „Er ist nicht mal –"

Ein Brüllen vom Eingang unterbrach sie, als Carmen mit einer riesigen Haarlocke in der Hand erschien.

Das provozierte weitere erschrockene Reaktionen aus der Menge.

Denn ja, sie sah, äh, *schlecht* aus. Und die Worte, die aus ihrem Mund drangen, waren unverständlich.

Trays Belustigung erreichte unser Gefährtenband. *Nicht schlecht.*

Ich gebe mir Mühe, erwiderte ich.

Carmen kippte gegen Ryan, die sie mit einem angewiderten Grunzen von sich schob. „Ekelhaft! Was, wenn du ansteckend bist?"

Oh, diese Idee gefällt mir, dachte Tray. *Können wir sie ansteckend machen, Täubchen?*

Nein, ich muss Ryan auf andere Weise leiden lassen.

Enttäuschend. Aber ich kann auf das Finale warten, erwiderte er, legte seinen Arm wieder um mich und lenkte mich von dem Nervenzusammenbruch auf der Treppe weg. Die Menge machte den Weg frei, wobei ihre Aufmerksamkeit zwischen uns und meinen bösen Stiefschwestern hin und her schwankte.

Hast du dir weitere Gedanken über Dash gemacht?, fragte Tray auf dem Weg zu seinem Auto.

Ja. Ich denke, wir müssen ihn zusammen mit Ryan zur Strecke bringen. Das hatte auch Tray vorgeschlagen. Es ergab Sinn, da die beiden gemeinsam den Winterball besuchen würden.

Ein Teil von mir wollte seinen gesellschaftlichen Status zerstören, so wie wir es mit Charlie getan hatten, aber das wäre zu offensichtlich.

Und ihn ähnlich wie Carmen leiden zu lassen, würde auch nicht funktionieren.

Also hatte ich entschieden, dass eine öffentliche Demütigung sowohl für Dash als auch für Ryan angebracht war.

„Hast du die Kameras bestellt?", fragte ich Tray, nachdem ich ins Auto geschlüpft war.

Er schnallte sich an und grinste. „Natürlich habe ich das."

„Weil du wusstest, dass ich nachgeben würde."

„Ich hatte gehofft, dass du es tun würdest", gab er zu und setzte den Wagen in Bewegung. „Außerdem ist es ein solider Weg, ihn zu zerstören."

„Angenommen, dein Verdacht ist richtig", erinnerte ich ihn.

„Das ist er."

„So zuversichtlich."

„Immer, wenn es um dich geht." Er zwinkerte mir zu und verließ den Schulparkplatz. „Aber das bedeutet, dass du die letzte Phase einleiten musst. Kannst du das?"

Ich seufzte und ließ meinen Kopf zurückfallen. „Ja. Das kann ich. Aber es wird keinen Spaß machen."

Er schnaubte. „Das will ich auch nicht hoffen."

„Ach, bist du etwa eifersüchtig, Trayton Nacht?"

Seine Handfläche landete auf meinem Oberschenkel und drückte zu. „Du gehörst mir, Ella. Und ich bin eine Mitternachtsfee. Wir sind notorisch besitzergreifend."

„Wirklich? Denn ich fühle mich ganz und gar nicht so", log ich und grinste angesichts seines finsteren Blicks. „Ich habe keine Ahnung, warum ich Ryan einen Stromschlag versetzt habe. Es ist ja nicht so, dass sie dich angefasst hat oder so."

Sein finsterer Blick verwandelte sich in ein Schmunzeln. „Du bist ein böses Mädchen, Isabella Cinder."

„Wirst du mich best–?" Ich brach ab und schnitt eine Grimasse. „Nö. Ich kann es nicht mal aussprechen. Zu kitschig." Und die Worte schmeckten schrecklich in meinem Mund.

Er lachte unverhohlen und schüttelte den Kopf. „Mach dir keine Sorgen, Täubchen. Ich stehe nicht auf Bestrafungen."

„Ich meine, versteh mich nicht falsch, ich hätte wahrscheinlich kein Problem damit. Aber es auszusprechen? Laut? Klingt wie in einem kitschigen Liebesfilm."

„Ich bin mir ziemlich sicher, du meinst Pornos, Liebling."

Meine Augen weiteten sich. „Feen schauen Pornos?"

Er schenkte mir einen weiteren dieser amüsierten Klänge, die mein Herz einen Schlag aussetzen ließen. „Oh,

Ella. Wir sind übernatürliche Wesen, die sich an Blut und Sex erfreuen. Was denkst du?"

„Ich denke, ich möchte, dass du deine Sammlung teilst."

Er warf mir einen Seitenblick zu, dann konzentrierte er sich wieder auf die Straße. Die Nachbarschaft, in der wir wohnten, lag nur ein paar Straßen weiter. „Ich würde dir lieber selbst zeigen, was ich gelernt habe."

„Okay." Dieses Angebot beabsichtigte ich nicht auszuschlagen. „Aber erst nach einem weiteren Milchshake." Ich hatte mich schon den ganzen Tag nach einem gesehnt – etwas, von dem ich nie gedacht hätte, dass es je passieren würde, nachdem ich ihm bei der Zubereitung des ersten Milchshakes zugesehen hatte. Aber sie waren ein Teil meiner täglichen Ernährung geworden. Tray vermutete, dass es ein Ergebnis meiner Feenseite war, die die verlorene Zeit wieder aufholen wollte.

Auch meine Kräfte wuchsen. Ich spürte, wie sie unter der Oberfläche brodelten und die Kontrolle zu behalten, war eine fortlaufende Lernerfahrung.

„Abgemacht", stimmte Tray zu und ließ mein Bein los. „Allerdings verlange ich von dir, dass du nackt trinkst. Betrachte es als deine Bestrafung."

Ich schnaubte. „Klingt, als würde das vielmehr dich als mich bestrafen."

Seine Lippen kräuselten sich. „Wir werden sehen."

„Oh, das werden wir."

Wie sich herausstellte, war es eine Bestrafung für uns beide.

Eine, die wir gründlich genossen.

ELLA

Ein Monat später

DIE UNTERSTUFE BESUCHTE den Weihnachtsball im Dezember.

Die Oberstufe besuchte den Winterball Anfang Februar.

Die Ähnlichkeiten zwischen den beiden Ereignissen machten den heutigen Abend perfekt für das, was wir geplant hatten.

„Wow", hauchte Tray, der im Türrahmen stand, und seine Augen wanderten über mein schwarzes Kleid und den Schlitz, der mein linkes Bein bis zur Mitte meines Oberschenkels hinaufführte. Es war eines der gewagtesten Outfits, die ich je getragen hatte, schmiegte sich an den richtigen Stellen an meine Figur und reichte tief in mein Dekolleté.

Es war die Art von Kleid, die ein Supermodel zu einer ausgefallenen Gala oder einem Promi-Event trug.

Und es war perfekt für den heutigen Abend.

„Du bist wirklich meine Märchenfee, Tray", neckte ich ihn und dachte an das Gespräch, das wir nach dem Home-coming-Ball geführt hatten. Denn wieder einmal hatte er das Kleid ausgesucht – und es war bisher mein Favorit.

„Scheiß auf die Märchenfeen", spottete er und schlenderte in seinem verruchten schwarzen Anzug in den Raum. „Ich bin ganz Mitternachtsfee, Baby." Er legte seine Handfläche um meinen Nacken und zog mich für einen langen, sinnlichen Kuss zu sich heran.

„Meine Mitternachtsfee", murmelte ich und lächelte.

„Deine Mitternachtsfee", stimmte er zu und beugte seinen Mund über meinen.

Er schmeckte nach frischer Minze und ich genoss den Geschmack mit meiner Zunge, während ich seine Schultern umklammerte. *Mmm, ich könnte das die ganze Nacht tun.*

Ich auch, stimmte er zu. *Aber wir werden den Tanz verpassen.*

Und was für eine Schande das wäre, dachte ich, unfähig, meinen Sarkasmus zurückzuhalten.

„Hmm, wir haben zu viel in den heutigen Abend investiert, um ihn jetzt zu verpassen", sagte er und knabberte an meiner Unterlippe. „Ryan denkt immer noch, dass ich vorhabe, dich zu ruinieren."

„Ich weiß wirklich nicht, wie du es geschafft hast, sie davon zu überzeugen, dass das immer noch dein Plan ist – bei allem, was sonst passiert ist." Ihr Ruf an der Akademie war nach ihrem jüngsten unberechenbaren Verhalten beschmutzt. Und all das dank meiner gelegentlichen Sticheleien.

Jedes Mal, wenn ich mich schlecht fühlte, weil ich sie provoziert hatte, erinnerte ich mich an all die schrecklichen Dinge, die sie mir im Laufe der Jahre angetan hatte. Die Tatsache, dass sie mich heute Abend unbedingt ruinieren wollte, trieb mich nur noch mehr an. Sie brauchte eine gesunde Dosis ihrer eigenen Medizin. Vielleicht würde sie dann aufhören, Menschen zu quälen.

Und Carmen.

Oh, Carmen.

Sie trug nun jeden Tag eine Perücke und hatte bereits mit der Beratung für plastische Chirurgie begonnen, um einige der Narben zu reparieren, die nicht einmal so schlimm waren. Unglücklicherweise hatte sich ihre Persönlichkeit nicht sonderlich verändert, abgesehen davon, dass sie eine Portion Jammern draufgelegt hatte.

Sie hatte also noch nicht wirklich ihre Lektion gelernt.

Das wollte ich nach unserem Finale heute Abend erneut angehen.

„Es hat geholfen, dass ich sie in den letzten Wochen immer öfter bezwungen habe", gab Tray zu und drückte seine Stirn an meine.

„Ja." Ich wusste, dass er begonnen hatte, Ryan mit seinen Aussagen zu manipulieren. Nachdem all die Gerüchte aufgekommen waren, dass sie ihren Titel der Königin verlieren könnte, hatte Tray Schadensbegrenzung betreiben müssen. „Ich kann es kaum erwarten, wenn das alles vorbei ist."

„Ich auch", flüsterte er gegen meinen Mund.

Wir waren uns beide einig, dass der Highschool-Abschluss nicht wirklich nötig war. Besonders nach dem, was wir letzte Woche über das Testament meines Vaters herausgefunden hatten. Und abgesehen davon würde das Zeugnis an der Akademie der Mitternachtsfeen nicht viel bedeuten. Trotzdem hatte ich vor, mich dafür zu bewerben. Meine fortgeschrittenen Kurse und guten Noten würden es mir ermöglichen, mich für einen frühen Abschluss zu qualifizieren. Ganz zu schweigen davon, dass der Verwaltungsrat keine andere Wahl haben würde, wenn Trays Plan nächste Woche in die Tat umgesetzt werden würde.

Das alles bedeutete, dass ich mit Tray in das Reich der

Mitternachtsfeen ziehen und meine Magie frei ausüben konnte.

Endlich.

„Lass uns zum Ball gehen, Tray. Bevor ich entscheide, dass all das unsere Zeit nicht wert ist, und verlange, dass du mich stattdessen ins Bett begleitest.“

Er grinste. „Mmm, wenn du mir einfach erlauben würdest, sie alle zu töten, würde es viel schneller gehen.“ Er formulierte es als Scherz, aber ich wusste, dass er es ernst meinte.

„Meine Art ist besser.“

„Das sagst du.“ Er verschränkte seine Finger mit meinen und zerrte mich in Richtung Tür. „Ich sage immer noch, ein blutiges Ende wäre unterhaltsamer.“

„Wie vampirhaft, so etwas zu sagen.“

„Wir sind Mitternachtsfeen, Liebling. Keine Vampire. Mitternachts. Feen.“ Er warf mir einen Blick zu. „Hast du den Geschichtstext nicht gelesen, den ich dir gegeben habe? Darin wird deutlich erklärt, was wir sind.“

Ich rollte mit den Augen. „Ja, Professor Nacht. Ich erinnere mich.“

„Direktor Nacht“, korrigierte er vom oberen Ende der Treppe aus. „Oder Prinz Trayton. Du kannst dir einen dieser Titel fürs Schlafzimmer aussuchen, Liebling.“

„Das kannst du dir sonst wo hinstecken“, sinnierte ich, während ich ihm nach unten in Richtung Foyer folgte. „Vor allem die Tatsache, dass du möchtest, dass ich dich *im Schlafzimmer* so anspreche.“

Er schmunzelte und zog mich in der Nähe der Eingangstür in einen Kuss, wobei seine Lippen einen Hauch von Dominanz auf meinen ausübten. „Ich wette, ich könnte dich vom Gegenteil überzeugen.“

„Vielleicht“, hauchte ich und schlang meine Handfläche um seinen Nacken. Ich schob meine Zunge in seinen Mund, schwelgte noch einmal in seinem Geschmack und drückte dann meinen Körper an seinen.

Sein zustimmendes Knurren benetzte die Seide zwischen meinen Schenkeln. Dieser Mann tat so verruchte Dinge mit mir – und ich verehrte ihn dafür umso mehr. Er schlang einen Arm um meine Taille und umschloss mein Kinn mit der anderen Hand. „Wenn du so weitermachst, schaffen wir es nie bis zum Ball."

„Hast du keine Limousine gemietet?" Ich knabberte an seinem Kiefer. „Wir könnten uns auf dem Rücksitz aufwärmen."

Er stöhnte und zerrte mich nach draußen. Die Kühle in der Luft änderte nichts an der Hitze zwischen uns. Tray trug mich fast die frisch geschippte Einfahrt hinunter zu der wartenden Limousine, die auf der Straße parkte. Der Schnee glitzerte um uns herum im Mondschein und malte das Bild einer romantischen Nacht, die ich zumindest für eine Weile genießen wollte.

Und Tray erfüllte diesen Wunsch bereitwillig.

Er zog mich auf dem Rücksitz auf seinen Schoß und verschwendete keine Zeit damit, erneut meinen Mund zu erobern. Seine Hände wanderten an meinen Seiten hinauf zu den Trägern meines Kleides und zogen sie an meinen Armen herunter, um meine Brüste freizulegen.

„Fuck, ich liebe dieses Kleid an dir", flüsterte er und seine Lippen glitten nach unten zu meinen sich verhärtenden Nippeln. Er nahm einen davon tief in seinen Mund, was mich dazu brachte, aufzuschreien und mich gegen ihn zu wölben.

Ich bemerkte kaum, wie die Limousine anrollte.

Es war mir sogar egal, ob der Fahrer mich hörte oder wusste, was wir taten.

Die Art und Weise, wie Tray meinen Körper dazu verführte, seinen Wünschen nachzukommen, raubte mir jedes Gespür für unsere Umgebung. Zugang zu seinen Gedanken zu haben, intensivierte die Erfahrung nur noch mehr, denn seine Bedürfnisse zu hören, war eine intime Landkarte, auf der ich mich bewegen konnte. Eine, der ich hervorragend folgen konnte, denn mein Orientierungssinn war eine Fähigkeit, die ich über die Jahre hinweg unermüdlich perfektioniert hatte.

Er knöpfte seine Anzughose auf. Öffnete den Reißverschluss. Und schob mein Höschen zur Seite, um mit einem einzigen Vorstoß in mich einzudringen.

Oh, der Schlitz an meinem Kleid war wirklich praktisch, denn er machte es ihm unglaublich leicht, mich zu nehmen, während unser Outfit intakt blieb. Das schien mich nur noch heißer für ihn brennen zu lassen.

Das silberne Armband, das er mir geschenkt hatte, war zu Hause geblieben, sodass ich mit meinen neuen Talenten spielen konnte. Und ich nutzte sie, um ihn zu streicheln. Die Dunkelheit strömte aus mir in einer Wolke, die uns beide verschlang.

Sie drängte ihn dazu, sich schneller zu bewegen.

Härter.

Mich zu neuen Höhen zu bringen. Und darüber hinaus.

„Du bringst mich um, Ella", hauchte er und sein Tempo erhöhte sich, als er erneut meinen Mund fand.

Darauf folgte lediglich unser Keuchen und Stöhnen; unsere Gedanken und Körper waren vollkommen aufeinander abgestimmt.

Es war immer so zwischen uns – leidenschaftlich, verzehrend und überirdisch. An den meisten Tagen konnte ich nicht glauben, dass dies mein Leben geworden war.

An anderen Tagen konnte ich es mir nicht mehr anders vorstellen.

Mit einem Stöhnen kam ich um ihn herum und meine Seele und mein Herz jubelten, als er mir schnell in die Unendlichkeit folgte. Wir hörten nie auf, uns zu küssen. Hörten nie auf, uns zu berühren. Hörten nie auf, zu *existieren*.

Selbst als ich den Rausch hinter mir gelassen hatte, wollte ich nur noch mehr.

Leider würde das erst nach dem Ball möglich sein.

Erst, wenn wir all das hier ein für alle Mal beendet hatten.

Ich küsste ihn innig und ließ all meine Emotionen mit meiner Zunge in seinen Mund fließen. Er erwiderte den Gefallen, bevor er mir schließlich half, mein Kleid in Ordnung zu bringen. Sein geschickter Einsatz des Einstecktuchs aus seiner Brusttasche brachte mich zum Kichern. „Das ist also der Sinn dieser Dinger – beim Saubermachen helfen."

Er grinste. „Na ja, unter anderem."

Wir benutzten nie ein Kondom, weil Krankheiten für Feen kein Thema waren und eine Schwangerschaft scheinbar vom Mann kontrolliert wurde.

Ich hatte eine Meinung zu diesem Thema, aber Tray versicherte mir, dass er es nie in die Wege leiten würde, ohne vorher mit mir darüber zu sprechen. Da ich seine Gedanken lesen konnte, wusste ich, dass er es ernst meinte.

Er drückte seine Lippen an meine Schläfe. „Bereit, Ella?"

Ich nickte und schmiegte mich an seine Seite. „Ja."

Der heutige Abend markierte das Ende einer Ära.

Und den Beginn einer neuen.

ELLA

DER WINTERBALL FAND in derselben Location wie der Weihnachtsball statt, was die Umgebung unheimlich vertraut machte. Nur war die Dekoration blau und silbern, nicht rot und grün. Aber alles andere erinnerte mich an jene schicksalhafte Nacht damals.

Genau wie der Prinz, der neben der Treppe stand. Ich musste zähneknirschend zugeben, dass Dash gut gealtert war; sein hübsches Gesicht war ein wenig kantiger als damals in der Unterstufe. Er war auch etwa zehn Zentimeter größer und hatte breitere Schultern. Aber ich erkannte das Arschloch unter der hübschen Fassade und das arrogante Funkeln, das aus seinen zu blauen Augen strömte, während er jeden angrinste, der sich ihm näherte.

Mein Magen zog sich zusammen, als er meinem Blick begegnete.

Ich hatte heute Abend eine Mission, die ihn mit einschloss, und das war genau das, was ich passieren lassen musste, aber, verdammt, ich wollte es absolut nicht tun. Dennoch zwang ich meine Lippen zu einem schüchternen Lächeln – so wie ich es in den letzten Wochen des Öfteren getan hatte, um vorzutäuschen, seine Anwesenheit zu tolerieren.

Er neigte seinen Kopf als unausgesprochene Einladung zur Seite und ich nickte.

Es bedeutete, dass er reden wollte. Das hatten wir im letzten Monat zweimal getan. Allerdings hatten sich die Gespräche immer um immateriellen Scheiß gehandelt. Wie das Wetter oder die Klassenarbeiten. Sehr seltsam, so etwas nach Jahren des endlosen Gezänks zu besprechen.

Obwohl unsere Streitereien meist von Charlie angezettelt worden waren. Sein Verschwinden ließ Dash und mich irgendwie ohne Kommunikationsmittel zurück. Als wüssten wir nicht, wie wir miteinander reden sollten, jetzt, wo wir nicht mehr stritten.

Das wirkte sich sowohl negativ als auch positiv auf meinen Angriffsplan aus.

Er will reden, sagte ich zu Tray, als ich einen Schritt nach vorne machte. Tray hatte mich absichtlich auf dieser Seite des Raumes allein gelassen, da er wusste, dass Dash die Gelegenheit nutzen würde, um meine Aufmerksamkeit zu erlangen. Unser ganzer Plan basierte auf der Annahme, dass Dash sich zu mir hingezogen fühlte – etwas, das ich immer noch nicht glaubte. Aber ich würde vorerst mitspielen und sehen, ob ich nicht einen Weg finden könnte, ihn in eine Falle zu locken.

Ich sehe es, antwortete Tray leise. *Wenn er dich berührt, werde ich mich nicht zurückhalten können, einzugreifen.*

Es kostete mich Mühe, nicht mit den Augen zu rollen. *Ich kann auf mich selbst aufpassen.* Dash machte mir weniger Angst, als dass er mich abstieß.

Ja, dessen bin ich mir bewusst, Liebste. Ich bin es, der in diesem Szenario Schwierigkeiten haben wird, sich zu kontrollieren.

Dennoch war all das deine Idee, erinnerte ich ihn neckend.

Nein, ich wollte ihn töten. Du hast mich aufgefordert,

mir eine Alternative zu überlegen, und das hier war mein Vorschlag – und den bereue ich gerade.

Es wird schon gut gehen, versprach ich und blieb vor Dash stehen. „Hi."

„Hey", entgegnete er, wobei sein Markenzeichen, die Überheblichkeit, in diesem einen Wort fehlte. „Können wir, äh, irgendwo reden?" Sein Ton und sein Auftreten waren ein krasser Gegensatz zu seinem Vorgehen beim Homecoming-Ball, wo er einen Tanz gefordert hatte.

Ich runzelte fast die Stirn. So einfach kann es doch nicht sein, oder? *Ich glaube, er führt etwas im Schilde.*

Ganz meine Meinung, stimmte Tray zu. *Sei vorsichtig.*

Ich habe mein Armband zu Hause gelassen, dachte ich und lächelte innerlich. Dash würde es bitter bereuen, sollte er irgendetwas versuchen. „Klar", sagte ich und schenkte ihm ein knappes Lächeln. „Geh du voran."

Er nickte und seine Körperhaltung war seltsam unruhig.

Ja, er hat definitiv etwas vor, entschied ich.

Tray blieb still, aber ich spürte seine schützende Energie, die mich wie eine tröstende Umarmung umgab.

Keiner von uns beiden hatte Ryan bisher gesehen, was seltsam war, da Dash ihr Date für den Ball war. Vielleicht führte er mich jetzt dorthin -– in einen von ihr inszenierten Hinterhalt. Es würde mich nicht überraschen.

Doch als wir in einem gut beleuchteten Korridor ohne wartende Angreifer zum Stehen kamen, runzelte ich die Stirn. „Was machen wir hier, Dash?", fragte ich schließlich und beschloss, dass es keinen Sinn hatte, das Ganze in die Länge zu ziehen.

„Reden", antwortete er und drehte sich zu mir um – mit einem Gesichtsausdruck, wie ich ihn noch nie an ihm gesehen hatte. Er wirkte fast ... traurig. Zerknirscht. Er griff sich in den Nacken und atmete aus. „Schau. Ich schulde dir eine Entschuldigung." Er zuckte zusammen und schüttelte den Kopf. „Mehrere, wenn ich ehrlich bin."

„Okay ..." *Ich glaube, er will etwas gestehen.*

Gut. Die Kamera läuft bereits, erinnerte mich Tray.

Richtig.

Die Kamera im Diadem auf meinem Kopf. Tray hatte das Schmuckstück an meinen Haaren befestigt, bevor wir die Limousine verlassen hatten. In einen der Zacken war eine Kamera eingearbeitet worden. Wo er das Diadem gefunden hatte oder wie es entstanden war, entzog sich meiner Kenntnis. Der Mann besaß eine Menge Fähigkeiten, die mich beeindruckten, und dies war eine davon.

Dash räusperte sich und blickte an die Decke. „Fuck, ich weiß gar nicht, wo ich anfangen soll. Ich habe Ryan heute Abend nicht abgeholt, trotz ihrer gegenteiligen Anordnungen. Sie wird wütend sein, wenn sie endlich hier ankommt, und ich bin mir sicher, dass ich die Hauptlast dieser Wut abbekommen werde. Also wäre ich fast zu Hause geblieben, aber ich konnte nicht einfach dasitzen und darüber nachdenken, was heute Abend passieren wird. Ich musste es dir sagen. Musste dich warnen."

Ja, das war ganz und gar nicht die Richtung, von der ich erwartet hatte, dass dieses Gespräch hinführen würde. „Mich wovor warnen, Dash?" Und er hatte Ryan zu Hause gelassen? Wow. Ich wünschte, ich hätte ihr Gesicht gesehen, als sie realisiert hatte, dass er nicht auftauchen würde.

„Es tut mir leid, Ella. Du hast keine Ahnung, wie oft ich dir das über die Jahre schon habe sagen wollen. Ich war so ein Arsch auf dem Weihnachtsball damals. Keine Entschuldigung der Welt kann mein Verhalten rechtfertigen, also werde ich es nicht einmal versuchen. Aber es vergeht kein Tag, an dem ich mein Handeln nicht bereue."

Ich runzelte die Stirn. „Warum hast du es dann getan?" Das war der Teil, den ich von ihm hören wollte, die Information, die ich vor der Schule ausspielen musste.

„Spielt das eine Rolle?", fragte er, wobei sein Tonfall einen Hauch von Spott enthielt. „Wir wissen beide, dass Ryan und Carmen mich dazu angestiftet haben, aber das ist nur eine Ausrede. Genauso wie das Eingeständnis, dass ich ein dummes Kind war, das sich von zwei Weltklasse-Schlampen hat manipulieren lassen."

Da, dachte ich triumphierend. *Er hat es zugegeben.*

Aber er war noch nicht fertig.

„Ich verabscheue sie, Ella. Und ich verabscheue noch mehr, wer ich in ihrer Gegenwart bin." Er ließ seinen Nacken los und stopfte die Hände in die Taschen; seine Haltung war die eines verängstigten Jungen, nicht die des einschüchternden Mannes, den er normalerweise in der Schule spielte.

„Die letzten paar Monate waren ... aufschlussreich." Er räusperte sich. „Du hast dich ihnen – uns allen – gegenüber jahrelang behauptet. Aber nun hast du das auf ein ganz neues Level gebracht. Dein Selbstvertrauen ist unglaublich."

Ich wusste nicht, wie ich darauf antworten sollte. Also sagte ich nur: „Äh ... okay. Danke?"

Er lachte nervös und schüttelte den Kopf. „Ich verbocke das total. Was ich versuche, dir zu sagen, ist, dass ich ein Idiot bin. Der Homecoming-Ball war eigentlich der große Wendepunkt für mich, weil ich mich so beschissen gefühlt habe, nachdem du weggelaufen bist – schon wieder. Das erste Mal bin ich ein dummes Kind gewesen. Aber ich kann ehrlich gesagt selbst nicht glauben, was ich beim zweiten Mal von mir gegeben oder wie ich dich angefasst habe. Mir ist klar geworden, dass ich keineswegs der Mann bin, der ich sein möchte. Sondern ein verdammter Wichser."

Okay, ja, das hatte ich definitiv nicht von diesem Gespräch erwartet.

Das Gefühl der Überraschung, das auch mein Gefährtenband ausstrahlte, verriet mir, dass es Tray ähnlich ging.

Er hatte erwartet, dass Dash sich an mich heranmachen würde – vielleicht mittels irgendeiner Entschuldigung, um mir an die Wäsche zu gehen. Aber er schien überhaupt nicht auf dieses Ziel zuzusteuern. Wenn überhaupt, fühlte ich mich wie ein Priester in einem Beichtstuhl, der diesem Jungen dabei zuhörte, wie er all seine Sünden loswurde.

„Wie auch immer, ich weiß, dass Tray ein Teil des Grundes ist, warum du dich in letzter Zeit verändert hast. Und deshalb bin ich heute hier", fuhr Dash fort. „Es wäre so viel einfacher gewesen, einfach zu Hause zu bleiben, Ryan schmoren zu lassen und sie am Montag abzuservieren. Aber nach allem, was ich dir angetan habe, konnte ich nicht einfach dasitzen und zulassen, dass sie dich noch einmal ruiniert. Denn was sie vorhat? Das kann eine Person zerstören. Und das hast du nicht verdient, Ella. Fuck, du verdienst *nichts* von dieser Scheiße."

„Was versuchst du mir zu sagen, Dash?", forderte ich und mein Magen verkrampfte sich schmerzhaft. „Was hat sie vor?"

„Sie redet schon seit Monaten davon." Er blickte nach oben, zur Seite, überallhin, nur nicht zu mir. „Es ist, als würde sie dafür leben, dich zu verletzen."

„Du sagst mir nicht, was ich wissen will", sagte ich, wobei meine Geduld von Sekunde zu Sekunde schwand. Denn ja, ich war mir des Hasses meiner Stiefschwester und ihrer Vorliebe, mir Schaden zuzufügen, sehr bewusst. „Spuck es aus, Dash."

Er zuckte zusammen und seine stechenden Augen trafen meine. „Sie hat dafür gesorgt, dass du heute Abend zur Winterkönigin gewählt wirst – mit Tray als Winterkönig. Und dann wird er allen verkünden, dass das alles nur ein Spiel war, um dir deine Jungfräulichkeit zu nehmen. Dass nichts davon echt war. Er hat von Anfang an nur mit dir gespielt, Ella."

Ich entspannte mich erleichtert. „Oh, das." Fuck, für einen Moment dachte ich, sie hätte noch ein Ass im Ärmel, mit dem ich nicht gerechnet hatte. Aber damit konnte ich umgehen.

Dashs Lippen wölbten sich nach unten, dann weiteten sich seine Augen. „Du wusstest davon."

„Natürlich wusste sie davon", sagte Tray und gesellte sich zu uns in den Flur.

Ich hatte gespürt, wie er aufgrund meines Unbehagens näher gekommen war, bereit, Dash auf der Stelle die Scheiße aus dem Leib zu prügeln. Als er also seinen Arm um mich legte, schmolz ich mit einem zufriedenen Seufzen an ihn. „Ja, ich weiß Bescheid. Er hat es mir nach dem Homecoming-Ball erzählt."

Tray küsste meine Schläfe und drückte mich enger an sich. „Ich habe nicht vor, heute Abend Ryans Anweisungen zu folgen. Denn im Gegensatz zu dir habe ich keine Angst vor dieser Fotze oder ihren armseligen Drohungen. Sie kann mich am Arsch lecken."

Dash raufte sich die Haare und seine Haltung wirkte noch immer niedergeschlagen – gar nicht so wie der Dash Charming, den ich seit Jahren kannte. „Ich bin froh, dass du hier bist", sagte er plötzlich. „Und dass du Ella getroffen hast. Sie hat jemanden wie dich verdient."

„Falsch, sie verdient jemand Besseren als mich. Aber ich kann froh sein, dass sie sich trotzdem mit mir abgibt."

Ich rollte mit den Augen und stupste ihn mit dem Ellbogen an. „Wie auch immer, Nacht. Ich toleriere dich gerade so."

Er schmunzelte und seine Belustigung wärmte sowohl mich als auch unser Band. „Gerade so."

„Genau", sagte ich achselzuckend.

Dash stand grinsend vor uns. „Ich hätte wissen müssen, dass du nicht bei Ryans Spiel mitmischst, aber du hattest mich vom Gegenteil überzeugt. Mann, sie wird wütend sein, wenn sie merkt, dass du sie verarscht hast."

„Als ob mich das interessiert", meinte Tray träge. „Wie ich schon sagte, sie macht mir keine Angst."

„Das kann ich sehen." Dash räusperte sich und richtete sich auf. „Na ja, jedenfalls bin ich froh, dass du hier bist. Und, Ella, es tut mir leid. Ich weiß, dass das unterm Strich einen Scheiß bedeutet und dass du viel mehr verdienst als eine mickrige Entschuldigung, aber ich kann es nur versuchen."

„Deshalb hast du ihr auch von Ryans Plänen heute Abend erzählt", fügte Tray hinzu.

Dash nickte. „Ich wollte nicht ..." Er schluckte und zog eine Grimasse. „Ich wollte nicht, dass sich jene Nacht wiederholt. Und ich wusste, dass es viel schlimmer sein würde, denn sie hat mich nie so angesehen, wie sie dich ansieht. Die Art von Zerstörung, die Ryan plant – oder plante ... Das ist die Art von Sache, die jemanden wirklich kaputt macht."

Er ließ die Worte auf uns wirken.

Der sanfte Takt der Musik im Ballsaal vibrierte unter meinen High Heels und der Rhythmus passte zu den gedämpften Schlägen meines Pulses.

„Charlies Weggehen hat dich weich gemacht", sagte Tray schließlich.

Dash hob eine Schulter. „Ich weiß nicht, ob es mich weich gemacht hat, aber es hat mich definitiv gezwungen, ein paar Dinge zu relativieren. Der Typ war ein echter Arsch."

„Das bist du auch", stellte Tray fest.

„Das bin ich", stimmte er zu. „Aber ich arbeite daran, das zu ändern."

Vor drei Monaten hätte ich das noch als Schwachsinn bezeichnet. Aber ich konnte nicht leugnen, dass sich sein Verhalten verändert hatte, seit Charlie weg war. Und die Art, wie er heute Abend zu mir gekommen war? Das deutete auf Aufrichtigkeit in seinem Handeln hin.

Ich glaube nicht, dass wir das der Schule zeigen können, sagte ich zu Tray und schluckte.

Das war unser ursprünglicher Plan gewesen – wir wollten ihn dazu bringen, zu gestehen, dass Ryan ihn dazu ermutigt hatte, mich zu quälen, und ihn dann zusammen mit Ryan bestrafen. Obwohl er es technisch gesehen immer noch verdient hatte, sah ich keinen Sinn darin, einen Typen zu bestrafen, der sich offensichtlich bereits selbst bestrafte und gleichzeitig versuchte, sich zu ändern.

Ich weiß, flüsterte er zurück. *Ich habe den Feed ausge-schaltet, bevor ich mich zu euch gesellt habe.*

„Nun ..." Dash räusperte sich erneut. „Ich, ähm, lasse euch beide den Rest eures Abends genießen."

Er machte einen Schritt zur Seite, aber Tray stellte sich ihm in den Weg. „Nur damit das klar ist, ich mache dich lediglich nicht für deine Taten Ella gegenüber fertig, weil ich weiß, dass sie das nicht gutheißen würde. Ich wollte ihr auch nicht die Gelegenheit nehmen, sollte sie dich selbst so schlagen wollen, wie du es verdienst. Aber wenn du Ryan auch nur ein Wort davon erzählst, bevor wir eine Chance haben, dieses Spiel zu beenden, werde ich dich auf eine Art und Weise zerstören, die du dir nicht einmal vorstellen kannst."

Eine Macht strahlte von meinem Gefährten aus. Dash konnte das nicht sehen, aber ich hatte keinen Zweifel daran, dass er es *spüren* konnte. Und seine großen Augen bestätigten meinen Verdacht. „Ich weiß nicht, was du mit Ryan vorhast, aber ich werde mich dir nicht in den Weg stellen. Und ich werde ihr gegenüber kein Wort darüber verlieren."

„Dazu würde ich dir auch nicht raten", murmelte Tray, seine Stimme tief und tödlich. „Denn ich werde es herausfinden. Und du wirst es bereuen." Er ließ diese Drohung zwischen ihnen verweilen, bevor er an meine Seite zurückkehrte. „Geh weiter deinen Weg, Charming. Es ist der richtige."

Das klang fast wie eine Prophezeiung, aber ich wusste aus meinen Gesprächen mit Tray, dass Mitternachtsfeen keine Seher waren. Wie auch immer, anscheinend gab es diese Art von Fee tatsächlich – sie nannte sich Schicksalsfee.

Ich erschauderte, als Tray seinen Arm um mich legte.

Wir sahen Dash nach, der mit hängenden Schultern davonging. Es war so seltsam zu sehen, wie schwach er wirkte, nachdem er die Akademie so lange regiert hatte. „Glaubst du, er wird sich wirklich ändern?", fragte ich mich laut.

„Ich glaube, das tut er bereits", sagte Tray und drückte mich an sich. „Die Situation entwickelt sich anders als erwartet, nachdem ich Charlie aus der Gleichung entfernt habe, aber ich kann nicht sagen, dass ich davon enttäuscht bin."

„Das bin ich auch nicht", gab ich zu. „Aber ich glaube nicht, dass die anderen so einfach sein werden."

Er schnaubte. „Nein, deine böse Hexe von einer Stiefschwester hat kein Herz. Deshalb bin ich immer noch dafür, sie bei lebendigem Leib zu verbrennen."

Ich schüttelte den Kopf und grinste. „Du möchtest sie wirklich umbringen."

„Das ist eine Fantasie, die ich liebend gern verwirklicht sehen würde."

„Wie wäre es stattdessen mit einem öffentlichen Roast?", schlug ich vor.

Er blickte auf mich herab. „Ich dachte, du hast gerade gesagt, dass ich sie nicht töten darf? Aber ja, ein Roast wäre nicht schlecht."

„Ich spreche von dem Akt des Lächerlichmachens, nicht von einem Feuer, Nacht." Manchmal trafen unsere Hintergründe aufeinander und ich musste den Feen-Dolmetscher für die menschliche Sprache spielen.

Er sah mich enttäuscht an. „Und ich dachte schon, es würde heute Abend ein Blutvergießen geben."

„Nun, das bleibt abzuwarten." Es hing alles davon ab, wie das hier ablief.

Genau aufs Stichwort ertönte eine Durchsage aus dem Ballsaal, die dem königlichen Hofstaat eine dreißigminütige Warnung für die Feierlichkeiten gab.

Ryan mochte sauer sein, dass Dash sie versetzt hatte, aber sie würde diesen Abend um nichts in der Welt verpassen.

Das bedeutete, dass sie bald hier sein würde.

„Lass uns die Party zum Laufen bringen", sinnierte ich und nahm Trays Hand.

„Nein, Baby." Er fädelte seine Finger durch meine. „Wir bringen nichts zum Laufen. Wir bringen es zu Ende."

TRAY

OH, Ryan war stinksauer.

Alle machten einen großen Bogen um sie, als sie auf Dash zuging und der Dampf bereits aus ihren Ohren quoll. Sie packte ihn am Arm und riss ihn von der Gruppe der Frauen weg, mit denen er sich unterhielt. Ihre Wut erreichte den Siedepunkt. „Was. Zum. Teufel?"

Er befreite sich aus ihrem Griff und trat einen Schritt zurück. „Ich glaube, das ist mein Satz, Ryan. Wie kommst du darauf, dass du mich so anfassen kannst?"

„Oh, ich weiß nicht. Vielleicht die Tatsache, dass du *mein Date* bist und du es versäumt hast, mich abzuholen und zum Essen zu bringen. Stattdessen hast du mich mehrere Stunden warten lassen, nur um dich stattdessen hier mit diesen Flittchen zu unterhalten!"

„Ich habe nie zugestimmt, dein Date zu sein", antwortete er kühl. „Du hast Vermutungen angestellt und das ist nicht mein Problem." Er wollte sich von ihr abwenden, aber ein Kreischen ihrerseits ließ ihn eine Augenbraue hochziehen. „Was ist, Ryan?"

„Wie kannst du es *wagen*, mich zu versetzen!"

„Dich zu versetzen?" Er lachte. „Wir gehören nicht zueinander, schon vergessen? Das hast du schon vor drei Jahren klargestellt." Er schenkte ihr ein herablassendes Lächeln. „Wenn du deine Meinung geändert hast, tut es mir leid, aber es ist zu spät. Ich bin schon seit geraumer Zeit nicht mehr an dir interessiert."

Ihr blieb tatsächlich der Mund offen stehen und ihre üblichen schlagfertigen Erwiderungen gingen in dem um sie herum wachsenden Geschwätz unter.

Nun, das ist eine lustige Wendung unseres Abendprogramms, sinnierte Ella neben mir und ihre Lippen kräuselten sich. *Er hat sie gerade öffentlich für uns bloßgestellt.*

Oh, und das ist nur die Vorspeise, Liebling. Ich hatte eine Rede geplant, die Ryans Ruf ruinieren würde.

Ella mochte die Symbolik, dass ich derjenige war, der heute Abend sprach, da es Dash vor all den Jahren gewesen war, der der Schule seine wahren Absichten verkündet hatte. Es schien nur angemessen, dass ich heute Abend das Gleiche auf ähnliche Weise, aber mit ganz anderen Worten, tat.

Die Musik wurde zu einem dumpfen Hintergrundgeräusch, als zwei der Administratoren der Darlington Academy die Bühne betraten. *Waren sie auf dem Weihnachtsball anwesend*, fragte ich, während sich in meinem Kopf eine Idee formte.

Jepp. Ella kniff die Augen zusammen. *Sie schauen immer in die andere Richtung. Genau wie damals auch.*

Oh, heute Abend werden sie nicht wegsehen, versprach ich.

Ella wusste, was ich getan hatte, auch wenn ich es nie laut zugeben würde. Ihr Zugang zu meinen Gedanken machte es unmöglich, Dinge vor ihr zu verbergen. Ich spürte, dass sie es in dem Moment akzeptiert hatte, als sie von meinen Absichten erfahren hatte; ihre Gedanken stimmten fast immer mit meinen überein.

Deshalb waren wir ein gutes Team.

Ich kann es kaum erwarten, deine Dankesrede zu hören,

schnurrte sie und führte mich mit ihrer Hand in meiner zur Bühne.

Als wir die Plattform erreichten, packte ich sie und küsste sie hart auf den Mund. Als ich mich zurückzog, warf Ryan mir einen wissenden Blick zu. Als würde sie denken, ich hätte das nur getan, um mich zu verabschieden.

Ich zwinkerte ihr zu, ließ sie denken, was immer sie wollte, und legte meinen Arm um Ellas Schultern. Währenddessen positionierte sich Dash auf der gegenüberliegenden Seite der Bühne, weit weg von Ryan. Er warf mir einen warnenden Blick zu, der mich zu einem Fehltritt herausforderte.

Das bestätigte seine Gefühle für Ella nur noch mehr. Ich hatte gedacht, dass er sich lediglich zu ihr hingezogen fühlte, aber nach der Zurschaustellung im Flur und der Art und Weise, wie er versuchte, sie zu beschützen, vermutete ich, dass seine Emotionen tiefer reichten. Sein herausfordernder Blick jetzt verdeutlichte das.

Du hattest deine Chance bei ihr, sagte ich ihm mit meinen Augen. *Jetzt gehört sie mir.*

Nicht, dass er jemals eine echte Konkurrenz dargestellt hätte.

Ella war von Geburt an dazu bestimmt gewesen, mir zu gehören. Unsere Seelen bestätigten dies, als wir uns vereinigten, und dieses Band zwischen uns war unzerbrechlich.

Sie lehnte sich an mich und ihr Blick funkelte. *Selbst wenn du mit seinen Gefühlen recht hast, werde ich sie nie erwidern.*

Ich weiß.

Dann hör auf, ihn mit deinen Augen umzubringen. Sie stellte sich auf ihre Zehenspitzen, um mir einen Kuss auf den Mund zu drücken. *Ich vertraue dir, Trayton Nacht.*

Vernichte jetzt bitte meine Stiefschwester. Ich möchte nach Hause gehen.

Meine Lippen zuckten. Fast hätte ich gefragt, ob das bedeutete, dass ich die Schlampe anzünden durfte, aber die Zeremonie begann mit der Krönung des Winterkönigs und der Winterkönigin.

Ich verstand die menschliche Besessenheit von solchen Titeln nicht wirklich, aber ich nahm an, dass das Leben in einer echten königlichen Familie meine Sichtweise ein wenig verzerrte.

Ella erhielt ihre Krone als Erste und machte einen exzellenten Job, schockiert und bestürzt zu wirken, während sie sich in Gedanken über die dumme Tradition lustig machte. „Da ich bereits ein Diadem habe", sagte sie und schaute mich an, „werde ich das erst einmal behalten, bis Tray mir helfen kann, meine Haare zu richten."

„Für mich bist du bereits eine Prinzessin, Liebling", erwiderte ich, laut genug, dass es jeder hören konnte.

Ryan schnaubte.

Andere Leute seufzten.

Die Administratoren lächelten.

Ella kehrte an meine Seite zurück und ihre Aufregung war ansteckend. Ihre Gedanken waren mit einem Hauch von Nervosität unterlegt, die an vergangene Verletzungen erinnerte, aber sie begleitete jede Sorge mit einer Rechtfertigung.

Tray wird mir nicht wehtun. Er ist mein Gefährte. Es wird schon klappen. Ryan wird untergehen.

Ich antwortete nicht, sondern bereitete mich auf die Rede vor, die ich gleich halten würde.

Als die Administratoren meinen Namen riefen und mich als Winterkönig ankündigten, schaute ich sie an und ignorierte ihre alberne Krone. Es war ein billiges Plastik-

Imitat, ganz anders als die Tiara, die ich Ella heute Abend aufgesetzt hatte. Sie wusste es nicht – weil ich es vor ihr versteckt hatte – aber es war ein Familienerbstück, das mit Feenmagie verwoben war.

Ihre Augen weiteten sich, als ich ihr das in meinen Gedanken offenbarte.

Du bist jetzt eine Prinzessin, erinnerte ich sie. *Vergiss das nie.*

Märchenfee, erwiderte sie und ich lächelte, als ich das Mikrofon nahm.

„Wow. Winterkönig." Ich tat so, als würde ich einen Moment lang darüber nachdenken. „Ich kann mir keinen lächerlicheren Titel vorstellen, um ehrlich zu sein. Warum zum Teufel sollte ich Winterkönig dieses schrecklichen Ladens werden wollen?" Mein Blick richtete sich auf die schockierten Administratoren. „Ich meine, die Dinge, die ihr alle hier zulasst, sind einfach umwerfend. Erlaubt mir, es zu demonstrieren."

Ich nahm das Mikrofon vom Ständer, bevor sie es mir wegnehmen konnten, und trat zur Seite, damit ich sowohl Ella als auch Ryan im Blick hatte.

Letztere grinste triumphierend.

Ella jedoch hatte eine königliche Haltung, die meine Mutter – und wahrscheinlich auch ihre – stolz machen würde.

„Weißt du, Babe" – ich wählte absichtlich einen Spitznamen, den ich nie für Ella benutzte – „es waren ein paar interessante Monate. All diese Spielchen." Ich schüttelte den Kopf. „Ich meine, ehrlich gesagt bin ich schockiert, dass du auf all das hereingefallen bist. Glaubst du wirklich, ich würde dich wollen? Wenn ich sie haben kann?"

Ella zuckte zusammen, auch wenn ich nicht mit ihr, sondern mit Ryan sprach. Die Worte erinnerten einfach zu sehr an Dashs Rede vor all den Jahren, so wie ich annahm, dass das daraus resultierende Keuchen der Menge es auch tat.

„Während du dich in meinem Netz verfangen hast, habe ich sorgfältig jede Facette deines Lebens demontiert. Alles für das Versprechen, dich zu besteigen, was ich nie vorhatte."

„Mr. Nacht", warf eine weibliche Stimme ein. Professor Montgomery stand an der Seite der Bühne, ihr Gesichtsausdruck war fahl. „Geben Sie mir sofort das Mikrofon."

„Nein, ich bin noch nicht fertig." Das würde sie mir jetzt auf keinen Fall wegnehmen können. „Und obwohl ich es zu schätzen weiß, dass du endlich ein Gewissen entwickelst und dich wirklich für deine Schülerin einsetzt, kommst du etwa drei Jahre zu spät. Denn seien wir mal ehrlich, all deine bisherigen Versuche waren nicht sonderlich erfolgreich." Außerdem hatte sie das falsche Mädchen beschützt.

Ryan schmunzelte. Das Geräusch klang abscheulich und grausam. „Mach weiter", ermutigte sie mich.

„Oh, das habe ich vor." Ich lächelte sie strahlend an. „Als du an mich herangetreten bist, um deine Stiefschwester zu verführen und mich zu bitten, ihr öffentlich das Herz zu brechen, hätte ich nicht glücklicher sein können. Denn du hast mir im Alleingang die Macht gegeben, dich stattdessen zu vernichten."

Bei diesem Ausspruch hätte eine Stecknadel herunterfallen können.

Und Ryans Mund blieb offen stehen.

Ohne Umschweife direkt zum Punkt, was? Das war Ella in meinen Gedanken.

Was du heute kannst besorgen, erwiderte ich.

„Weißt du, ich habe mich gefragt, wie jemand so

bösartig sein kann, sich selbst anzubieten ... Oh, warte, nein. Du hast mir einen Dreier mit dir und Carmen versprochen, richtig? Ja, das geht nicht, Süße. Ella befriedigt mich auf eine Art und Weise, die ihr beide nicht mal ansatzweise nachvollziehen könnt. Aber zurück zu dem, was ich gesagt habe – ich habe versucht herauszufinden, wie jemand so grausam zu einem anderen Menschen sein kann, geschweige denn zu einem Familienmitglied." Ich griff in meine Tasche und holte mein Handy heraus. „Wie auch immer, nachdem Ella und ich ein wenig recherchiert haben, sind wir dahintergekommen."

Meine Augen wanderten zu meiner Gefährtin, suchten ihre Gesichtszüge und ihre Gedanken nach irgendeiner Art von Unruhe ab – und fanden sie vollkommen entspannt.

Also fuhr ich fort.

„Für den Fall, dass es noch nicht offensichtlich ist – ich weiß, dass ich diese Dinge für einige von euch buchstabieren muss – Ryan hat mich angeheuert, Ella zu ficken und sie vor der gesamten Schulgemeinschaft abzuservieren. So ähnlich wie das, was vor ein paar Jahren auf dem Weihnachtsball passiert ist, nur schlimmer, denn meine Aufgabe war es, ihr Herz zu erobern. Was ich, glaube ich, auch getan habe." Ich hob eine Augenbraue in Richtung meiner Gefährtin.

Sie lächelte nur; ihr Blick war schüchtern und geheimnisvoll.

Hinterhältiges Luder, warf ich spielerisch ein.

Reizende Märchenfee, erwiderte sie.

Fast hätte ich laut gestöhnt. *Diese ganze Sache mit der Bestrafung scheint dir wohl doch noch bevorzustehen, El.*

Nur her damit, Nacht.

Ich schmunzelte. „Ja, für diejenigen, die sich wundern: Ella ist sich der Absichten ihrer Stiefschwester schon seit einer Weile bewusst", sagte ich, hielt ihren Blick fest und ignorierte all das Geflüster, das aus dem Raum drang, ebenso wie Ryans resultierendes Knurren.

Doch eine Bewegung auf der Bühne veranlasste mich, einen Hauch von Magie zu entsenden, um die Administratoren zu bändigen, die sich auf mich zubewegten. Sie hatten das Gefühl, dass ihre Gliedmaßen vor Schock erstarrten.

In Wirklichkeit hatte ich sie eingefroren.

Denn ich war noch nicht fertig.

„Ah, hier ist es." Ich warf einen Blick auf mein Handy und rief das Testament auf, das Ella und ich kürzlich entdeckt hatten. Dann räusperte ich mich und begann zu lesen. Nachdem klar geworden war, was ich in meiner Handfläche hielt, pausierte ich und sah Ryan an. „Wirklich, das ist ein Haufen juristischer Blödsinn, mit dem ich die Zuhörer nicht langweilen will. Also lasst uns zu dem wichtigen Teil springen, in dem Tremaine Cinder – Ellas Vater, für die von euch, die nicht aufgepasst haben – Isabella Cinder zur Alleinerbin seines Vermögens erklärt. Clarissa Cinder ist als gesetzlicher Vormund des Anwesens aufgeführt, aber nur bis zu Isabellas achtzehntem Geburtstag. Wann war das, Liebling?"

„Vor ungefähr fünf Monaten", bestätigte sie.

„Ja, und das bedeutet, dass dir alles gehört." Ich täuschte Überraschung vor, als ich mich wieder auf eine wütende Ryan konzentrierte. „Das wusstest du doch sicher nicht, oder?" Dann lächelte ich und ließ die Maske fallen. „Allerdings wissen wir alle, dass du es wusstest. Und du hast all die Jahre versucht, Ella in die Unterwerfung zu zwingen, seitdem du die Wahrheit erfahren hast – dass du ohne deine hinreißende, intelligente und gerissene Stiefschwester nichts bist."

Ich wandte mich an die Administratoren und fügte

hinzu: „Das bedeutet auch, dass all die Schecks, die ihr in den letzten Monaten von Clarissa Cinder eingelöst habt – die, die es ihren Kindern erlauben, die Gänge eurer Schule zu terrorisieren – nie von ihr ausgestellt hätten werden dürfen."

Ella lächelte. *Mic Drop.*

Ich grinste. *In der Tat.* Das war eine menschliche Redewendung, die mir gefiel. Auch wenn ich versucht war, das Mikrofon tatsächlich fallen zu lassen. Es würde ein hübsches Geräusch machen und den Saal aus seiner Benommenheit aufschrecken.

„Also, Ryan, du lebst in einem Haus, an dem du keine Rechte hast, fährst ein Auto, das dir nicht gehört, und besuchst eine Schule, die du dir ohne Ellas Erlaubnis niemals leisten könntest. Wie faszinierend, dass du beschlossen hast, mich in dein kleines Familiendrama zu verwickeln. Und wofür das alles? Das Versprechen, eine Nacht mit dir zu verbringen. Was mich zu der Frage zurückbringt, wie zum Teufel konntest du jemals denken, dass ich dich Isabella vorziehen würde?" Ich sah sie mit offensichtlicher Abneigung an. „Nicht einmal, wenn du mich bezahlst, Babe."

„Ich denke, das reicht, Mr. Nacht", versuchte es Professor Montgomery erneut.

„Da bin ich anderer Meinung, Peggy", brummte ich. „Denn die Akademie steht kurz davor, unter eine neue Leitung gestellt zu werden. Als ich meinem Vater erzählt habe, wie schlecht dieser Laden geführt wird und welcher Unfug in diesen Hallen erlaubt ist, hat er einige Maßnahmen ergriffen – und damit meine ich neue Eigentümer." Das war der Teil, den ich mit Ella nicht direkt besprochen hatte, aber sie wusste durch unser Band davon. Und obwohl sie der Meinung war, dass es eine Verschwendung

von Ressourcen war, stimmte sie mit meinem Gedanken-
gang überein.

Denn der Besitz der Akademie stellte sicher, dass so
etwas nie wieder passieren konnte.

Es erlaubte uns auch, ihren vorzeitigen Schulabschluss
zu sichern, was das Erbe ihrer Mutter erforderte. Nicht,
dass Ella das Geld wirklich brauchte, nachdem ihr Vater ihr
eine beträchtliche Summe hinterlassen hatte, aber es ging
ums Prinzip. Außerdem hatte sie ihren Abschluss verdient,
nach all der Scheiße, die sie in den letzten dreieinhalb
Jahren ertragen hatte. Und ich würde dafür sorgen, dass sie
ihn bekam, ohne einen weiteren Fuß in diesen schrecklichen Laden setzen zu müssen.

Natürlich sollte sich das Konzept der Schule nun drastisch ändern.

„Ich glaube, die meisten von euch werden am Montag
entlassen", fügte ich grinsend hinzu. „Ich schlage vor, ihr
arbeitet morgen an euren Lebensläufen." Mit einem zufriedenen Seufzen lächelte ich meine Gefährtin an. „Habe ich
etwas vergessen, Liebling?"

„Nein, ich denke, das war alles. Können wir jetzt gehen
–?"

Ryans Handfläche traf fast Ellas Gesicht, aber meine
Gefährtin fing das Handgelenk ihrer Stiefschwester auf,
bevor sie die Bewegung beenden konnte.

Und dann schleuderte sie die Schlampe mit einem
Stromschlag, den sogar ich durch unser Band spürte,
mehrere Meter nach hinten.

Der Schrei, der Ryans Lippen zerriss, ließ auch mich
zusammenzucken.

Ella hatte ihr einen harten Schlag versetzt.

Aber für den Raum sah es so aus, als hätte sie Ryan
geschubst. Zumindest war es das, was ihr Verstand interpre-

tieren würde. Alles andere wäre für einen sterblichen Geist zu schwer zu begreifen.

„Fass mich verdammt noch mal nicht an!", schnauzte Ella und ihre Stimme drang durch den stillen Raum. „Deine Herrschaft über mein Leben endete vor Monaten, Ryan. Doch meine über deines fängt gerade erst an. Denn ich werde mir das Haus und alle Vermögenswerte, die deine Mutter mir gestohlen hat, zurückholen."

Sie trat vor und starrte auf die nun am Boden kauernde Ryan hinunter.

„Aber mach dir keine Sorgen, *Schwesterherz*", fuhr Ella fort. „Ich werde euch alle mit einem Taschengeld versorgen, von dem ihr leben könnt. Es wird gerade genug sein, um euch von der Straße zu halten, bis ihr die öffentliche Schule abgeschlossen habt. Dann könnt ihr arbeiten gehen und euer eigenes Geld verdienen."

Sie streckte ihre Hand nach meiner aus. „Jetzt können wir nach Hause gehen."

Ich las zwischen den Zeilen.

Sie meinte nicht unser Zuhause hier in Darlington, sondern das im Reich der Mitternachtsfeen.

Der Ort, an den wir beide gehörten.

Ich verschränkte meine Finger mit ihren und benutzte meine andere Hand, um das Mikrofon zurückzugeben. „Oh, ich bin fertig", sagte ich in den Raum und lächelte. „Genießt euren Winterball."

Der Schock der Menge folgte uns bis zur Tür.

Und wir gingen, ohne uns noch einmal umzudrehen.

Wir waren fertig mit der Gegenwart und bewegten uns zielstrebig in die Zukunft, um unser eigenes Happy End zu schaffen.

Gemeinsam.

Epilog

Ella

Dreieinhalb Jahre später

„MANN, deine Mutter bringt mich mit diesen Kleidern noch um." Jedes Mal, wenn wir den Sommer bei seinen Eltern verbrachten, bestand sie darauf, mich wie eine kleine Puppe zu verkleiden. Die Frau betrachtete mich als die Tochter, die sie nie hatte, und da Kols sich weigerte, seine Gefährtin zu akzeptieren, war ich mit meiner Qual allein.

Nicht, dass Kols' Gefährtin, Emelyn, irgendeine Hilfe hätte darstellen können.

Zum Teufel, diese Schlampe würde es nur noch schlimmer machen. Also ja, ich würde dieses Schicksal jeden Tag über sie als Schwägerin stellen. Denn im Vergleich zu ihr war Ryan ein Goldstück.

„Oh, ich weiß nicht", murmelte Tray, der meine Gedanken hörte. „Ich denke, sie würden gut zusammenpassen, eingesperrt in einem Schrank. Wir könnten Carmen zum Spaß dazunehmen, ihnen allen ein paar Messer geben und das Blutvergießen beobachten."

„Ausnahmsweise bin ich mal bei deiner tödlichen Idee an Bord." Während ich Ryan und Carmen im Grunde alles genommen hatte, fehlte ihnen noch immer jeder Hauch von Menschlichkeit.

Das einzig Gute, was dabei herausgekommen war: Sie hatten nun weniger Einfluss auf andere, sodass sie sich gegenseitig – und Clarissa – in den Wahnsinn treiben konnten. Es schien, dass die Öffentlichkeit vor ihnen sicher war. Für den Moment. Aber ich würde sie weiter beobachten und jetzt, wo ich die meisten meiner Talente gemeistert hatte, diese nach Bedarf einsetzen, um die Schlampen in Schach zu halten.

Glücklicherweise war Dash zu einem recht angenehmen Kerl herangewachsen. Sein Studium in Harvard lief gut, während er seit über einem Jahr an einer festen Freundin festhielt. Wir hatten keinen Kontakt zueinander, aber Tray hatte ihn im Auge behalten – bereit einzugreifen, wenn es nötig sein sollte. Aber es schien, als hätte er es ernst gemeint, als er behauptet hatte, sich ändern zu wollen.

Und Charlie, nun ja, er war überflüssig geworden, nachdem Anderson Motors Konkurs angemeldet hatte.

Seit über einem Jahr hatte man nichts mehr von ihm gehört.

Und es interessierte mich nicht genug, nach ihm zu suchen.

Tray griff nach dem Reißverschluss an meinem Rücken, um mir aus meinem Kleid zu helfen, und küsste meinen Nacken. „Wir werden bald zur Akademie zurückkehren, Täubchen", flüsterte er und antwortete auf meine Beschwerde über die vielen Kleider.

„Wo ich in Uniformen stecken werde", murmelte ich und schaute ihn über meine Schulter an. Er hatte es versäumt, diese kleine Anforderung zu erwähnen, als er mir damals von der Akademie erzählt hatte. Es schien, als würde sich mein ganzes Leben darum drehen, dieselben Kleider zu tragen wie alle anderen.

Er grinste. „Noch ein Jahr. Dann sind wir fertig."

Der Gedanke, mit dem Studium fertig zu sein, verbesserte meine Laune ungemein. Ich wusste zwar immer noch nicht, wie ich in diese Welt passte, aber ich freute mich darauf, meinen Platz mit Tray an meiner Seite zu finden. Er würde aufgrund seines Geburtsrechts dem Rat beitreten und seinem Bruder, dem zukünftigen König, als Stellvertreter dienen.

Was mich daran erinnerte ... „Wie war denn das Meeting?“ Er war gerade von einer dringenden Besprechung zurückgekommen. Seine Verärgerung flimmerte durch unser Band und ließ meine Augenbrauen nach oben segeln. „So schlimm, hm?“

Tray half mir aus meinem Kleid und reichte mir eines seiner Shirts – das war meine bevorzugte Schlafkleidung. „Ja. Es ist schlimm.“

Er zog seine Krawatte aus und begann sein Anzughemd aufzuknöpfen, bevor er zu seinen Manschettenknöpfen überging. Ich schlüpfte unter die Laken, während er seine Jacke auszog, und wartete darauf, dass er den Rest seiner Kleidung ablegte.

Vorsichtig gesellte er sich zu mir, nur in seinen Boxershorts, und ließ die Schultern seufzend hängen. „Shade hat eine Elementarfee gebissen.“

Ich riss die Augen auf. „*Was?*“ Ich wusste ein wenig über ihre Art. Sie waren in Sektionen aufgeteilt, basierend auf ihrer Affinität zu Erde, Luft, Wasser, Feuer oder Geist. Und sie brauchten kein menschliches Blut, um zu überleben.

„Ja. Und sie ist nicht irgendeine Elementarfee, sondern eine königliche Erdfee“ sagte Tray und fuhr sich mit den Fingern durch sein dichtes Haar. „Mein Vater ist stinksauer.“

„Natürlich ist er das.“ Es war illegal, sich außerhalb

unserer Rasse zu verbinden. Dass ich ein Halbling war, bildete die einzige Ausnahme. „Was werden sie tun?"

„Sie werden sie auf die Akademie schicken." Er schaute mich an und ich wusste, dass mir das, was er als Nächstes sagte, nicht gefallen würde. „Und sie haben sie unserer Suite im Elite-Quartier zugewiesen. Genauer gesagt, sie wollen, dass du dir ein Zimmer mit ihr teilst."

Ich blinzelte. „Was? Warum?"

„Um sie im Auge zu behalten, bis sie herausgefunden haben, wie wir mit der Situation umgehen", murmelte er. „Sieh mal, ich bin nicht begeistert davon, aber es ist mir lieber, als sie zu töten. Was die andere Option war, die diskutiert wurde."

„Einen Adeligen töten?"

„Sie haben Angst davor, wie Shades Biss ihre Kräfte beeinflusst." Er sackte neben mir auf dem Bett zusammen und schüttelte den Kopf. „Dieses verdammte Arschloch. Und natürlich lassen sie ihn auch in der Akademie bleiben. Er hat den strikten Befehl, sie nicht noch einmal zu beißen, aber wir wissen beide, dass ihn das nicht aufhalten wird."

„Haben die den Verstand verloren? Er sollte eingesperrt werden, weil er ihr das angetan hat."

„Sie geben ihm den Vertrauensbonus, weil er das Verbrechen gemeldet hat." Trays Gesichtsausdruck verriet mir, wie er darüber dachte. „Ich vermute, dass er es mit Absicht getan hat."

„Warum? Warum sollte er das tun?"

„Deine Vermutung ist so gut wie meine." Er atmete tief aus. „Unser letztes Jahr wird wohl ein interessantes werden. Sie werden sie heute Abend in die Akademie übersiedeln."

Ich runzelte die Stirn. „Aber der Unterricht fängt erst in einer Woche an."

„Direktor Zeph ist dafür zuständig, sie auf dem

Gelände einzuweisen und ihr bei der Eingewöhnung zu helfen." Seine dunklen Augen blieben an meinen hängen. „Das gibt uns sechs oder sieben Tage, um uns auf unsere unvermeidliche Vorstellung vorzubereiten."

„Und ich soll mit ihr zusammenleben?"

„Du bist die einzige Frau in unserer Suite", erklärte er. „Und mein Dad war ziemlich deutlich, dass sie zum Schutz in meiner und Kols' Nähe bleiben soll." Er stützte sich auf seinen Ellbogen und streichelte meine Wange. „Wir werden eine Lösung finden, El. Der Rat will nur, dass wir ihr helfen, sich zu akklimatisieren. Das ist alles."

„Was, wenn sie sich nicht *akklimatisieren* will?", fragte ich und zog eine Augenbraue hoch.

„Dann wird es gut sein, dass sie dich hat." Er wackelte mit den Brauen. „Ich habe noch nie eine stärkere und dick-köpfigere Frau getroffen. Du wirst innerhalb weniger Tage ihre größte Verbündete sein. Da bin ich mir sicher."

Ich schnaubte. „Oder wir werden uns gegenseitig umbringen." Ich kam mit vielen der Feen auf dem Campus nicht zurecht, was nicht verwunderlich war, wenn man berücksichtigte, dass ich ohne Freunde aufgewachsen war. Ein paar von ihnen waren in Ordnung. Die meisten mied ich, weil sie entweder eifersüchtig auf mein Band mit Tray waren oder ein Problem mit meinem Halblingsstatus hatten. „Ich nehme an, wir werden unsere seltenen Vorge-schichten gemeinsam haben."

Schließlich war ich die einzige meiner Art auf dem gesamten Campus – und sie stammte aus einem völlig anderen Reich.

„Das ist die richtige Einstellung, Liebes", murmelte er, legte mich auf den Rücken und schob einen Schenkel zwischen meine Beine. „Jetzt schlage ich vor, dass wir die nächsten Tage damit verbringen, uns in den Laken zu verlieren, da wir nach unserer Rückkehr vielleicht nicht mehr so viele Gelegenheiten haben werden."

Ich verengte meine Augen und sah ihn an. „Aha. Als hätte uns die Tatsache, andere Leute in unserer Suite zu haben, schon einmal davon abgehalten."

„Hey, das ist eine ganz neue Situation. Wer weiß, wie sich das auf unser Sexleben auswirken wird?" Er kraulte meinen Nacken.

„Ich glaube, du suchst nur nach Ausreden, um rumzumachen."

„Ich brauche nie eine Ausrede, um mit dir rumzumachen, El", flüsterte er gegen meine Kehle. „Oder um dich zu beißen. Oder dich zu lieben. Oder dich zu küssen." Er wanderte mit seinen Lippen hinauf zu meinem Ohr. „Oder um dich zu ficken." Seine Worte allein brachten mich bereits dazu, mich erregt gegen ihn zu wölben.

Ich kannte ihn seit fast drei Jahren und er verführte mich immer noch mit einem Blick. Wenn überhaupt, war seine Anziehungskraft auf mich mit der Zeit nur noch gewachsen.

Meine Arme schlossen sich um seinen Hals und hielten ihn fest. „Mach Liebe mit mir, Tray", murmelte ich. „Langsam und bedeutungsvoll. Zumindest beim ersten Mal." Das zweite Mal konnte so rau oder intensiv sein, wie er es wollte. Aber im Moment war ich in der Stimmung, unser Band zu spüren, zu wissen, wie sehr wir uns liebten.

„Es wäre mir ein Vergnügen, Gefährtin", sagte er und sein Mund eroberte meinen.

Ich liebe dich, hauchte ich ihm zu.

Ich liebe dich auch, El.

Und das tat er.

Immer und immer wieder.

Bis ich in einen tiefen Schlaf fiel, eingewickelt in seine

Arme, mit unserer gesamten Zukunft vor uns. Und während ich träumte, hallte der Name *Aflora* in meinen Gedanken wider.

Etwas Dunkles war am Horizont zu sehen.

Ich spürte es in meinen Knochen, in der Art, wie meine Seele bebte.

Der Wandel kommt.

Wir sehen uns bald.

Das ist das Ende der Geschichte von Tray und Ella, aber du wirst sie in der Serie *Akademie der Mitternachtsfeen* wiedersehen ...

Willkommen in der Akademie der Mitternachtsfeen.
Dem Zuhause der dunklen Künste.
Vampire.
Und unheimlich gutaussehenden Feen.

Ein verbotener Biss hat zu meiner Gefangennahme und meiner Rekrutierung geführt.

Hier gibt es keine Blumen.
Kein Leben.
Nur den Tod.

Ich bin eine Erdfee, die nicht hierhin gehört.
Sie können ihre kleinen Psychospielchen spielen, soviel sie

wollen, aber ich werde einen Weg zurück in meine Welt der Elemente finden. Selbst wenn es mich umbringt.

Aber Direktor Zephyrus ist mir immer ein Schritt voraus. Prinz Kolstov hört nicht auf, mich zu bedrängen. Und Shadow – der Grund, warum ich überhaupt in diesem ganzen Schlamassel stecke – verfolgt mich in meinen Träumen.

Meine Affinität für Erde erstirbt und wird von etwas Dunklem ersetzt. Etwas Mächtigem. Etwas Tödlichem.

Die Mitternachtsfeen glauben, dass das mein Schicksal ist. Sie sagen, dass ich aus einem Grund ‚rekrutiert‘ wurde. Um eine sich erhebende Macht zu bekämpfen. Oder beim Versuch zu sterben.

Ich schulde ihnen nichts. Aber wenn ich ihre Tests bestehen muss, um meinen Weg nach Hause zu finden, dann soll es wohl so sein. Ich habe im Reich der Feen der Elemente eine Seuche und weitaus Schlimmeres überlebt. Eine ominöse Energie? Bitte. Was für ein Witz.

Mal sehen, was du drauf hast. Ich warte. Und wage es nicht, mich zu beißen. Ansonsten werde ich zusehen, dass du es bereust.

USA Today Bestsellerautorin Lexi C. Foss ist eine Schriftstellerin, verloren in der Welt der Computer. Sie lebt in Chapel Hill, North Carolina mit ihrem Mann und ihren haarigen Gesellen. Wenn sie nicht gerade schreibt, ist sie mit Sicherheit auf Reisen. Viele der Orte, die sie schon besucht hat, lassen sich in ihren Büchern wiederfinden, einschließlich der mystischen Welt von Hydria, die auf der griechischen Insel Hydra basiert.

Lexi ist ein bisschen verschroben, trinkt viel zu viel Kaffee und schwimmt gern.

Würden Sie gern über Neuerscheinungen informiert werden? Dann tragen Sie sich für ihren Newsletter ein: https://www.lexicfoss.com/deutschen-newsletter

Besuchen Sie Lexi im Netz!
https://www.lexicfoss.com/aktuell
www.facebook.com/LexiCFoss
twitter.com/LexiCFoss
www.instagram.com/LexiCFoss
E-Mail: lexicfoss@gmail.com

BÜCHER VON LEXI C. FOSS

Akademie der Mitternachtsfeen:

Buch Eins

Buch Zwei

Buch Drei

Buch Vier

Ellas Mitternachtsmärchen

Königin der Elemente:

Buch Eins

Buch Zwei

Buch Drei

Unsterblich verflucht:

Blood Laws – Blutgesetze (Buch 1)

Forbidden Bonds – Unsterblich entfesselt (Buch 2)

Blood Heart – Blutige Unschuld (Buch 3)

Blood Bonds – Unsterblich geboren (Buch 4)

Angel Bonds – Himmlische Bande (Buch 5)

Blood Seeker – Die Fährte des Blutes (Buch 6)

Blood Burden – Himmlische Bürde (Buch 7)

Wicked Bonds - Himmlisch verrucht (Buch 8)

Die Blutallianz:

Und auch die folgenden Bücher von Lexi C. Foss werden in Kürze auf Deutsch erhältlich sein: